朝鮮森林植物篇

中井猛之進著

五 加 科	ARALIACEAE
四照花科	CORNACEAE
胡頽子科	ELAEAGNACEAE
瓜 木 科	ALANGIACEAE
瑞 香 科	DAPHNACEAE
柞 木 科	FLACOURTIACEAE
	THYMELACACEAE
山 茶 科	TERNSTROEMIACEAE
	THEACEAE

（16・17輯収録）

第 6 巻

朝鮮森林植物編
16 輯

五 加 科　ARALIACEAE
四照花科　CORNACEAE

目次　Contents

繖形花類

本類ハ顯花植物、離瓣花群中ノ一群ヲナシ、離瓣花群トシテハ最モ高等ノ部類ト考ヘラル。

花ハ旋轉、二樣ノ花被ヲ有ス、雄蕋ハ主トシテ一列、子房下位、心皮ハ 1-5 個又ハ多數、各室ニ一個ノ下垂スル卵子アリ、種子ニ胚乳多シ、花ハ繖形花序ヲナスモノ多シ。

五加科 *Araliaceæ* Ventenat, せり科（一名繖形科）*Apiaceæ* Lindley (or *Umbelliferæ* Durande, *Umbellatæ* Linnæus), 四照花科 *Cornaceæ* Link ノ三科アリ。

胎坐ヨリ卵子ニ通ズル維管束線ハ卵子ノ內側ニアリ。
　　果實ハ二個ノ瘦果ニ分ル、花ハ繖形花序ヲナス。‥‥‥‥せり科
　　果實ハ核果、花ハ繖形又ハ圓錐花叢ヲナス。‥‥‥‥‥五加科
胎坐ヨリ卵子ニ通ズル維管束線ハ卵子ノ外側ニアリ。‥‥‥四照花科

右ノ中せり科ハ木本植物ナキ故、本編ヨリ除外ス。

Ordo **Umbellifloræ** Engler.

Engler, Syll. Pfl. ed. 1. p. 149 (1892); ed. 3. p. 171 (1903)-Engler & Gilg, Syll. Pfl. ed. 7. p. 285 (1912); ed. 9-10. p. 308 (1924).

Flores cyclici, heterochlamydei, maxime haplostemoni, epigyni, limbis 4-5 rarius ∞, maxime hermaphroditi actinomorphi. Carpellum (5-1) vel (∞) cum in quoque loculo ovulo unico pendulo 1-integmento. Semina eximie albuminosa. Flores maxime umbellati.—Continent 3 familias.

Raphe ventralis.
　　Fructus in carpella 2 sicca indehiscentia secedens. ‥*Apiaceæ*.
　　Fructus drupaceus. Flores umbellati vel paniculati.
　　　Flores umbellati. ‥‥‥‥‥‥‥‥‥‥‥‥‥‥‥*Araliaceæ*.
Raphe dorsalis. Fructus drupaceus. ‥‥‥‥‥‥‥*Cornaceæ*.

Apiaceæ Lindley (*Umbellatæ* Linnæus, *Umbelliferæ* Durande) is excluded from this volume, for they have only herbaceous plants in Korea.

五 加 科

ARALIACEAE

(一) 主要ナル引用書類

著者名	書名又ハ論文名ト頁數

W. Aiton

1) *Panax*, in Hortus Kewensis ed. 1. Vol. III. p. 448 (1789).

L. H. Bailey

2) *Panax*, in Encyclopedia of American Horticulture p. 1198-1199 (1901).

3) *Panax*, in Standard Cyclopedia of Horticulture p. 2447 (1916).

W. J. Bean

4) Trees & Shrubs hardy in the British Isles. (1914).
    1. *Acanthopanax* Vol. 1. p. 129-133.
    2. *Aralia*   Vol. I. p. 195-196.
    3. *Fatsia*   Vol. I. p. 554-555.
    4. *Hedera*   Vol. I. p. 606-609.

F. T. Bartling

Araliaceae, in Ordines Naturales Plantarum eorumque Characteres et Affinitates adjecta generum Enumeratione p. 237 (1830).

Hederaceæ, ibidem p. 238.

L. Beissner, E. Schelle & ʻH. Zabel.

6) *Araliaceæ*, in Handbuch der Laubholz-Benennung p. 361-365 (1903).

G. Bennett

7) Observations on the Rice-Paper Tree etc., in Journal of Botany II. p. 309-315 (1864).

G. Bentham

8) *Araliaceæ*, in Flora Hongkongensis p. 135-137 (1861).

G. Bentham & J. D. Hooker

9) *Araliaceæ*, in Genera Plantarum I. pt. 3. p. 931-947 (1867).

C. L. Blume

10) *Araliaceæ*, in Bijdragen tot de Flora van Nederlandsch Indië, 15 stuk p. 869-880 (1826).

N. L. Britton & A. Brown

11) *Araliaceæ*, in an Illustrated Flora of the Northern United States, Canada and the British Possessions Vol. II. p. 505-507 (1897).

J. H. Burkill

12) *Ginseng* in China, in Bulletin of Miscellaneous Information, Kew. (1912). p. 4-11.

A. P. de Candolle.

13) *Araliaceæ*, in Prodromus systematis naturalis regni vegetabilis IV. p. 251-266 (1830).

C. B. Clarke

14) *Araliaceæ*, in J. D. Hooker, Flora of British India II. p. 720-740 (1879).

| J. G. Champion | 15) | *Aralia chinensis, Paratropia cantoniensis, Hedera parviflora, H. protea*, in W. J. Hooker, Journal of Botany and Kew Garden Miscellany IV. p. 121-122 (1852). |

J. G. Champion 15) *Aralia chinensis, Paratropia cantoniensis, Hedera parviflora, H. protea*, in W. J. Hooker, Journal of Botany and Kew Garden Miscellany IV. p. 121-122 (1852).

D. Don 16) *Araliaceæ*, in Prodromus Floræ Nepalensis p. 186-188 (1825).

L. Dippel 17) *Araliaceæ*, in Handbuch der Laubholzkunde III. p. 230-242 (1893).

G. Don 18) *Araliaceæ*, in a General History of the Dichlamydeous plants III. p. 383-395 (1834), excl. Adoxa.

J. Decaisne & J. E. Planchon

19) Esquisse d'une monographie des *Araliacées*, in Revue Horticole 4 sér. III. p. 104-109 (1854).

S. T. Dunn 20) New Chinese Plants, *Aralia-Oreopanax*, in the Journal of the Linnaean Society XXXV. p. 498-500 (1902).

F. B. Forbes & W. B. Hemsley

21) *Araliaceæ*, in the Journal of the Linnaean Society XXIII. p. 337-343 (1888).

S. Endlicher 22) *Araliaceæ*, in Genera Plantarum p. 793-796 (1836); Supplementum II. p. 70 (1842).

A. Franchet & L. Savatier 23) *Araliaceæ*, in Enumeratio Plantarum Japonicarum I. p. 191-195 (1875).

24) *Aralia & Acanthopanax*, in Enumeratio Plantarum Japonicarum II. pt. 1. p. 376-380 (1876).

J. Gaertner 25) De Fructibus & Seminibus Plantarum II. p. 472, t. 178 fig. 3. (1791).

J. F. Gmelin 26) *Gilibertia*, in Systema Naturæ II. pt. 1. p. 682 (1791).

Dr. Goeze 27) *Araliaceæ*, in Liste der Seit den 16 Jahrhundert bis auf die Gegenwart in die Gärten and Parks Europas eingeführten Bäume und Sträucher, in Mitteilungen der Deutschen Dendrologischen Gesellschaft. XXV. p. 168 (1916).

J. F. Gronovius 28) *Panax*, in Flora Virginica exhibens Plantas quas V. C. Johannes Clayton in Virginia observavit atque collegit II. p. 147 (1739).

H. F. Hance 29) *Aralia Planchoniana, A. chinensis & Decaisneana* in Stirpium novarum tetras, in Journal of Botany IV. P. 172-173 (1866).

30) *Aralia Decaisneana*, in Annales des Sciences naturelles 5 sér. V. p. 215 (1866).

H. Harms

31) *Araliaceæ*, in die natürlichen Pflanzenfamilien III. Abt. 8. p. 1-62 (1894).

32) Zur Kenntniss der Gattungen *Aralia* und *Panax* in Engler, Botanische Jahrbücher XXIII. p. 1-23 (1896).

33) Ueber zwei *Acanthopanax*-Arten von Japan, in Notizblatt des Königlichen Botanischen Gartens und Museums zu Berlin-Dahlem VII. n. 65, p. 248 (1917).

34) *Araliaceæ*, in Engler, Botanische Jahrbücher XXIX. p. 486-490 (1896).

35) *Araliaceæ*, in Engler, Botanische Jahrbücher XXXVI. Beiblatt. p. 80-81 (1925).

36) Uebersicht ueber die Arten der Gattung *Acanthopanax* mit Anhang ueber die Gattung *Echinopanax*, in Mitteilungen der Deutschen Dendrologischen Gesellschaft XXVII. p. 1-39 (1918).

H. Harms & A. Rehder

37) *Araliaceæ*, in Sargent, Plantæ Wilsonianæ VI. p. 555-568 (1916).

B. Hayata

38) *Araliaceæ*, in Flora Montana Formosæ p. 104-111 (1908).

39) *Aralia hypoleuca*, in Materials for a Flora of Formosa p. 131 (1911).

40) *Araliaceæ*, in Icones Plantarum Formosanarum II. p. 57-62 (1912).

W. B. Hemsley

41) *Acanthopanax evodiaefolius-A. setulosus, Aralia atropurpurea-A. yunnanensis, Brassiopsis ciliata-B. ficifolia, Gilibertia dentigera-Protea, Heptapleurum Delavayii-productum, Nothopanax Bockii-Rosthornii, Oreopanax chinensis, Pentapanax Henryi-yunnanensis*, in Journal of the Linnaean Society XXXVI. p. 451-530 (1905).

A. Henry

42) A List of plants from Formosa p. 47-48 (1896).

G. Henslow

43) *Acanthopanax Henryi*, in Journal of the Royal Horticultural Society XXXVI. pt. III. p. 758 (1911).

A. Hesse

44) *Eleutherococcus Henryi & E. Simoni*, in Mitteilungen der Deutschen Dendrologischen Gesell-

schaft XXII. p. 272, phot. in p. 270 & 271 (1913).

W. J. Hooker — 45) *Araliaceæ*, in A Flora of North America I. pt. 3. p. 646-648 (1840), excl. *Adoxa*.

L. van Houtte — 46) *Aralia Maximowiczii*, in Flore des Serres XX. p. 39, tab. 2067-2068 (1874).

M. Houttuyn — 47) *Aralia*, in Vollständiges Pflanzensystem I. p. 408-413 (1777).
Hedera, in l. c. III. p. 305-309 (1778).
Panax, in l. c. X. p. 333-336 (1783).

T. Ito & J. Matsumura — 48) *Araliaceæ* in Tentamen Floræ Lutchuensis Sect. 1. p. 267-272 (1899).

J. G. Jack — 49) *Acanthopanax ricinifolius* & *A. sciadophylloides* in Mitteilungen der Deutschen Dendrologischen Gesellschaft XVIII. p. 282-286, cum phot. trunci *A. ricinifolii* (Bemerkungen ueber neu eingeführte Bäume und Sträucher). (1909).

H. Jäger & L. Beissner — 50) Die Ziergehölze der Gärten und Parkanlagen (1889). *Aralia* p. 37-38, *Eleutherococcus* p. 145-146, *Hedera* p. 175-177, *Panax* p. 233.

A. L. de Jussieu — 51) *Araliacées* in Dictionnaire des Sciences Naturelles II. p. 348-349 (1816).

R. Kanehira — 52) *Araliaceæ*, in Formosan Trees p. 271-280 (1917).

K. Koch — 53) *Araliaceæ*, in Dendrologie I. p. 671-682 (1896).

E. Koehne — 54) *Araliaceæ*, in Deutsche Dendrologie p. 431-434 (1893).

55) *Acanthopanax ricinifolius* in Mitteilungen der Deutschen Dendrologischen Gesellschaft XXII. p. 145-150 (1913).

V. Komarov — 56) *Araliaceæ*, in Acta Horti Petropolitani XXV. p. 116-128 (1905).

C. S. Kunth — 57) *Araliaeeæ*, in Synopsis Plantarum, quas in itinere ad Plagam Aequinoctialem orbis Novi, collegerunt Al. de Humboldt et Am. Bonpland III. p. 87-94 (1824).

J. B. A. P. M. de Lamarck — 58) *Aralia*, in Encyclopédie Méthodique I. p. 223-225 (1789).

59) *Hedera*, in Recueil de Planches de Botanique de l'Encyclopédie, Pl. 145 (1823).

M. de Lamarck & de Candolle

60) *Caprifoliaceæ, Hedera* in Flore Française ed. 3.

IV. p. 275 (1805).

W. Lauhe

61) *Araliaceæ*, in Deutsche Dendrologie p. 503-510 (1880).

A. Lavallée

62) Arboretum Segrezianum p. 125-127 (1877).

H. Léveillé

63) *Dendropanax morbiferum* in Fedde, Repertorium VIII. p. 283 (1910).

J. Lindley

64) *Araliaceæ* in A Natural System of Botany 2 ed. p. 25 (1836).

C. a Linnaeus

65) *Aralia* in Genera Plantarum ed. 1. p. 38 (1737).

66) *Panax* in Genera Plantarum ed. 2. 105 (1742). & *Aralia* p. 131.

67) *Hedera* in Species Plantarum ed. 1. p. 202 (1753); *Aralia* p. 273-4; *Panax* p. 1058-1059.

C. a Linnaeus filius

68) *Panax spinosa* in Supplementum Systematis Vegetabilium p. 441 (1781).

C. a Linnaeus

69) *Hederaceæ* in Praelectiones in Ordines Naturales Plantarum ed. P. D. Giseke p. 519 (1792).

J. C. Loudon

70) *Araliaceæ* in Arboretum & Fruticetum Britannicum II. p. 998-1006 (1838).

J. de Loureiro

71) *Aralia* in Flora Cochinchinensis ed 2. I. p. 233-234 (1793).

T. Makino

72) *Panax Ginseng* in Tokyo Botanical Magazine XXIV. p. 223-224 (1910).

73) *Aralia repens* in Tokyo Botanical Magazine VIII. p. 225 (1894).

74) *Aralia quinquefolia* var. *repens* Makino in Iinuma's Somokudzusetsu ed. 3. I. p. 321 (1907).

75) *Acanthopanax Sieboldianum* in Tokyo Botanical Magazine XII. p. 10-12 (1898).

76) *Acanthopanax hypoleucum* in Tokyo Botanical Magazine XII. p. 18-20 (1898).

77) *Acanthopanax nipponicum* in The Journal of Japanese Botany II. no. 5. p. 19-20 (1921).

78) *Araliaceæ* in Tokyo Botanical Magazine VIII. art. Jap. p. 224-226 (1894).

E. Marchal

79) *Hederaceæ* in Martius, Flora Brasiliensis XI. pt. 1. p. 230-258 Pl. 66-70 (1878).

80) Études sur les *Hédéracées* in Bulletin de la Société Royale de Botanique de Belgique XX. p. 76-85 (1881).

S. Matsuda

81) *Acanthopanax spinosum* f. *inerme* in Tokyo Botanical Magazine XXVI. p. 281 (1912).

82) *Acanthopanax Hondœ* in Tokyo Botanical Magazine XXXI. art. Jap. p. 333 (1917).

J. Matsumura

83) *Aralia glabra* in Tokyo Botanical Magazine XIII. p. 17 (1899).

84) *Aralia glabra* in Tokyo Botanical Magazine XI. p. 441 (1897).

85) *Araliaceæ* in Index Plantarum Japonicarum II. pt. 2. p. 416–422 (1912).

J. Matsumura & B. Hayata

86) *Araliaceæ* in Enumeratio Plantarum Formosanarum p. 176–178 (1906).

C. J. Maximowicz

87) *Araliaceæ* in Primitiæ Floræ Amurensis p. 131–134 (1859).

88) *Panax repens* in Mélanges Biologiques VI. p. 264–265 (1867).

E. D. Merrill

89) New or Noteworthy Philippine plants VI. *Araliaceæ* in The Philippin Journal of Science III. supplement p. 252-255 (1808).

C. A. Meyer

90) *Panax* subgn. *Aureliana* in Bulletin de l'Académie de St. Pétersbourg I. p. 340–341 (1843).

91) Ueber den Ginschen, vorzüglich über die botanischen Charaktere desselben und der zunächst verwandten Arten der Gattung *Panax*, in Bulletin de la Classe Physico-Mathématique de l'Académie Impériale des Sciences de Saint-Pétersbourg I. no. 22, p. 338-341 (1843).

F. A. W. Miquel

92) De novo plantarum genere e familia *Araliacearum* in Commentarii Phytographici p. 93-102 t. 12 (1840).

93) *Analiaceæ* in Flora Indiæ Batavæ I. p. 745-769 (1855).

94) *Araliaceæ* Novæ in Annales Musei Botanici Lugduno-Batavi I. p. 1-27 (1863).

T. Nakai

95) *Araliaceæ* in Flora Koreana I. p. 274-279 (1909).

96) *Araliaceæ* in Flora Koreana II. p. 493 (1911).

97) *Araliaceæ* in Vegetation of the Island Quelpaert p. 68, n. 946-952 (1914).

98) *Araliaceæ* in Vegetation of the Island Wangto p. 11 (1914).

99) *Araliaceæ* in Chosen-Shokubutsu I. p. 413-424 (1914).

100) *Araliaceæ* in Vegetation of Chirisan Mountains p. 40, n. 341-345 (1915).

101) *Araliaceæ* in Vegetation of Diamond Mountains p. 180 (1918).

102) *Araliaceæ* in Vegetation of Dagelet Island p. 23 (1919).

103) *Araliaceæ* Imperii Japonici in Journal of the Arnold Arboretum V. p. 1-36 (1924).

N. J. de Necker   104) *Panax* in Elementa Botanica I. p. 156 (1790); *Hedera* p. 158; *Aralia* p. 159-160.

R. Pampanini   105) *Araliaceæ* in Le piante vascolari raccolte dal Rev. P. C. Silvestri nell' Hu-peh durante gli anni 1904-1907, in Nuovo Giornale Botanico Italiano nuova serie Vol. XVIII. nr. 1. p. 130 (1911).

J. E. Planchon   106) *Aralia papyrifera* in Flore des Serres VIII. p. 153-155, t. 806-7 (1854); XII. p. 37-38 t. 1201 (1857).

J. Palibin   107) *Araliaceæ* in Conspectus Floræ Koreæ pars I. p. 99-100 (1898).

C. B. Presl   108) *Aralia hypoleuca*—*Paratropia Cumingiana* in Epimeliæ Botanicæ p. 250 (1849).

E. Regel   109) *Aralia racemosa* var. *sachalinensis* in Gartenflora XIII. p. 100-101 Taf. 432 (1864).

110) *Panax quinquefolium* var. *Ginseng*, in Gartenflora XI. p. 314-315, Taf. 375 (1862).

111) *Araliaceæ* in Tentamen Floræ Ussuriensis p. 72-74 (1861).

A. Rehder   112) *Aralia* in Bailey, Encyclopedia of American Horticulture I. p. 87-88 (1900).

113) *Aralia* in Bailey, Standard Cyclopedia of Horticulture I. p. 343-345 (1914).

114) *Acanthopanax* in Bailey, Encyclopedia of American Horticulture I. p. 11 (1900).

115) *Acanthopanax* in Bailey, Standard Cyclopedia of Horticulture I. p. 192-193 (1914).

116) *Eleutherococcus* in Bailey, Encyclopedia of American Horticulture p. 528 (1901).

117) *Hedera* in Bailey, Encyclopedia of American Horti-

culture p. 716-717 (1901).

118) *Hedera* in Bailey, Standard Cyclopedia of Horti-
culture p. 1437-1438 (1915).

H. G. L. Reichenbach   119) *Araliaceæ, Panaceæ genuinæ & Hederaceæ* in
Uebersicht des Gewächs-Reichs p. 144-145 (1828).

A. Richard   120) *Araliaceæ* in Dictionnaire classique d'histoire
naturelle I. p. 506-507 (1822).

F. J. Ruprecht & C. J. Maximowicz

121) *Araliaceæ* in Mélanges Biologiques II. p. 426-428
(1856).

C. S. Sargent   122) *Aralia* in The Sylva of North America V. p. 57-
60, t. CCXI. (1893).

E. Schelle   123) Ein neuer (?) *Acanthopanax. Acanthopanax aceri-
folium*, in Mitteilungen der Deutschen Dendro-
logischen Gesellschaft XVII. p. 217 (1908).

Fr. Schmidt   124) *Araliaceæ*, in Florula Sachalinensis p. 140-141
(1868).

P. Fr. de Siebold   125) *Aralia* et *Panax*, in Synopsis Plantarum Oe-
conomicarum Universi regni Japonici p. 45
(1830).

P. Fr. de Siebold & J. G. Zuccarini

126) *Aralia edulis*, in Flora Japonica p. 57-58 t. 25
(1837).

127) *Araliaceæ*, in Abhandlung der Physicalische-
Mathematische Klasse der Academien von
Wissenschaften zu München IV. Abteilung 1.
p. 198-202 (1846).

B. Seemann   128) Revision of the Natural Order *Hederceæ*, in The
Journal of Botany Vol. II. p. 235-250, 289-309
(1864); III. p. 73-81, 173-181, 265-276, 361-363
(1865); IV. p. 293-299 (1866); V. p. 236-239
(1867); VI. p. 52-58, 129-142, 161-165 (1868).

129) Revision of the Natural Order *Hederaceæ* (1868).

C. K. Schneider   130) *Araliaceæ*, in Illustriertes Handbuch der Laub-
holzkunde I. p. 420-432 (1909).

H. Shirasawa   131) Essential forest trees of Japan II. Pl. 55-58 (1908).

E. Spach   132) *Araliaceæ*, in Histoire Naturelle des Végétaux,
VIII. p. 111-126 (1839).

A. Sprengel   133) *Aralia*, in Systema Vegetabilium I. p. 951-952
(1825).

C. Sprenger	134)	*Acanthopanax Henryi*, in Bäume und Sträucher der Provinz Hupeh, China, in Mitteilungen der Deutschen Dendrologischen Gesellschaft nr. 20 p. 240 (1911).
O. Staph	135)	*Acanthopanax Henryi*, in Botanical Magazine 4th series n. 65 t. 8316 (1910).
E. T. Steudel	136)	*Agalma* in Nomenclator Botanicus ed. 2. I. p. 33 & II. p. 165 sub *Mulgedium* (1841).
O. Swartz	137)	*Hedera*, in Flora Indiae Occidentalis I. p. 512–518 (1797).
C. P. Thunberg	138)	*Aralia*, in Flora Japonica p. 127-129 (1784).
F. Tobler	139)	Die Gattung *Hedera* (1912).
J. Torrey & A. Gray	140)	*Araliaceæ*, in A Flora of North America I. pt. 3, p. 646-648 (1840), excl. *Adoxa*.
C. J. Trew	141)	*Araliastrum* 1 et 2, in Plantæ Selectæ t. VI. (1750).
E. P. Ventenat	142)	*Araliaceæ*, in Tableau du règne Végétal III. p. 2-5 (1799).
W. H. de Vries	143)	De Araliaceën van Java en Japan, welke in ænige nederlandsche Tuinen Gekweekt worden, in Tuinbouw-Flora van Nederland en zijno over-zeesche Bezittingen III. p. 284-287.
G. G. Walpers	144)	*Araliaceæ*, in Repertorium Botanices Systematicæ I. p. 429–434 (1843); II. p. 429–434 (1843); V. p. 924–926 (1846).
R. Wight & G. A. W. Arnott	145)	*Araliaceæ*, in Prodromus Floræ Peninsulæ Indiæ orientalis I. p. 375-378 (1834).
C. L. Willdenow	146)	*Aralia*, in Species Plantarum I. pt. 2. p. 1518–1521 (1797).
S. Vaillant	147)	*Araliastrum*, in Sermo de structura Florum p. 40-46 (1718).
H. Zabel	148)	Beiträge zur Kenntniss der japanischen *Acanthopanax*-Arten, in Die Gartenwelt XI. n. 45 p. 535 (1907).

（二）　朝鮮産五加科植物研究ノ歴史

朝鮮ノ五加科植物中最モ早ク知レシハ朝鮮人參ナリ。但シ我邦ニテハ歴史上近代ニ至リテ知レ、寶永五年（西暦 1709 年）貝原益軒著大和本草綱目ノ人參ノ條下ニハ「朝鮮ノ産ヲ爲上品」云々トアリ。歐洲ニ入リシハホボ同時代ナレドモ、始メハ支那ヲ經テ入リシ故支那産ノ植物ト考ヘラレタリ。

1718 年佛國ノ J. F. Lafitau ハ其著 ' Ginseng ' ニ於テ *Ginseng chinensium* ト命ゼリ。又同年同ジク佛國ノ S. Vaillant ハ其著 ' Sermo de structura florum ' ニ *Araliastrum quinquefolii folio maius, Ninjin vocatum* ' ト命ジテ長キ記文ヲ載ス。

1750 年英ノ C.J.Trew ハ其著 ' Plantæ Selectæ ' 第五卷第一圖ニ *Araliastrum foliis ternis quinquepartitis, Ginseng et Ninjin officinalis* ト命ジテ圖解ヲナセリ。

1773 年 E. Blackwell ハ其著 Centuria 第六卷第五十三圖ニ *Ginseng Sinensium* ト命ジテ人參ノ美シキ彩色畫ヲ載セタリ。

以上ハ人參ノ泰西古典ニシテ何レモ支那産トシアリシガ 1830 年ニ至リ和蘭國 P. Fr. de Siebold ハ其著 ' Synopsis Plantarum Oeconomicarum Universi regni Japonici ' ニ *Panax quinquefolia* a *Coreensis* Siebold ト命ジ和名ヲ朝鮮人參トセリ、故ニ此頃ヨリ西人ハ漸ク朝鮮人參ヲ知リ始メシナリ。

1833 年獨ノ Nees von Esenbeck ハ其著 Icones Plantarum Medicinalium ニ朝鮮人參ヲ美シキ精密ナル彩色圖ニテ圖解シ、之ニ *Panax Schin-seng* var. *coraiensis* Nees ト命ゼリ、是レ朝鮮人參ニ眞ノ學名ヲ與ヘシ始メナリ。而シテ 1843 年露ノ C. A. Meyer ガ *Panax Ginseng* ト命ジ、1862 年露ノ E. Regel 並ニ R. Maack ガ *Panax quinquefolium* var. *Ginseng* ト變名シタリナドセシガ、多クノ植物學者ハ *Panax Ginseng* ノ名ノ下ニ記述シ來レリ。

斯ノ如ク朝鮮人參ハ十九世紀ノ始メヨリ西人ニ知レ居リシモ樹木類ニ就テハ久シク記載セシモノナク、漸ク 1888 年ニ至リ、英ノ F. B. Forbes ト W. B. Hemsley トハ其著 Index Plantarum Sinensium ニ *Acanthopanax ricinifolium* はりぎり一種ヲ記セリ。

1898 年露ノ I. Palibin ハ其著 Conspectus Floræ Koreæ 第一卷ニ
Hedera colchica Koch-(*Hedera Tobleri Nakai* ノ誤).

Kalopanax ricinifolium **Miquel**–(*Kalopanax pictum* Nakai ＝同ジ).

Aralia chinensis Linnæus–(*Aralia elata* Seemann ノ誤).

ヲ記セリ、1905 年露ノ V. Komarov ハ Acta Horti Petropolitani XXV 卷ニ

Echinopanax horridus Decaisne & Planchon–(*Oplopanax elatum* Nakai ノ誤).

Kalopanax ricinifolium Miquel.

ヲ北鮮産トシテ記セリ。1909 年餘ハ東京帝國大學紀要ニ Flora Koreana 第一卷ヲ記シ、其中ニ五加科ノ樹木類六種ヲ記ス。

Hedera colchica Koch–(*Hedera Tobleri* Nakai ノ誤).

Acanthopanax sessiliflorum Seemann.

Kalopanax ricinifolium Miquel–(*Kalopanax pictum* Nakai ＝同ジ).

Echinopanax horridum Decaisne & Planchon–(*Oplopanax elatum* Nakai ノ誤).

Echinopanax elatum Nakai–(*Oplopanax elatum* Nakai ＝同ジ).

Aralia chinensis Linnæus–(*Aralia elata* Seemann ノ誤).

1910 年佛ノ H. Léveillé ハ Fedde ノ Repertorium Novarum Specierum Regni Vegetabilium ニ南鮮ノかくれみのノ一種 *Dendropanax morbiferum* (*Textoria morbifera* ノ誤) ヲ記セリ。1911 年余ハ Flora Koreana 第二卷ニハ *Acanthopanax sessiliflorum* ト *Kalopanax ricinifolium* トノ新産地ヲ追加セリ。1912 年余ハ米人 Dr. R. G. Mills 探收ノ朝鮮植物ヲ東京植物學雜誌ニ記述セリ。其中ニ五加科植物

Acanthopanax sessiliforum Seemann.

Eleutheroccus senticosus Maximowicz.

Kalopanax ricinifolium Miquel–(*Kalopanax pictum* Nakai ＝同ジ).

Aralia chinensis Linnæus–(*Aralia elata* Seemann ノ誤).

ヲ記ス、而シテ此時始メテ *Eleutherococcus senticosus* ハ朝鮮ノ國籍ニ入レリ。 1914 年余ハ朝鮮植物第一卷ヲ成美堂書店ヨリ發行セリ。其中ニ五加科植物ノ樹木類ニ

Acanthopanax spinosum Miquel–(*Acanthopanax koreanum* ノ誤).

Acanthopanax sessiliflorum Seemann.

Aralia mandshurica Ruprecht–(*Aralia elata* Seemann ＝同ジ).

Gilibertia trifida Makino–(*Textoria morbifera* Nakai ノ誤).

Echinopanax elatus Nakai–(*Oplopanax elatum* Nakai ＝同ジ).

Eleutherococcus senticosus Maximowicz.

Hedera colchica Koch–(*Hedera Tobleri* Nakai ノ誤).

Kalopanax ricinifolium Miquel–(*Kalopanax pictum* Nakai ＝同ジ).

ノ八種ヲ擧ゲタリ。同年、朝鮮總督府ハ余ノ濟州島植物調査報告書ヲ發行ス、其中ニハ

Acanthopanax sessiliflorum Seemann–(*Acanthopanax chiisanense* Nakai ノ誤).

Acanthopanax spinosum Miquel–(*Acanthopanax koreanum* Nakai ノ誤).

Aralia chinensis Linnæus–(*Aralia elata* Seemann ＝同ジ).

Gilibertia trifida Makino–(*Textoria morbifera* Nakai ノ誤).

Hedera colchica Koch–(*Hedera Tobleri* Nakai ノ誤).

Kalopanax ricinifolium Miquel–(*Kalopanax pictum* Nakai ＝同ジ).

ノ六種ヲ擧ゲ。同時ニ又莞島植物調査報告書ヲ出セリ、其中ニハ

Aralia mandshurica Ruprecht–(*Aralia elata* Seemann ＝同ジ).

Gilibertia trifida Makino–(*Textoria morbifera* Nakai ノ誤).

Hedera colchica Koch–(*Hedera Tobleri* Nakai ノ誤).

Kalopanax ricinifolium Miquel–(*Kalopanax pictum* Nakai ＝同ジ).

ノ四種アリ。 1915 年、朝鮮總督府ハ余ノ智異山植物調査報告書ヲ發行ス、其中ニハ

Acanthopanax sessiliflorum Seemann–(*Acanthopanax chiisanense* Nakai ノ誤).

Aralia mandshurica Ruprecht–(*Aralia elata* Seemann ＝同ジ).

Echinopanax elatus Nakai–(*Oplopanax elatum* Nakai ＝同ジ).

Eleutherococcus senticosus Maximowicz.

ノ四種アリ。1918 年、朝鮮總督府ハ余ノ金剛山植物調査書ヲ發行ス、其中ニハ五加科植物六種ヲ擧ゲ、即チ左ノ如シ。

Acanthopanax sessiliflorum Seemann.

Aralia chinensis var. *glabrescens* Schneider-(*Aralia elata* Seemann ニ同ジ).

Aralia chinensis var. *mandshurica* Rehder-(*Aralia elata* var. canescens Nakai ニ同ジ).

Echinopanax elatus Nakai-(*Oplopanax elatum* Nakai ニ同ジ).

Eleutherococcus senticosus Maximowicz.

Kalopanax ricinifolium Miquel-(*Kalopanax pictum* Nakai ニ同ジ).

1919 年、朝鮮總督府ハ余ノ欝陵島植物調査書ヲ發行ス。其中ニハ次ノ三種アリ。

Aralia chinensis Linnæus-(*Aralia elata* Seemann ノ誤).

Hedera japonica Tobler.

Kalopanax ricinifolium Miquel-(*Kalopanax pictum* Nakai ニ同ジ).

1924 年、余ハ日本帝國産五加科植物ノ分類ヲ Journal of the Arnold Arboretum 第五卷ニ載ス、其中ニ朝鮮産ノ五加科植物ノ樹木類ハ次ノ九種アリ。

Acanthopanax koreanum Nakai 新種.

Acanthopanax chiisanense Nakai 新種.

Acanthopanax sessiliflorum Seemann.

Eleuthococcus senticosus Maximowicz.

Kalopanax ricinifolium Miquel *a typicum* Nakai-(*Kalopanax pictum* ニ同ジ).

Echinopanax elatum Nakai-(*Oplopanax elatum* Nakai ニ同ジ).

Gilibertia morbifera Nakai-(*Textoria morbifera* Nakai ニ同ジ).

Hedera japonica Tobler-(*Hedera Tobleri* Nakai ニ同ジ).

Aralia elata Seemann.

本編ハ日本産五加科植物ノ最モ完全ニ近キ分類ニシテ上記ノ二新種ヲ加ヘタルノミナラズ、從來何人モ誤リ來レル「たらのき」ハ單ニ葉形ヲ以テ支那産ノ「たらのき」ト區別スベキニ非ズシテ朝鮮、滿洲、日本ノ「たらのき」ハ複繖形花序ガ枝ノ先端ニ繖形ニ出ツルニ支那産ノ「たらのき」ハ枝ノ先端ニ一本ノ直立セル圓錐花叢ヲ有スルヲ以テ直ニ區別シ得ルコトヲ指摘シ、從テ滿、鮮、日本ノ「たらのき」ハ *Aralia elata* Seemann ニシテ支那ノガ眞ノ *Aralia chinensis* Linnæus ナルコトヲ明ニセリ、又朝鮮ノガ

くれみのト日本産ノかくれみのト支那産ノかくれみのトノ區別アルコトヲモ明ニセリ。

(三) 朝鮮産五加科植物ノ有用植物

(1) 藥用

本科植物中經濟的ニ最モ有利ナルハ人參以上ノモノハアラズ。特ニ朝鮮ニアリテハ總督府ノ專賣品トナリ朝鮮主要産物ノ一ナルコトハ世人周知ノコトナリ。 其主成分ハ近藤藥學博士ノ研究ニ依レバ Phytosterin-ester, Saponin 等ニシテ血行ヲヨクス。

はりぎりノ皮ハ海桐皮ト稱シ健胃劑トナル。

まんしううこぎ *Acanthopanax sessiliflorum* トえぞろこぎ *Eleuthero-coccus senticosus* トノ皮ハ五加皮ト稱シ、健胃、利尿ニ効アリ。

たらのき *Aralia elata* ノ根及ビ莖ハ煎出シテ糖尿病ヲ治スルニ用フ。坊間ニ稱スル「たら根湯」ハ是ナリ。朝鮮ニテハ楤木ト云フ。

(2) 食用

うど *Aralia cordata* ノ芽ハ之ヲ生食シ、又たらのき *Aralia elata* ノ芽ト共ニ湯出タリ油ニテ煎リテ食フ。

(3) 工業用

てうせんかくれみの *Textoria morbifera* ノ皮ヨリハ黄色ノ漆ヲ生ズ。本植物ハ全南ノ南部及ビ珍島、莞島、甫吉島等ノ諸島、並ニ濟州島ニアリテ大木トナル。其皮ヲ傷ケ置ケバ乳管ヨリ黄色ノ漆ヲ出ス。住民ハ之ヲ蒐メテ之ヲ水中ニ蓄フ。必要ニ應ジテ水中ヨリ取出シ箱、簞笥等ヲ塗ル。朝鮮ノ家具店ニ見ル鮮黄色ノ器ハ此漆ニテ塗リシモノナリ。

材用トシテはりぎり *Kalopanax pictum* ノ材ハせんのきト稱シ、家具ヲ作ルニ多ク用キラル。

(四) 朝鮮産五加科植物ノ分類

五 加 科

多年生草本、灌木、又ハ喬木、無毛又ハ有毛、屢々刺アリ、葉ハ互生又ハ對生、一年生又ハ二年生、有柄、單葉、掌狀複葉又ハ羽狀複葉。托

葉ハ葉柄ニ附著スルカ又ハ相對スル葉ノ相對スル托葉ガ互ニ相癒合スルカ、又ハ左右ノ托葉ガ相依リテ癒合ス。稀ニ之ヲ缺グ。葉柄ニハ皺アルモノ多シ。花ハ頭狀花序。繖形花序稀ニ穗狀花序ヲナス。此等ノ花序ハ獨立、又ハ更ニ穗狀、繖房狀、又ハ圓錐花叢ヲナス。花ハ花梗ト關節スルモノトセヌモノトアリ。兩全、又ハ多性的雌雄異株又ハ同株、萼筒ハ子房ニ附着シ、萼片ハ輪狀、椀狀ニシテ緣ハ波狀又ハ萼齒アリ。稀ニ萼ナシ。花瓣ハ 3 個以上 10 餘個、鑷合狀又ハ覆瓦狀又ハ 1 個ノ帽狀ニ癒合シ開花ト共ニ落ツ。雄蕊ハ 5 個以上 20 個落ツ。花絲ハ絲狀又ハ扁平稀ニ丸味アリ。 葯ハ丁字形ニ花絲ト附ク 2—4 室內向、葯間ハ小、稀ニ突出ス。花盤ハ圓錐形又ハ平タシ、屢々花柱ニ移行ス、花柱ハ 2 個以上 10 數個、癒合シ又ハ離生ス。子房ハ 2 室以上 10 數室、卵子ハ各室ニ各 1 個宛アリテ上ヨリ垂ル、果實ハ漿果樣ノ核果、又ハ核果、核ハ骨質、軟骨質又ハ膜質、扁平又ハ半球形又ハ三角形、種子ハ 1 個ノ核ニ各一個宛アリテ垂ル。 胚乳ハ同質又ハ不同質、幼根ハ上向。

世界ニ 60 餘屬 450 餘種アリ、主トシテ熱帶地方ノ産ナリ。其中 8 屬 14 種ハ朝鮮ニ自生シ 6 種ハ朝鮮ノ特産ナリ。屬ノ區分法ハ左ノ如シ。

1 { 花瓣ハ覆瓦狀排列ヲナス。花ハ小花梗ノ頂ニテ關節ス。‥‥‥‥2
  { 花瓣ハ鑷合狀排列ヲナス。花ハ小花梗ト關節セズ。‥‥‥‥‥3

2 { 葉ハ掌狀複葉。多年生ノ草本。‥‥‥‥‥‥‥‥‥‥‥人參屬
  { 葉ハ羽狀複葉。灌木又ハ小喬木又ハ多年生草本。‥‥‥‥うど屬

3 { 子房ハ 5 室（稀ニ 3-7 室）‥‥‥‥‥‥‥‥‥‥‥‥‥‥‥4
  { 子房ハ 2 室 ‥‥‥‥‥‥‥‥‥‥‥‥‥‥‥‥‥‥‥‥‥6

4 { 莖ハ纏攀性、根ヲ出シテ岩又ハ幹ニ纏ハル。葉ハ單葉。‥きづた屬
  { 直立ノ灌木又ハ喬木。‥‥‥‥‥‥‥‥‥‥‥‥‥‥‥‥5

5 { 葉ハ單葉、屢々先端ハ 3-5 叉ス。灌木又ハ喬木。‥かくれみの屬
  { 葉ハ掌狀複葉、莖ニ刺アリ。‥‥‥‥‥‥‥‥‥‥えぞうこぎ屬

6 { 葉ハ掌狀複葉、莖ニ刺アリ。‥‥‥‥‥‥‥‥‥‥‥うこぎ屬
  { 葉ハ單葉、掌狀ニ缺裂ス。‥‥‥‥‥‥‥‥‥‥‥‥‥7

7 { 針狀ノ刺ノ密生スル灌木ニシテ莖ハ分岐少シ。 果實ハ紅色。核ハ扁タク腹面丸シ。‥‥‥‥‥‥‥‥‥‥‥‥‥はりぶき屬
  { 硬キ平タキ刺アル喬木。 分岐多シ。果實ハ黑色。核ハ三稜ニシテ背ニ丸キ突隆アリ。腹面ハ平タシ。‥‥‥‥‥はりぎり屬

Araliaceæ Ventenat, Tabl. règ. Vég. III. p. 2 (1799)—J. St. Hilaire, Exposit. I. p. 462 t. 66 (1805).—Bartling, Ord. Nat. Pl. p. 237 (1830)

-Agardh, Theor. p. 231 (1858)-Britton & Brown, Illus. Fl. II. p. 505 (1897)-Schneider, Illus. Handb. Laubholzk. II. p. 420 (1909).

Syn. *Sarmentaceæ* Linnæus, Phil. Bot. p. 32 (1751), pro parte.

Umbellatæ Sect. *Ginsen* Adanson, Fam Pl. II. p. 102 (1763), pro parte.

Araliæ Durande, Not. Élém. Bot. p. 275 (1781)-Jussieu, Gen. Pl. p. 217 (1789).-Bosc in Nouv. Dict. Hist. Nat. II. p. 55 (1803).

Hederaceæ Linnæus, Prælec. Ord. Nat. Pl. ed. Giseke p. 519 (1792), excl. *Vitis* & Cissus.-Bartling, l. c. p. 238.-Marchal in Martius, Fl. Brasil. XI. p. 230 (1878)

Caprifoliaceæ gn. *Hedera* Lamarck & de Candolle, Fl. Fran. ed. 3. IV. p. 278 (1805).-Lamarck & de Candolle, Syn. Pl. Gall. p. 304 (1806).

Araliaceés Jussieu in Dict. Sci. Nat. II. p. 348 (1816).

Araliaceæ Richard in Dict. Classique Hist. Nat. I. p. 506 (1822). -Lindley, Introd. Nat. Syst. Bot. p. 4 (1830); Nat. Syst. Bot. p. 25 (1836), excl. Adoxa.

Araliaceæ Jussieu apud D. Don, Prodr. Fl. Nepal. p. 186 (1825) -A. P. de Candolle, Prodr. IV. p. 251 (1830), excl. *Adoxa.*-G. Don, Gen. Syst. III. p. 383 (1834), excl. *Adoxa*-Wight & Arnott, Prodr. Fl. Penins. Ind. Orient. I. p. 375 (1834)-Endlicher, Gen. Pl. p. 793 (1836), excl. *Adoxa*-Koch, Syn. Fl. Germ. & Helv. p. 321 (1837)- Spach, Hist. Nat. Vég. VIII. p. 111 (1839).

Araliaceæ Panaceæ genuinæ & *Hederaceæ* Reichenbach, Uebers. Gew. Reich. p. 145 (1828).

Araliaceæ sine auct. Bentham & Hooker, Gen. Pl. I. p. 3. (1867), excl. *Helwingia.*-Harms in Engler & Prantl, Nat. Pflanzenfam. III. Abt. 8. p. 1 (1894).

Cornaceæ-Mastixioideæ & *Curtisioideæ* Harms, l. c. p. 262.-Wangerin in Engler, Pflanzenr. IV. n. 229, p. 19 & 29 (1910).

Herbæ perennes, frutices vel arbores glabri vel pilosi sæpe aculeati. Folia alterna vel opposita, annua vel biennia, petiolata, simplicia vel digitatim vel pinnatim decomposita. Stipulæ petiolo adnatæ vel intra petiolum connatæ vel destitutæ. Petioli interdum cristulati. Flores capitati vel umbellati rarius racemosi. Capita vel umbellæ solitaria vel racemosa vel corymbosa vel paniculata. Bracteæ et bracteolæ deciduæ vel persistentes interdum destitutæ. Flores pedicellati vel sessiles cum pedicello articulati vel inarticulati hermaphroditi vel polygamo-dioici vel polygamo-monoici. Calycis tubus ovario adnatus, limbus annularis vel cupularis interdum toto destitutus, margine undulatus vel dentatus. Petala 3-∞, valvata vel apice imbricata vel in calyptram coalita decidua. Stamina 5-∞, decidua. Filamenta filiformia vel complanata vel teretiuscula. Antheræ versatiles 2-4 loculares introrsæ. Connectivum parvum vel rarius productum. Discus epigynus conicus vel com planatus saepe in stylis confluens. Styli 2-∞, connati vel liberi. Ovarium 2-∞-loculare. Ovula in loculis solitaria ab apice penduli; raphe ventrali. Fructus baccatus. Pyrenae osseæ vel cartilagineæ vel membranaceæ compressæ vel hemisphaericæ vel triquetræ. Semina in pyrenis 1, pendula. Albumen aequabile vel ruminatum. Radicula supera.

Circ. 60 genera et 450 species praecique in regionibus tropicis et calidis incolæ; inter eas 8 genera et 14 species in Korea indigena, quarum 6 species sunt endemicæ.

1 { Petala aestivatione imbricata. Flores cum pedicellis articulati...2
{ Petala valvata. Flores cum pedicellis inarticulati. 3

2 { Folia digitato-decomposita. Herba perennis. ....
{ .... *Panax* (ex hoc opere exclusa)
{ Folia pinnatim decomposita. Herba perennis, vel frutices vel
{ arborescens.............................*Aralia*

3 { Ovarium 5-(rarius 3-7) loculare. 4
{ Ovarium 2-loculare.................................6

4 { Caulis lignosus scandens radices multas surgit. Folia simplicia.
{ ....*Hedera*
{ Caulis erectus. Frutices vel arbores.....................5

5 { Folia simplicia, saepe apice 3-5 fida. Frutices vel arbores...
{ .... *Textoria*
{ Folia digitatim decomposita. Caulis aculeatus. Frutices.
{ Pyrenæ compressæ ventre acutæ..........*Eleutherococcus.*

$$
6 \begin{cases}
\text{Folia digitatim decomposita.} \quad \text{Frutices.} \quad \text{Caulis aculeatus.} \\
\quad \text{Pyrenæ triquetræ ventre planæ.} \dots\dots\dots\dots \textit{Acanthopanax} \\
\text{Folia simplicia magna dilatata palmatim lobata.} \dots\dots\dots 7
\end{cases}
$$

$$
7 \begin{cases}
\text{Frutices.} \quad \text{Caulis indivisus vel divisus aciculis densis horridus.} \\
\quad \text{Pyrenæ laterali-compressæ ventre obtusæ.} \dots \textit{Oplopanax} \\
\text{Arbores spinis rigidis armatæ.} \quad \text{Caulis ramosus.} \quad \text{Pyrenæ} \\
\quad \text{triquetræ dorso terete-costatæ, ventre planæ.} \dots \textit{Kalopanax}
\end{cases}
$$

第 1 屬　うこぎ屬

灌木又ハ小喬木、分岐アリ、有刺又ハ無刺。　葉ハ掌狀ニ 3-5 小葉ヲ具フ。小葉ニ鋸齒アリ。繖形花序ハ獨生又ハ複繖形又ハ圓錐花叢ヲナス。小花梗ハ花ト關節セズ。花ハ兩全又ハ雌雄異株。蕚齒ハ五個小ナリ。花瓣ハ5個鑷合狀ニ排列シ、早ク落ツ。花盤ハ多少突起ス。花柱2個離生又ハ癒合ス。子房ハ2室。核果ハ黑色2核アリ。核ハ側方ヨリ壓サレタル三稜形ニシテ腹面平ナリ。殼質又ハホボ海綿狀。胚乳ハ同質。

日本、滿洲、アムール、臺灣、フキリツピン群島、支那、印度支那、ヒマラヤニ亙リ 21 種アリ。其中5種ハ朝鮮ニ自生ス。

Gn. 1. **Acanthopanax** Seemann mss. ex Seemann in Journ. Bot. V. p. 238 (1867).–Bentham & Hooker, Gen. Pl. I. p. 938 (1876), pro parte–Harms in Engler & Prantl, Nat. Pflanzenfam. III. Abt. 8. p. 49 (1897), pro parte–Nakai in Journ. Arnold Arboret. V. p. 1 (1924).

Syn. *Panax* (non Linnæus) A. P. de Candolle, Prodr. IV. p. 252 (1830), pro parte–G. Don, Gen. Hist. III. p. 384 (1834).

Panax Subgn. *Acanthopanax* Decaisne & Planchon in Rev. Hort. 4. sér. III. p. 105 (1854).

Acanthopanax Miquel in Ann. Mus. Bot. Lugd. Bat. I. p. 10 (1863), excl. femina etc. et tertia florum etc. sub *Acanthopanace spinoso.*

Kalopanax Miquel, l. c. pro parte.

Frutex vel arboreus ramosus aculeatus vel inermis. Folia digitatim 3-5 foliolata. Foliola serrata. Umbellæ solitariæ vel umbellatæ vel paniculatæ. Pedicelli cum floribus inarticulati. Flores hermaphroditi vel polygamo-dioici. Calyx minute 5-dentatus. Petala 5 aestivatione valvata decidua. Discus plus minus elevatus. Styli 2 liberi vel coaliti.

Ovarium 2-loculare. Drupa baccata nigra 2-locularis. Pyrenæ laterali-compressæ, testa crustacea vel subspongiosa, ventre planæ, laterale bisulcatæ vel planæ, dorso obtusæ vel acutæ. Albumen aequabile.

Species 21 in Japonia, Formosa, Philippin, Korea, Amur, Manchuria, China, Indo-China & Himalaya incolæ, quarum 5 in Korea indigenæ.

第 1 節　眞正うこぎ節

花柱ハ基脚ニ於テ（時ニハ殆ンド上迄）癒合ス。繖形花序ハ無毛又ハ微毛アリ。花ハ長キ小花梗ヲ具フ。たんなうこぎ之ニ屬ス。

1.　たんなうこぎ（第壹圖）

五加木（濟州島方言）

灌木、莖ハ株ヨリ簇出ス、花ノ基ニ鈎刺アリ。葉ハ長キ葉柄ヲ具ヘ 2-3 個宛聚合ス。小葉片ハ五個、殆ンド無柄又ハ短キ小葉柄ヲ具フ。基部ニ白毛密生ス。倒卵形又ハ廣倒卵形、緣ニ殆ンド針狀ニ終レル波狀ノ鋸齒アリ。基脚ハ楔形、先端ハ尖ル。表面ハ光澤アリ、裏面ハ淡綠色ニシテ脈ハ隆起シ、主脈ノ分岐點ニ密毛アリ。繖形花序ハ 2-5 センノ花梗ヲ具ヘ、花多ク、毛ナシ。蕚ハ不顯著ナル五齒アリ。花瓣ハ綠色、花時外ニ反リ、長サ 3 ミリ。葯ハ黃色橢圓形、核果ハ黑色、長サ 7 ミリ許、稍上下ニ扁球形ヲナス。花柱ハ永存性。

濟州島ノ特產植物ニシテ 500 米突以下海岸迄ニ生ズ。

Acanthopanax Sect. I. **Orthacanthopanax** Nakai in Journ. Arnold Arboret. V. p. 1 (1924).

Syn. *Acanthopanax* Sect. II. *Euacanthopanax* Harms in Engler & Prantl, Nat. Pflanzenfam. III. Abt. 8. p. 50 (1897), pro parte.

Styl basi, interdum ad apicem coaliti; umbellæ glabræ vel subglabræ; flores longe pedicellati.

1.　**Acanthopanax koreanum** Nakai. (Tabula nostra I).

Acanthopanax koreanum Nakai in Journ. Arnold Arboret. V. p. 3 (1924).

Syn. *Acanthopanax spinosum* Nakai, Chosen-shokubutsu I. p. 415, fig. 522 (1914); Veg. Isl. Quelp. p. 68, no. 947 (1914); non Miquel.-Mori, Enum. Corean Pl. p. 265 (1922).

Frutex; rami caespitosi, arcuato-diffusi, sub folio recurvo-aculeati. Folia longe petiolata, fasciculatim 2-3; foliola 5, subsessilia vel brevi-petiolulata, basi albo-barbata, late obovata, acuta vel acuminata, supra lucida, infra pallida venis elevatis in axillis venarum primarium barbata. Umbella longipes pedunculo 2-5 cm. longo, multiflora glabra; calycis margo obscure dentatus; petala viridia reflexa, 3 mm. longa; antheræ flavæ oblongæ. Drupa baccata nigra 7 mm. longa, depresso-sphærica, apice stylis persistentibus coronata.

Nom. Jap. Tanna-ukogi.

Nom. vern. Quelpaert: Ōgā-mok.

Hab. in Quelpaert, infra 500 m., ubi endemicum.

第 2 節　頭狀うこぎ節

葉ハ掌狀ニ五葉片アリ。繖形花序ハ繖形狀穗狀花序ヲナス。花ハ小花梗短キ爲メ頭狀ヲナス。花柱ハ上迄癒合ス。朝鮮ニ四種アリ。

$$
\begin{array}{ll}
1 \left\{
\begin{array}{l}
\text{葉裏ハ無毛、無刺又ハ中肋上ニノミ小刺アリ。}\cdots\cdots\cdots\cdots 2 \\
\text{葉裏ハ有毛又ハ有刺。}\cdots\cdots\cdots\cdots\cdots\cdots\cdots\cdots 3
\end{array}
\right. \\
\end{array}
$$

1 ｛葉裏ハ無毛、無刺又ハ中肋上ニノミ小刺アリ。‥‥‥‥‥‥2
　｛葉裏ハ有毛又ハ有刺。‥‥‥‥‥‥‥‥‥‥‥‥‥‥‥‥3

2 ｛小葉ハ倒披針形、緣ニ臥タル鋸齒アリ。‥‥‥‥‥京城うこぎ
　｛小葉ハ倒卵形又ハ斜卵形、緣ニ微凸頭ノ鋸齒アリ。‥滿洲うこぎ

3 ｛小葉ハ裏面ノ中肋並ニ主脈上ニ褐色ノ密毛アリ。　全體ニ刺ナシ
　｛‥‥‥‥‥‥‥‥‥‥‥‥‥‥‥‥‥‥‥‥‥‥茶色うこぎ
　｛小葉ノ裏面ニハ毛ナケレドモ中肋並ニ主脈上ニハ無數ノ小刺ア
　｛リ‥‥‥‥‥‥‥‥‥‥‥‥‥‥‥‥‥‥‥‥‥智異山うこぎ

2.　まんしううこぎ　（第 貳 圖）

五 加 皮 木　（北朝鮮方言）
（ヲガルビナム）

高サ、3-5 米突ノ灌木、分岐多シ、有刺又ハ無刺。皮ハ灰色無毛。葉ハ掌狀ニ小葉片ヲ有ス、葉柄ハ極メテ短カキ毛生エ居レトモ後無毛トナル。小葉片ハ倒卵形又ハ廣倒卵形又ハ倒卵橢圓形、兩端ニ尖リ、表面ハ綠色、無毛、裏面ハ主脈上ニ微毛アリテ淡綠色ヲ呈ス。緣ニハ複鋸齒アリ。繖形花序ハ長枝ノ頂ニ生ジ繖形狀穗狀ニ排列ス。苞ニハ密毛アリ。花ハ極メテ短キ小花梗ヲ具フル故頭狀ヲナス、萼ハ外面ニハ絨毛アリ、內面ニハ毛ナク、三角形ナリ、花瓣ハ橢圓形、雄蕋ハ抽出ス、花柱ハ殆ンド頂迄相癒合ス、柱頭ハ外ニ曲ル、核果ハ漿果樣ニシテ黑熟シ長サ 10-12 ミリ、

核ハ扁タキ半橢圓形ナリ。

全南、忠北、京畿、江原、黃海、平南、平北、咸南、咸北ニ產シ、國外ニアリテハ滿洲、烏蘇利、黑龍江省、直隷省迄分布ス。

3. 智異山うこぎ （第參圖）
オンナム （慶南、全南ノ方言）

高サ 2-3 米突ノ灌木、分岐多シ、枝ハ無毛、刺ナシ、皮ハ灰色、葉柄ハ長サ 3-7 セメ無毛、刺多シ、小葉ハ小葉柄ヲ具ヘ廣倒卵形ニシテ基脚ニ向ヒ漸次ニ狹マリ、先ハ凸頭、緣ニハ銳キ複鋸齒アリ、表面ハ綠色、主脈ニ沿ヒ微毛生ズ裏面ハ淡綠色、脈ニ沿ヒ小針生ジ且銹色ノ毛アリ。繖形花序ハ白キ綿毛ヲ被リ、小花梗ハ短シ、蕚ニ密毛アリ、裂片ハ卵形又ハ卵形ニテ尖ル。花瓣ハ帶卵橢圓形、外反シ、落ツ、花柱ハ 2 個一ツニ癒合ス。柱頭ハ 2 個、核果ハ黑ク長サ 6 ミリ。

全南、濟州島、全北、京畿、江原、咸南、咸北ニ生ジ、朝鮮ノ特產植物ナリ。

4. 京城うこぎ （新種） （第四圖）

高サ 2-3 米突ノ灌木。無刺。皮ハ灰色、二年生ノ枝ニハ隆起セル皮目アリ。芽ハ無毛、卵形、灰色ノ鱗片ニテ被ハル　掌狀複葉ハ 3-5 個ノ小葉片ヲ具ヘ、葉柄ハ長サ半セメ乃至 11 セメ無毛、丸シ。小葉ハ倒披針形ニシテ短カキ小葉柄ヲ具ヘ、兩端ニ尖リ無毛、緣ニ臥タル鋸齒アリ、表面ハ濃綠色裏面ハ淡綠色長サ 2,5-8,5 セメ幅ハ 8-31 ミリ、花ハ頭狀花序ヲナシ先端ノ頭狀花ハ長キ花梗ヲ具フ、花梗ノ長サハ 2-3.3 セメ始メハ綿毛アレトモ後無毛トナル、蕚筒ハ外面ニ鱗片樣ノ毛茸アリ、蕚齒ハ殆ンドナシ、花瓣ハ始メ鑷合狀ニ排列シ 5 個、三角形、內面ハ無毛、花托ハ廣ク且ツ扁平、花柱ハ長サ 3 ミリ先端ハ少シク三叉ス。

京城附近ノ產。

5. 茶色うこぎ （新種） （第五圖）

灌木、分岐多ク刺ナシ、皮ハ淡褐色、枝ノ基部ハ膨ミ、鱗片ノ落チタル跡ニテ輪狀ノ模樣アリ。葉柄ハ長サ 3-7 セメ褐色ノ毛疎ニ生ズ。葉片ハ掌狀ニ 3 個稀ニ 5 個アリ、狹長橢圓形又ハ狹長倒卵橢圓形、基脚ハ漸尖頭、又ハ微凸頭、緣ニハ銳鋸齒アリ、先端ハ凸頭、表面ハ綠色ニシテ中肋ニ微小毛アリ、裏面ハ淡綠色、中肋及ビ主脈ニ褐色ノ密毛アリ、未

ダ花及ビ果實ヲ見ザレドモ明ニ新種ナリ。

慶北、黄海、平北、咸北ニテ發見ス。

Acanthopanax Sect. **Cephalopanax** Harms in Mitt. Deutsch. Dendrol. Gesells. XXVIII. p. 5 & 14 (1918)–Nakai in Journ. Arnold Arboretum V. p. 5 (1924).

Syn. *Cephalopanax* (non Saporta) Baillon in Adansonia, XII. p. 149 (1878).

Folia quinnata. Umbellæ in apice ramorum hornotinorum elongatorum terminales umbellato-racemosæ; flores brevi-pedicellati, ita umbellæ subcapitatæ; styli fere ad apicem connati.

1 {
Foliola subtus glabra espinulosa vel supra costam parce spinulosa, ...2
Foliola subtus pubescentia vel spinulosa. 3
}

2 {
Foliola oblanceolata, margine adpresse incurvato-serrulata. .. ..*A. seoulense*
Foliola obovata vel oblique ovata mucronato-serrulata. ....*A. sessiliflorum*
}

3 {
Foliola subtus supra costam et venas rufo-pubescentia. Planta inarmata. ....*A. rufinerve*
Foliola subtus supra costam et venas creberrime spinulosa glabra. Rami et petioli semper armati.....*A. chiisanensis.*
}

2. **Acanthopanax sessiliflorum** Seemann

(Tabula nostra II).

Acanthopanax sessiliflorum Seemann in Journ. Bot. V. p. 239 (1867)–Marchal in Bull. Soc. Bot. Belg. XX. p. 84 (1881)–Harms in Engler & Prantl, Nat. Pflanzenfam III. Abt. 8. p. 50 (1897); in Mitt. Deutsch. Dendrol. Gesells. XXVII. p. 14 (1918)–Komarov in Acta Hort. Petrop. XXV. pt. 1. p. 117 (1905)–Schneider, Illus. Handb. Laubholzk. II. p. 429, fig. 292-a (1909)–Nakai in Journ. Coll. Sci. Tokyo XXVI. Art. 1. p. 275 (1909); XXXI. p. 493 (1911); Veg. Diamond mts. p. 180, n. 471 (1918); Chosen-shokubutsu I. p. 416, fig. 523 (1914).–Rehder in Bailey, Encycl. Amer. Hort. I. p.

11. (1900); Stand. Cyclop. Hort. I. p. 192 (1914)-Bean, Trees & Shrubs Brit. Isles I. p. 132 (1916)-Nakai in Journ. Arnold Arboret. V. p. 5 (1924).

Syn. *Panax sessiliflorum* Ruprecht & Maximowicz in Bull. Acad. Sci. St. Pétersb. XIV. p. 133 (1856); p. 367 (1857); in Mél. Biol. II. p. 426 (1857); p. 545 (1858).-Maximowicz in Mém. Div. Sav. Acad. Sci. St. Pétersb. IX. p. 131 (1859)-Regel in Mém. Acad. Sci. St. Pétersb. sér. 7. IV. p. 72 (1861); in Gartenfl. XI. p. 238, t. 369 (1862)-Jäger, Ziergeh. p. 322 (1865)-K. Koch, Dendrol. p. 506 (1880)-Koehne, Deutsch. Dendr. p. 433 (1893)-Franchet in Nouv. Arch. Mus. Paris, sér. 2, VI. p. 25 (1883); Pl. David. I. p. 145 (1884)-Lauhe, Deutsch. Dendr. p. 506 (1880)-Dippel, Handb. Laubholzk. III. p. 234 (1893)-Beissner, Schelle & Zabel, Handb. Laubholz-Ben. p. 262 (1903).

Cephalopanax sessiliflorum Baillon in Adansonia XII. p. 149(1878).

Frutex 3-5 metralis, ramosus, aculeatus vel inermis; cortex cinereus glaber. Folia digitatim 3-5 foliolata; petioli adpressissime pilosi glabrescentes; foliola obovata vel late obovata vel ovato-oblonga utrinque attenuata, supra glabra viridia, supra venas primarias pilosella, infra pallida secus venas primarias pilosella, margine subduplicato-serrulata. Umbellæ terminales umbellato-racemosæ; bracteæ tomentosæ; flores brevissime pedicellati ita capitati; calyx extus lanatus, lobis triangularibus, intus glabris; petala valvata oblonga; stamina exerta; styli fere ad apicem connati; stigmata recurva. Drupa baccata 10-12 mm. longa nigra; pyrenæ compressæ semi-ellipsoideæ.

Nom. Jap. Manshu-Ukogi.

Nom. Kor. Ogalpinam.

Hab. in Korea media & septentrionali vulgare sed in australe rarum.

Distr. Manshuria, Ussuri, Amur & Tschili.

3. Acanthopanax chiisanense Nakai
(Tabula nostra III).

Acanthopanax chiisanense Nakai in Journ. Arnold Arboret. V. p. 5 (1924).

Syn. *Acanthopanax sessiliflorum* Nakai, Veg. Isl. Quelpaert, p. 68, no. 946 (1914); Veg. Mt. Chirisan, p. 40, no. 341 (1915); non Seemann.

Frutex 2–3 metralis, ramosus; rami glabri inermes; cortex cinereus. Petioli 3–7 cm. longi, glabri, crebri-aculeati; foliola petiolulata, late obovata basi sensim angustata, apice cuspidata, margine argute duplicato-serrulata, supra viridia secus venas primarias minute ciliolata, subtus pallida secus venas ciliato-aciculata et rufo-pilosa. Umbellæ lanatæ; flores brevi-pedicellati; calyx lanatus, lobis ovatis vel ovato-acuminatis; petala ovato-oblonga, reflexa, decidua; styli 2 in unum concreti; stigmata 2. Drupa nigra, circ. 6 mm. longa.

Nom. Jap. Chiisan-ukogi.

Nom. Kor. Onnam.

Hab. in montibus Koreæ.

Planta endemica.

4. **Acanthopanax seoulense** Nakai sp. nov.
(Tabula nostra IV).

Frutex 2–3 metralis ramosus inermis. Cortex cinereus. Rami annotini lenticellis elevatis sparsim punctati. Gemmæ glabræ ovatæ; squamæ cinereæ imbricatæ. Folia palmatim 3–5-foliolata; petioli 0.5–11 cm. longi glaberrimi teretes; foliola oblanceolata breve petiolulata utrinque attenuata glaberrima margine adpresse serrulata, supra intense viridia, subtus pallida, 2.5–8.5 cm. longa 8–31 mm lata. Caput terminalis longe pedunculatum imprimo floret. Capita lateralia verti-cillatim vel racemosim collocata. Bracteæ ovato-lanceolatæ lanatæ 2–6 mm. longæ. Pedunculi 2–3.3 cm. longi primo lanigeri demum glabrescentes. Flores sessiles; calycis tubus furfuraceus; sepala sub-nulla; petala 5 valvata triangularia intus glaberrima; discus lata plana; styli 3 mm. longi apice bifidi.

Hab.

Korea: Ineien circa Seoul prov. Keiki (T. Ishidoya–typus in Herb. Imp. Univ. Tokyo).

5. **Acanthopanax rufinerve** Nakai, sp. nov.

(Tab. nostra V).

Frutex ramosus inermis. Cortex pallide fuscus. Ramuli basi tumidi, cicatrice squamarum gemmarum annulare notati. Petioli 3–7 mm. longi rufo-piloselli. Foliola palmatim ternata rarius quinnata 3–7 cm. longa 1.5–3.5 cm. lata elongato-oblonga vel elongato-obovato-oblonga, basi acuminata vel mucronata, margine argute serrulata, apice cuspidata, supra intense viridia costa ciliolata, subtus pallida, costa et veni primarii rufo-barbati; petioluli 2–7 mm. longi rufo-barbati. Flores et fructus ignoti, sed species perdistincta.

Hab.

Korea: in montibus peninsulæ.

第 2 屬 えぞうこぎ屬

有刺ノ灌木。葉ハ掌狀ニ 3-5 小葉ヲ具フ。 繖形花序ハ單一又ハ繖形ナリ。花ハ花梗ト關節セズ。蕚ハ不顯著ノ五齒アリ。花瓣ハ五個、鑷合狀ニ排列ス。雄蕋ハ五個。花柱ハ 5 (3-4) 個、全ク相癒合スルモノト頂ノ分レルモノトアリ。 柱頭ハ 5 (3-4) 個。花盤ハ高マル。核果ハ 5 個ノ核ヲ有ス。核ハ扁平ニシテ溝ナシ。胚乳ハ同質。

日本、朝鮮、滿洲、黑龍江省、支那、ヒマラヤニ亘リ 14 種アリ。其中 2 種ハ朝鮮ニ自生ス。即チ左ノ如シ。

1.	*Eleutherococcus brachypus* Nakai	支那産
2.	*Eleutherococcus cissifolium* Nakai	ヒマラヤ産
3.	*Eleutherococcus Giraldii* Nakai	支那産
4.	*Eleutherococcus Henryi* Oliver	支那産
5.	*Eleutherococcus hypoleucus* Nakai	本道産
6.	*Eleutherococcus koreanus* Nakai	朝鮮産
7.	*Eleutherococcus leucorhizus* Nakai	支那産
8.	*Eleutherococcus pentaphyllus* Nakai	北海道、本道産
9.	*Eleutherococcus Rehderianus* Nakai	支那産
10.	*Eleutherococcus senticosus* Maximowicz	北海道、樺太、北鮮、滿洲、黑龍江省、直隷産
11.	*Eleutherococcus setchuensis* Nakai	支那産

12. *Eleutherococcus Simonii* Decaisne　　　支那産
13. *Eleutherococcus stenophyllum* Nakai　　　支那産
14. *Eleutherococcus Wilsonii* Nakai　　　支那産

6. えぞうこぎ（第六圖）
五 加 皮 木（北鮮ノ方言）

高サ 4-5 米突ニ達スル灌木。樹膚ハ角ク割ル、枝ニハ針狀ノ刺アリ。葉柄ハ長ク細カキ針アリ。　小葉片ハ小葉柄ヲ具ヘ、倒卵形先端ハ尖リ、基脚ハ或ハ丸ク或ハ尖ル、脈上ニ微毛アリ、緣ニハ複鋸齒アリ。撤形花序ハ長キ花梗ヲ具ヘ獨立ニ生ズルモノト基脚分岐スルトアリ、多數ノ花ヲ有ス。小花梗ハ無毛ナレドモ附着點ニ密毛生ズ。苞ハ小サシ。蕚ハ短カキ 5 齒アリ。花瓣ハ內面ニ稜線アリテ早ク落ツ。雄蕋ハ 5 個、花柱モ 5 個、柱狀ニ相癒合ス。核果ハ漿果樣、黑色ニシテ直徑 8-10 ミリ。核ハ扁平ナリ。

咸南、咸北、平北ニ産ス。

分布、滿洲、黑龍江省、直隷省、樺太、北海道。

7. おほえぞうこぎ（新稱）（第七圖）
五 加 皮 木（北鮮ノ方言）

高サ 4-5 米突ノ灌木、樹膚ハ灰色、二年生ノ枝ハ帶紅色、皮目ハ小サク多クハ點狀。無毛、有刺又ハ葉ノ下ニノミ刺アリ。葉柄ハ長サ 3-4 セメ。　葉ハ掌狀ニ 3-5 個ノ小葉片ヲ具ヘ、小葉片ハ長サ 3-15 ミリノ小葉柄ヲ有ス。小葉片ノ幅ハ 3-8 セメ長サハ 5-12 セメニ達シ、廣卵形又ハ廣橢圓形ニシテ先ハ尖リ、基脚ハ或ハ尖リ或ハ丸シ。表面ハ綠色、無毛、緣ニハ小サキ複鋸齒アリ。裏面ハ脈上ニ褐色ノ縮レ毛アリ。花梗ハ長サ 4-10 セメ。撤形花序ハ花非常ニ多ク基脚ニハ毛ノ代リニ披針形ノ苞アリ。　小花梗ハ長サ 10-15 ミリ、無毛、蕚ハ倒卵形、無毛。短カキ五齒アリ。花瓣ハ 2.5-3 ミリ內面ハ中央ニ稜線アリ、黃綠色、花柱ハ癒着シ、柱頭ハ稍廣ク盤狀又ハ杯狀トナル。果實ハ長サ 10 ミリ許黑色。

平安南北道ニ産シ、朝鮮特産ナリ。

Gn. 2. **Eleutherococcus** Maximowicz in Mém. Div. Sav. Acad. Sci. St. Pétersb. IX. p. 161 (1859)-Bentham & Hooker, Gen. Pl. I. p.

941 (1867)–Seemann in Journ. Bot. VI. p. 161 (1867)–Koch, Dendrol.
I. p. 676 (1869)–Nakai in Journ. Arnold Arboret. V. p. 9 (1924).

Syn. *Acanthopanax*, pro parte. Seemann in Journ. Bot. V. p. 238
(1867)–Dippel, Handb. Laubholzk. III. p. 235 (1893)–Harms in Engler
& Prantl, Nat. Pflanzenfam. III. Abt. 8. p. 49 (1897)–Schneider,
Illus. Handb. Laubholzk. II. p. 424 (1909).

Acanthopanax Sect. *Eleutherococcus* Harms, l. c.; in Mitt. Deutsch.
Dendrol. Gesells. XXVII. p. 7 (1918).

Acanthopanax Sect. *Euacanthopanax* Harms, l. c. pro parte; l. c. p.
18, excl. D. E.

Frutex aculeatus ramosus.　Folia digitatim 3–5 foliolata.　Umbellæ
solitariæ vel umbellatæ; flores cum pedicello inarticulati; calyx obsolete
dentatus; petala 5 aestivatione valvata; stamina 5; styli 5 (3–4) toto
connati vel apice liberi; stigmata 5 (3–4); discus elevatus; drupa 5-
pyrena; pyrenæ compressæ laterali nunquam sulcatæ; albumen æquabile.

Species 14 in Japonia, Korea, Manshuria, Amur, China & Himalaya
indigenæ.

Plantæ Extra-Koreanæ.

1) **Eleutherococcus brachypus** Nakai, comb. nov.

Syn. *Acanthopanax brachypus* Harms in Engler, Bot. Jahrb. XXXVI.
Beiblatt 82, p. 80 (1905); in Mitt. Deutsch. Dendrol. Gesells. XXVII.
p. 13 (1918).

Hab. in China.

2) **Eleutherococcus cissifolius** Nakai, Chosen-shokubutsu I. p.
420 (1914).

Syn. *Aralia cissifolia* Griffith ex Seemann, Rev. Heder. p. 91 (1868)–
C. B. Clarke in Hooker, Fl. Brit. Ind. II. p. 722 (1879).

Acanthopanax cissifolius Harms in Engler & Prantl, Nat. Pflanzenfam.
III. Abt. 8. p. 50 (1894); in Gartenfl. XLIV. p. 480 (1895); in Mitt.
Deutsch. Dendrol. Gesells. XXVII p. 19 (1918).

var. **normalis** Nakai, comb. nov.

Syn. *Acanthopanax cissifolius* var. *normalis* Harms in Mitt. Deutsch.
Dendrol. Gesells. XXVII. p. 19 (1918).

Hab. in Himalaya.

Eleutherococcus cissifolius var. **scandens** Nakai, comb. nov.

Syn. *Acanthopanax cissifolius* var. *scandens* Edgew. ex Harm , l. c.

Hab. in Himalaya.

3) **Eleutherococcus Giraldii** Nakai in Journ. Arnold Arboret. V. p. 9 (1924).

Syn. *Acanthopanax Giraldii* Harms in Bot. Jahrb. XXXVI. Beiblatt 82. p. 80 (1905)–Harms & Rehder in Sargent, Pl. Wils. II. p. 560 (1916)–Harms in Mitt. Deutsch. Dendrol. Gesells. XXVII. p. 19 (1918)–Schneider, Illus. Handb. Laubholzk. II. p. 424 (1909).

Hab. in China.

Eleutherococcus Giraldii var. **inermis** Nakai, comb. nov.

Syn. *Acanthopanax Giraldii* var. *inerme* Harms & Rehder in Sargent, Pl. Wils. II. p. 560 (1906)–Harms in Mitt. Deutsch. Dendrol. Gesells. XXVII. p. 30 (1918).

Hab. in China.

4) **Eleutherococcus Henryi** Oliver in Hooker, Icon. Pl. XVIII. t. 1711 (1887)–Forbes & Hemsley in Journ. Linn. Soc. XXIII. p. 341 (1887)–Bretschneider, Hist. Europ. Bot. Disc. China p. 784 (1898)–Hesse in Mitt. Deutsch. Dendrol. Gesells. XXII. p. 372 cum fig. (1913)–Goeze in Mitt. Deutsch. Dendrol. Gesells. XXV. p. 168 (1916).

Syn. *Acanthopanax Henryi* Harms in Engler & Prantl, Nat. Pflanzenfam. III. Abt. 8. p. 49 (1894); in Bot. Jahrb. XXIX. p. 488 (1900); XXXVI. p. 80 (1905)–Gardner's Chron. 3 sér. XXXVIII. p. 402 fig. 154 (1905)–Schneider, Illus. Handb. Laubholzk. II. p. 429 & 1040, fig. 289 h-i, fig. 290 b.–Staph in Bot. Mag. CXXXVI. t. 8316 (1910)–Henslow in Journ. Hort. Soc. Lond. XXXVI. p. 958 (1911)–Hemsley in Journ. Linn. Soc. XXXVI. p. 451 (1904)–Pampanini in Nuov. Giorn. Bot. Ital. n. ser. VIII. p. 130 (1911)–Sprenger in Mitt. Deutsch. Dendrol. Gesells. XX. p. 240 (1911)–Silva Tarouca, Ziergeh. p. 128, fig. 128, fig. 109 (1913)–Harms & Rehder in Sargent, Pl. Wils. II. p. 557 (1916).

Hab. in China.

5) **Eleutherococcus hypoleucus** Nakai in Journ. Arnold Arboret. V. p. 10 (1924).

Syn. *Acanthopanax hypoleucum* Makino in Tokyo Bot. Mag. XII. p. 18 (1898)–Matsumura, Ind. Pl. Jap. II. pt. 2. p. 417 (1912)–Harms in Mitt. Deutsch. Dendrol. Gesells. XXVII. p. 8 (1918).

Eleutherococcus japonicus Makino, l. c. p. 19, pro syn. *Acanthopanacis hypoleuci.*

Acanthopanax Fauriei Harms in Notizbl. Bot. Gart. Berl. XII. p. 248 (1917); in Mitt. Deutsch. Dendrol. Gesells. XXVII. p. 9 (1918)

Hab. in Hondo & Shikoku.

6) **Eleutherococcus leucorhizus** Oliver in Hooker, Icon. Pl. XVIII. sub t. 1711 (1887).

Syn. *Acanthopanax leucorhizus* Harms in Engler & Prantl, Nat. Pflanzenfam. III. Abt. 8. p. 49 (1894); in Mitt. Deutsch. Dendrol. Gesells. XXVII. p. 9. (1918).

Hab. in China.

Eleutherococcus leucorhizus var. **fulvescens** Nakai, comb. nov.

Syn. *Acanthopanax leucorhizus* var. *fulvescens* Harms & Rehder in Sargent, Pl. Wils. VI. p. 558 (1916)–Harms in Mitt. Deutsch. Dendrol. Gesells. XXVII. p. 10 (1918).

Hab. in China.

Eleutherococcus leucorhizus var. **scaberulus** Nakai, comb. nov.

Syn. *Acanthopanax leucorhizus* var. *scaberulus* Harms & Rehder in Sargent, Pl. Wils. VI. p. 558 (1916)–Harms in Mitt. Deutsch. Dendrol. Gesells. XXVII. p. 10 (1918).

Hab. in China.

7) **Eleutherococcus pentaphyllus** Nakai, Chosen-shokubutsu I. p. 420 (1914).

Syn. *Aralia pentaphylla* (non Thunberg) Siebold & Zuccarini in Abh. Muench. Acad. IV. pt. 2. p. 201 (1845), excl. syn. Panax spinosa.

Acanthopanax spinosum Miquel in Ann. Mus. Bot. Lugd.-Bat. I. p. 10 (1863); excl. syn. Panax spinosum.–Dippel, Handb. Laubholzk. III. p. 237 (1893)–Zabel in Gartenfl. XXX. p. 336 (1881).

Acanthopanax pentaphyllum Marchal in Bull. Soc. Bot. Belg. XX. p. 79 (1881)–Harms in Engler & Prantl, Nat. Pflanzenfam. III. Abt.

8. p. 50 (1897); in Mitt. Deutsch. **Dendrol.** Geséls. XXVII. p. 21 (1918)–Rehder in Bailey, Cyclop. Americ. Hort. I. p. 11 (1900); in Bailey, Stand. Cyclop. Hort. I. p. 193, fig. 82 (1914)–Bean, Trees & Shrubs Brit. Isl. I. p. 131 (1914).

Acanthopanax Sieboldianum Makino in Tokyo Bot. Mag. XII. p. [10] (1898).

Acanthopanax trichodon Zabel in Gartenwelt XI. p. 535 (1909); non Franchet & Savatier.

Eleutherococcus japonicus Nakai in Journ. Arnold Arboret. V. p. 10 (1924), excl. syn. *Acanthopanax japonicus*.

Hab. in Hondo & Yeso.

8) **Eleutherococcus Rehderianus** Nakai in Journ. Arnold Arboret. V. p. 9 (1924).

Syn. *Acanthopanax Rehderianum* Harms in Sargent, Pl. Wils. II. p. 561 (1916); in Mitt. Deutsch. Dendrol. Gesells. XXVI. p. 20 (1919).

Hab. in China.

9) **Eleutherococcus setchuensis** Nakai, comb. nov.

Syn. *Acanthopanax setchuense* Harms in Bot. Jahrb. XXIX. p. 488 (1900); XXXVI. Beibl. n. 82. p. 81 (1905); in Mitt. Deutsch. Dendrol. Gesells. XXVII. p. 10 (1918)–Harms & Rehder in Sargent, Pl. Wils. II. p. 559 (1916).

Hab. in China.

10) **Eleutherococcus Simonii** Decaisne ex Simon-Louis, Preis-verzeichnis pro Herbst 1902 & Frühjahr 1903, p. 33–Beissner, Schelle & Zabel, Handb. Laubholzbenn. p. 361. (1903)–Vilmorin & Bois, Frut. Vilmorin p. 141 (1904)–Hesse in Mitt. Deutsch. Dendrol. Gesells. XXII. p. 272, t. (1913).–Goez in Mitt. Deutsch. Dendrol. Gesells. XXV. p. 168 (1916).

Syn. *Acanthopanax Simonii* Schneider, Illus. Handb. Laubholzk. II. p. 426 fig. 290, C. (1909)–Purpus in Moellers, Deutsch. Gärtnerztg. XXV. p. 25, cum fig. (1910)–Bean, Trees & Shrubs I. p. 133 (1914)–Harms & Rehder in Sargent, Pl. Wils II. p. 559 (1916).–Harms in Mitt. Deutsch. Dendrol. Gesells. XXVII. p. 12 (1918).

Hab. in China.

11) **Eleutherococcus stenophyllus** Nakai in Journ. Arnold. Arboret. V. p. 9. (1924).

Syn. *Acanthopanax stenophyllum* Harms in Sargent, Pl. Wils. II. p. 564 (1916); in Mitt. Deutsch. Dendrol. Gesells. XXVII. p. 20 (1918). Hab. in China.

12) **Eleutherococcus Wilsonii** Nakai in Journ. Arnold Arboret. V. p. 9 (1924).

Syn. *Acanthopanax Wilsonii* Harms in Sargent, Pl. Wils. II. p. 560 (1916); in Mitt. Deutsch. Dendrol. Gesells. XXVII. p. 20 (1918). Hab. in China.

Plantæ Koreanæ.

6. **Eleutherococcus senticosus** Maximowicz
(Tabula nostra VI).

Eleutherococcus senticosus Maximowicz in Mém. Div. Sav. Acad. Sci. Pétersb. IX. p. 132 (1859)-Regel in Gartenfl. XII. p. 84 t. 393 (1863)-Seemann in Journ. Bot. VI. p. 162 (1868)-Fr. Schmidt in Mém. Acad. Sci. Pétersb. sér. 7. XII. no. II. p. 47. & p. 140 (1868)-Lauhe, Deutsch. Dendrol. p. 507 fig. 205 (1880)-Jäger & Beissner, Ziergeh. ed. 2. p. 146 (1884)-Forbes & Hemsley in Journ. Linn. Soc. XXIII. p. 382 (1888)-Dippel, Handb. Laubholzk. III. p. 235 fig. 127 (1893)-Koehne, Deutsch. Dendrol, p. 432 (1893)-Rehder in Bailey, Cyclop. Amer. Hort. I. p. 528 (1901)-Komarov in Acta Hort. Petrop. XXV. p. 119 (1905)-Nakai in Tokyo Bot. Mag. XXVI. p. 37 (1912); Chosen-shokubutsu I. p. 420, fig. 528 (1914); Veg. Diamond mts. p. 180 (1918).

Syn. *Hedera senticosa* Maximowicz in Bull. Acad. St. Pétersb. XV. p. 134 (1856); p. 367 (1857); in Mél. Biol. II. p. 426 (1857); p. 546 (1858).

Acanthopanax senticosus Harms in Engler & Prantl, Nat. Pflanzenfam. III. Abt. 8. p. 50 (1894); in Mitt. Deutsch. Dendrol. Gesells. XXVII. p. 5 & 6 (1916)-Rehder in Bailey, Stand. Cyclop. Hort. I.

p. 193 (1914)–Bean, Trees & Shrubs. Brit. Isl. I. p. 171 (1916).

Acanthopanax Eleutherococcus Makino in Tokyo Bot. Mag. XII. p. 19, in nota sub *Acanthopanace hypoleuco* (1898).

Frutex usque 4–5 m. Cortex trunci ut Diospyros virginiana. Ramus saepe aciculatus. Petioli elongati minute aciculati. Foliola petiolulata obovata apice mucronata vel cuspidata basi acuta vel rotundata secus venas pilosa duplicato-serrulata. Umbellæ longipes solitariæ vel basi ramosæ, multifloræ. Pedicelli glaberrimi. Calyx breve 5-dentatus. Petala decidua intus costata. Stamina 5. Styli 5 columnares conniventes. Drupa baccata nigra 8–10 mm. Pyrenæ compressæ.

Nom. Jap. Ezo-ukogi.

Nom. Kor. Ogalpi-nam.

Hab. in Korea media & septentrionale.

Distr. Yeso, Sachalin, Ussuri, Manshuria, Amur & Chili.

7. **Eleutherococcus koreanus** Nakai, sp. nov.
(Tabula nostra VII).

Differt ab *Eleutherococcus senticoso* ramis annotinis rubrioribus, lenticellis minute punctatis (rarissime elongato-lenticellatis), umbellis basi haud barbatis, pedicellis longioribus distinctus.

Frutex 4–5 m. Cortex adultus cinereus, ramorum hornotinorum rubro-fuscus glaber lenticellis punctatis rarius elongatis notatus. Ramus aciculatus vel infra folia tatum aciculatus. Petioli 3–4 cm. longi glabri. Folia digitatim 3–5 foliolata; foliola petiolulata; petioluli 3–5 mm. longi; foliola latissime ovata vel latissime elliptica, apice mucronata vel acuminata, basi acuta vel obtusa, 5–12 cm. longa, 3–8 cm. lata duplicato-mucronato-serrulata, supra viridia glabra, infra secus venas rufo-pilosa. Pedunculi 4–10 cm. longi. Umbella multiflora basi lanceolato-bracteata sed haud tomentosa. Pedicelli 11–15 mm. longi glabri. Calyx glaber obovata breve 5-dentatus. Petala 2.5–3 mm. longa intus medio costata. Stigmata subcupularia vel discoidea 1 mm. longa. Drupa nigra 10 mm. longa.

Hab. in Korea boreali-occidentale.

Planta endemica.

第 3 屬　はりぎり屬

有刺ノ喬木。葉ハ互生、一年生、有柄、單葉、掌狀ニ缺刻ス、鋸齒アリ。花序ハ枝ノ先端ニ生ズ。繖形花序ハ幾回カ分岐ス、其枝ハ互ニ關節ス。苞及ビ小苞アリ。萼筒ハ倒卵狀、萼ハカラー狀ニ高マリ緣ニ小サキ 5 齒アリ、永存性、花瓣ハ 5 個稀ニ 4 個、鑷合狀ニ排列ス。花後落ツ、雄蕋ハ 5 (4) 個、花絲ハ細シ。藥ハ丁字形ニ附キ 2 室、花盤ハ隆起ス。花柱ハ 2 (稀ニ 3) 個、殆ンド先端迄癒合ス。柱頭ハ唇狀ニテ外反ス、子房ハ 2 (稀ニ 3) 室、核果ハ漿果樣、球形、黑熟ス、核ハ堅ク背面ニ著シキ隆起アリ、側面ニハ二ツノ溝アリ。腹面ハ平ナリ。種子ハ三稜、胚乳ハ同質。

支那、朝鮮、樺太、滿洲、北海道ヨリ琉球ニ亘リ唯一種ヲ產ス。

8.　はりぎり、一名せんのき　(第八−十圖)

オムナム、オツプナム、ボンナム　(朝鮮名)

喬木、幹ノ直徑ハ往々一米突以上トナルアリ。樹膚ハ灰色ニシテ縱ニ溝アリ。長キ萠芽ハ無毛扁平ノ硬キ大ナル刺密生ス、然レドモ通常ノ枝ニテハ刺ハ散生ス、葉柄ハ長ク基脚ハ廣ク枝ヲ包メドモ上部ハ丸キ棒狀ナリ。長サ 3-30 セメニ達ス、葉身ハ掌狀ニ 5-9 叉ス、裂片ニ鋸齒アリ、裂片ハ卵形ニシテ先端尖ル、若キ長枝ノ葉ハ往々深ク裂ケ裂片モ細シ、表面ハ綠色、裏面ハ淡ク主脈ノ分岐點ニ密毛アリ。花序ハ枝ノ先端ニ生ジ球形ニ分岐ス、苞ハ大キク長サ 1-2 セメ早ク落ツ、小苞ハ鱗片狀ニシテ亦早ク落ツ、小花梗ハ長サ 1 セメ許、萼筒ハ無毛、倒卵形又ハ半圓形、小花梗ニ向ヒ尖ル、萼片ハカラー狀ニ高マリ、小サキ 5 齒アリ、花瓣ハ早ク落チ內面ハ中央ニ高マル、雄蕋ハ 5 個、花絲ハ細ク白シ、藥ハ帶紅色、花盤ハ高マル。核果ハ黑ク幅 3-6 ミリ許、球形ナリ、核ハ固シ。

濟州島、群島、欝陵島、朝鮮本土ノ各地ニ產ス。

分布、支那、滿洲、樺太、北海道、本島、四國、九州、琉球。

一種、葉裏ニ密毛ノ生ズルアリ、之ヲけせんのき、又ハ**けはりぎり**又ハ**をにせん**ト云フ京畿道光陵ニテ余自ラ探レリ、本變種ハ又支那、本島、北海道ニ分布ス。

Gn. 3. **Kalopanax** Miquel in Ann. Mus. Bot. Lugd. Bat. I. p. 16 (1863), pro parte—Harms in Engler & Prantl, Nat. Pflanzenfam. III.

Abt. 8. p. 50 (1897), pro parte–Nakai in Journ. Arnold Arb. V. p. 11 (1924).

Syn. *Brassiopsis* Seemann in Journ. Bot. II. p. 290 (1864), pro parte, non Decaisne & Planchon.

Acanthopanax (non Miquel) Bentham & Hooker, Gen. Pl. I. p. 938 (1867), pro parte.

Arbor aculeata spinis sparsis persistentibus. Folia alterna longe petiolata annua simplicia palmatim lobata serrulata. Inflorescentia in apice rami hornotini terminalis umbellato-decomposita ambitu sphaerica vel hemisphærica, ramis articulatis. Bracteæ & bracteolæ deciduæ. Calyx turbinatus vel hemisphaericus vel obovatus; limbus cupularis minute 5-dentatus persistens. Petala 5 (4) aestivatione valvata decidua. Stamina 5 (4); filamenta filiformia; antheræ biloculares versatiles. Discum convexum. Styli 2–(3) loculare. Drupa nigra baccata 2-pyrena. Pyrenæ crustaceæ dorso eximie jugatæ, laterali 2-sulcatæ. Semen triangulare. Albumen homogenum.

Species 1 in China, Korea, Manshuria & Japonia indigena.

8. **Kalopanax pictum** Nakai, (Tabulæ nostræ VIII–X).

Kalopanax pictum Nakai, comb. nov.

Syn. *Acer pictum* Thunberg in Nova Acta Reg. Soc. Sci. Upsal. IV. p. 36, nom. & p. 40 cum descript. (1783); nihil aliud.

Acer septemlobum Thunberg, Fl. Jap. p. 161 (1784); Dissert. Bot. Acere p. 6 (1793).

Panax ricinifolium Siebold & Zuccarini in Abh. Akad. Muench. IV. pt. 2. p. 199 (1845).

Kalopanax ricinifolium Miquel in Ann. Mus. Bot. Lugd. Bat. I. p. 16 (1863)–Fr. Schmidt in Mém. Acad. Sci. St. Pétersb. sér 7. XII. no 2. p. 140 (1868)–Harms in Engler & Prantl, Nat. Pflanzenfam. III. Abt. 8. p. 51 (1897)–Palibin in Acta Hort. Petrop. XVII. p. 99 (1898)–Komarov in Acta Hort. Petrop. XXV. p. 122 (1905)–Nakai in Journ. Coll. Sci. Tokyo XXVI. Art. 1. p. 275 (1909); XXXI. p. 493 (1911)–Matsumura, Ind. Pl. Jap. II. pt. 2. p. 420 (1912), pro parte–Nakai, Chosen-shokubutsu I. p. 422, fig. 530 (1914);

Veg. Isl. Quelpaert p. 68, no 952 (1914); Veg. Isl. Wangto p. 11 (1914); Veg. Diamond mts p. 180 no. 476 (1918); Veg. Dagelet Isl. p. 23 no 261 (1919); in Journ. Arnold Arboret. V. p. 11 (1924)-Makino & Nemoto, Fl. Jap. p. 471 (1925).

Brassiopsis ricinifolia Seemann in Journ. Bot. II. p. 291 (1864).

Acanthopanax ricinifolium Seemann in Journ. Bot. VI. p. 140 (1868); Rev. Heder. p. 86 (1868)-Marchal in Bull. Soc. Bot. Belg. XX. p. 85 (1881)-Shirasawa, Icon. Ess. For. Trees Jap. II. t. 56, fig. 11-24 (1909)-Schneider, Illus. Handb. Laubholzk. II. p. 429, fig. 289. v-z, fig. 291, b-c (1909)-Rehder in Bailey, Cyclop. Americ. Hort. I. p. 11 (1900); in Bailey, Stand. Cyclop. Hort. I. p. 192, fig. 80 (1914)-Koehne in Mitt. Deutsch. Dendrol. Gesells. XXII. p. 145 (1913)-Bean, Trees & Shrubs. Brit. Isl. I. 131 (1914).

Acanthopanax ricinifolia Franchet & Savatier, Enum. Pl. Jap. I. p. 193 (1875).

Acanthopanax ricinifolium Decaisne & Planchon apud Lavallée, Arb. Segrez. p. 126 (1877)-Dippel, Handb. Laubholzk. III. p. 237 (1893)-Schelle in Mitt. Deutsch. Dendrol. Gesells. XVIII. p. 229 (1909).

Tetrapanax ricinifolium Koch in Wochenschrift Gärtn. Pflanzenk. II. p. 371 (1859).

Acanthopanax ricinifolium var. *Maximowiczii* Koehne, l. c. p. 148, pro parte-Harms in Mitt. Deutsch. Dendrol. Gesells. XXVII. p. 31 (1918), pro parte.

Kalopanax autumnalis Koidzumi in Tokyo Bot. Mag. XXXVII. p. ·58 (1923).-Makino & Nemoto, Fl. Jap. p. 470 (1925).

Kalopanax septemlobus Koidzumi in Tokyo Bot. Mag. XXXIX. p. 306 (1925).

Kalopanax pictum var. **typicum** Nakai, comb. nov.

Syn. *Kalopanax ricinifolium* var. *typicum* Nakai in Journ. Arnold Arboret. V. p. 12 (1924).

Arbor magna. Truncus saepe diametro usque 1 m. vel ultra. Cortex trunci longitudine sulcata cinerea. Trionus glaber vulgo aculeis planis rigidis rectis vel subcurvatis horridus. Folia longe petiolata; petioli teres sed basi dilatati et amplexicaules glabri 3–30 cm. longi; lamina glabra ad medium 5–9 fida mucronato-serrulata, lobis ovatis attenuatis, foliorum ramorum juvenilium vulgo profundius laciniata, lobis lanceolatis vel oblanceolatis argute serratis, supra viridis infra pallida et axillis venarum primariarum saepe barbata. Inflorescentia in apice rami hornotini terminalis umbellata ambitu sphærica vel hemisphaerica vel elongata. Bracteæ magnæ 1–2 cm. longæ caducæ. Bracteolæ squamosæ caducæ. Pedicelli fere 1 cm. longi glabri. Calycis tubus glaber hemisphaericus vel obovatus vel turbinatus et in pedicellum attenuatus; limbus cupularis vel breve colliformis minutissime 5-dentatus; petala aestivatione valvata alba decidua, intus medio carinato-elevata; stamina 5 filamentis albis elongatis linearibus, antheris late ellipticis subrubescentibus; discum leviter convexum. Drupa baccata nigra 5–6 mm. lata globosa; pyrenæ crustaceæ dorso eximie jugatæ, laterali bisulcatae, ventre planæ. Semina triquetra. Albumen aequabile.

Nom. Jap. Harigiri vel Sennoki.

Nom. Kor. Om-nam, Op-nam, Bong-nam.

Hab. Korea tota, Archipelago, Dagelet & Quelpaert.

Distr. China, Manshuria, Liukiu, Japonia & Sachalin.

Kalopanax pictum var. **magnificum** Nakai, comb. nov.

Syn. *Hibiscus foliis subtus tomentosis* Thunberg, Fl. Jap. p. 356 (1784).

Kalopanax ricinifolium var. *magnificum* Zabel in Gartenwelt XI. p. 535, fig. in p. 539 (1907)–Koehne in Mitt. Deutsch. Dendrol. Gesells. XXII. p. 150 (1913)–Harms in Mitt. Deutsch. Dendrol. Gesells. XXVII. p. 32. t. 5. g-O; t. 86 (1918)–Nakai in Journ. Arnold Arboret. V. p. 12 (1924).

Acanthopanax acerifolium Schelle in Mitt. Deutsch. Dendrol. Gesells. XVII. p. 212 (1908).

Kalopanax ricinifolium (non Miquel) Matsumura, Ind. Pl. Jap. II. pt. 2. p. 420 (1912), pro parte.

Folia subtus pilis simplicibus elongatis crispis vel multifidis plus minus lanata, ad medium late 5–7-fida.

Hab. in Korea media, rara.

Distr. Yeso, Hondo & China.

第四屬 はりぶき屬

灌木、針多シ。葉ハ單葉一年生針多ク歪形ノ楯形ヲナスアリ、掌狀ノ主脈アリ、繖形花序ハ複總狀ヲス。花ハ多性、同株、繖形花序ヲナスモノト稍總狀ヲナストアリ。小花梗ト關節セズ。萼片ハナキモノトアルモノトアリ。其形モ齒狀ヨリ長披針形迄變化シ、脫落セズ。花瓣ハ 5 個、帶黃綠色、雄蕋ハ 5 個花柱ハ 2 個、基部ノミ癒合ス。子房ハ二室。核果ハ紅色又ハ煉瓦紅色、核ハ二個、胚乳ハ同質ナリ。

北米、日本、朝鮮ニ各一種アリ。

9. てうせんはりぶき （第十一圖）

莖ハ分岐セズ高サ 2-3 米突、針密生ス。葉柄ハ長ク針密生ス、葉身ハ楯形トナラズ掌狀ノ主脈ヲ有シ短ク 5-7 裂ス、表面ハ綠色、主脈上ニ微針アルコトアリ。裏面ハ淡綠色脈ニ沿ヒ小針密生ス、葉緣ニ小鋸齒ト毛トアリ。花ハ繖形花序ヲナシ、此繖形花序ハ更ニ總狀ニ排列ス。毛アリ。萼ハ 5 齒アルト 1-4 個ノ齒アルト全ク齒ナキモノトアリ。花瓣ハ早ク落ツ。花盤ニ蜜アリ、花柱ハ二個往々半迄相癒着ス。核果ハ紅色又ハ煉瓦紅色。

全南智異山ヨリ中央山系ニ沿ヒ平北、咸南、咸北ノ山地ニ廣ク分布ス。多少、陰地ヲ好ム。

日本ノはりぶきモ朝鮮ノモノモ皆北米ノあめりかはりぶきト同一種ト見做サレ居リシモ全然別種ナリ。其區別法次ノ如シ。

1 ┤ 花ハ多少、總狀ニ排列ス。 葉ハ脈上ニ太キ刺ヲ混生ス。葉ノ裂片ハ更ニ缺刻アリ。花序ニ白毛ナク褐毛アリ。‥‥‥‥ はりぶき
　　　花ハ繖形花序ヲナス。 葉脈上ニハ小サキ針アリ。裂片ハ著シキ缺刻ナシ。‥‥‥‥‥‥‥‥‥‥‥‥‥‥‥2

2 ┤ 花序ニハ白色ノ長キ開出セル毛密生ス。萼齒ナシ。‥‥‥‥‥‥‥‥‥‥‥‥‥‥‥‥ あめりかはりぶき
　　　花序ニハ褐色ノ微毛アリ。萼齒ハ發達スルモノ多シ。‥‥‥‥‥‥‥‥‥‥‥‥‥‥ てうせんはりぶき

Gn. 4. **Oplopanax** Miquel in Ann. Mus. Bot. Lugd.-Bat. I. p. 16 (1863).

Syn. *Panax* (non Linnaeus) pro parte, A. P. de Candolle, Prodr. IV. p. 252 (1830)–G. Don, Gen. Syst. III. p. 384 (1834).

Panax 2. *Oplopanax* Torrey & Gray, Fl. North America I. p. 648 (1840).

Echinopanax Decaisne & Planchon in Rev. Hort. 1854, p. 105, sine descript. gn.–Harms in Engler & Prantl, Nat. Pflanzenfam. III. Abt. 8. p. 34 (1894)–Schneider, Illus. Handb. Laubholzk. II. p. 429 (1909)–Nakai in Journ. Arnold Arb. V. p. 14 (1924).

Aralia Subgn. *Echinopanax* Decaisne & Planchon apud Miquel, l. c. pro syn.

Horsfieldia (non Blume) Seemann in Journ. Bot. V. p. 237 (1867).

Fatsia (non Decaisne & Planchon) Bentham & Hooker, Gen. Pl. I. pt. 3. p. 937 (1867), pro parte.

Frutex. Caulis indivisus vel oligoramis dense aciculatus. Folia annua longe petiolata palmatifida saepe peltata dense aciculata. Flores umbellati vel racemosi; iterum racemosi vel paniculati, polygamo-monoeci cum pedicellis inarticulati. Calycis limbus destitutus vel 5-dentatus vel 1–4 dentatus, dentibus brevibus vel elongatis persistentibus. Petala 5 decidua. Stamina 5 decidua; filamenta linearia. Styli 2 liberi vel ad medium connati. Ovarium 2-loculare. Drupa baccata rubra vel lateritia 2 pyrena. Albumen aequabile.

Apecies 3 in America boreali, Japonia & Korea indigenæ.

1 ⎰ Flores racemosi vel subumbellati. Folia duplicato-lobulata aciculis robustis horrida. Inflorescentia fuscescenti-ciliata... ·················· *Oplopanax japonicum* Nakai. Hab. in Yeșo & Hondo.
Flores stricte umbellati. Folia tantum lobata dense aciculata...2

2 ⎰ Inflorescentia patentim albo-barbata. Calycis dentes subnulli. saepe subpeltata. ···········*Oplopanax horridum* Miquel Hab. in America bor.
Inflorescentia fuscescenti-ciliata. Calycis dentes saepe evoluti. Folia nunquam peltata. ··········*Oplopanax elatum* Nakai Hab. in Korea.

9. **Oplopanax elatum** Nakai (Tabula nostra XI).

Oplopanax elatum Nakai, comb. nov.

Syn. *Echinopanax horridum* Komarov in Acta Hort. Petrop. XXV.
pt. 1. p. 119 (1905); Fl. Mansh. III. p. 119 (1907)–Harms in Mitt.
Deutsch. Dendrol. Gesells. XXVII. p. 34 (1918), pro parte.

Echinopanax elatum Nakai in Journ. Coll. Sci. Tokyo XXVI. art.
1. p. 276 t. XV. (1909); Chosen-shokubutsu I. p. 419. fig. 527. (1914);
Veg. Mt. Chirisan p. 41. n. 344 (1915); Veg. Diamond Mts p. 180.
n. 474 (1918); in Journ. Arnold Arboret. V. p. 15 (1924).

Frutex. Caulis simplex vel divisus usque 2–3 metralis densissime
aciculatus. Petioli dense aciculati. Lamina breve 5–7 lobata supra
viridis secus venas primarias glabra vel sparsissime minute aciculata,
infra pallida secus venas aciculata, margine mucronato-serrata et
barbulata. Umbellæ racemoso-decompositæ pubescentes. Calyx saepe
5-lobis, lobis persistentibus. Styli interdum ad medium connati, vulgo
subliberi. Drupa baccata lateritia vel rubescens.

Hab. in umbrosis silvarum Koreæ sept. et montibus Koreæ mediæ
& australis.

Planta endemica.

第五屬 かくれみの屬

灌木又ハ喬木、無毛。葉ハ二年生、單葉、全緣、3-7 叉ス。纖形花序
ハ直立、獨生、苞ハ極小又ハナシ。小花梗ハ花ト關節セズ、花ハ兩全又
ハ多性ニシテ同株、萼筒ハ鐘狀又ハ倒卵形、萼緣ハ殆ンド全緣 5 齒アリ。
花瓣ハ 5 個花後早ク落ツ。雄蕋ハ 5 個、葯ハ卵形又ハ橢圓形、丁字
形ニツク、花盤ハ花柱ニ移行シ蜜腺アリ、子房ハ 5 室、花柱ハ 5 個、基
部又ハ先迄癒合ス。柱頭ハ 5 個又ハ 5 叉ス。核果ハ球形又ハ橢圓形黑
熟ス。核ハ堅シ。胚乳ハ同質。

支那、臺灣、朝鮮、日本ニ各一種アリ。其區別法次ノ如シ。

1 ┤花柱ハ先端離生シ、花後外反ス。・・・・・・・・・・・・・・・・・・・・・・・・2
　└花柱ハ柱狀ニ先迄相癒着ス。・・・・・・・・・・・・・・・・・・・・・・・・・・・3

2 ┤葉裏ニ腺點アリ。枝ハ細シ、纖形花序ハ 10-20 個ノ花ヲ有ス。・・
　│・・・・・・・・・・・・・・・・・・・・・臺灣かくれみの(臺灣産)
　└葉裏ニ腺點ナシ。枝ハ太シ。纖形花序ハ 30-150 個ノ花ヲ有ス。・・
　　・・・・・・・・・・・・・・・・・・・・唐かくれみの(支那産)

$$3 \begin{cases} \text{皮ニハ黄色ノ漆汁ヲ有ス。果實ハ橢圓形。} \cdots\cdots\cdots\cdots\cdots \\ \cdots\cdots\cdots\cdots\cdots\cdots\cdots\cdots \text{朝鮮かくれみの（朝鮮産）} \\ \text{皮ニハ無色ノ脂ヲ有ス。果實ハ球形。} \cdots\cdots \text{かくれみの（日本産）} \end{cases}$$

10. 朝鮮かくれみの （第拾貳、拾參圖）

ファンチュルナム。ハンチルナム。シックナム（朝鮮土名）

喬木、高サ 15 米突ニ達スルアリ。 幹ノ皮ハ裂刻少ク。 幹ノ直徑ハ 80 セメニ達スルアリ。 若枝ハ太ク綠色、毛ナク光澤アリ、葉柄ハ長サ 1-13 セメ、上面ハ平又ハ溝アリ、葉身ハ卵形又ハ橢圓形全緣、光澤アリ。 但シ若キ長枝ノモノハ 3-5 叉ス。葉身ノ長サハ大ナルハ 20 セメ幅 10 セメアリ。 繖形花序ハ枝ノ先端ニ獨生。稀ニ基ヨリ小サキ 1-2 個ノ繖 形花序ヲ出ス。 花梗ハ長サ 3-5 セメ。小花梗ハ 5-10 ミリ、果實ハ黑 色、橢圓形又ハ廣橢圓形、長サ 7-10 セメ、花柱ハ柱狀。柱頭ハ 5 叉ス。

濟州島、甫吉島、鳥島、莞島、大黑山島ノ樹林中ニ生ジ、朝鮮特産ナリ。

Gn. 5. **Textoria** Miquel in Ann. Mus. Bot. Lugd.-Bat. I. p. 3 & 12 (1863).

Syn. *Dendropanax* (non Decaisne & Planchon) Seemann in Journ. Bot. II. p. 299 (1864), pro parte; Rev. Heder. p. 27 (1868), pro parte- Bentham & Hooker, Gen. Pl. I. p. 943 (1876); pro parte.

Gilibertia (non Gmelin, nec Ruiz & Pavon) Harms in Engler & Prantl, Nat. Pflanzenfam. III. Abt. 8. p. 40 (1894); pro parte.

Gilibertia Sect. *Textoria* Nakai in Journ. Arnold Arboret. V. p. 22 (1924).

Arbores vel frutices glabri. Folia biennia petiolata simplicia integra, saepe 3-5 fida. Umbellæ solitariæ erectæ. Bracteæ minutæ vel destitutæ. Pedicelli cum floribus inarticulati. Flores hermaphroditi vel polygamo-monoeci, calycis tubus ovario adnatus campanulatus vel turbinatus, limbus subinteger vel breve 5-dentatus; petala 5 aestivatione valvata post anthesin decidua; stamina 5, antheræ ovatæ vel oblongæ; discus in columnam stylorum abiens nectarifer; ovarium 5-loculare; styli 5 toto vel supra medium connati; stigmata 5; drupa globosa vel elliptica baccata carnosa; pyrenæ crustaceæ; albumen homogeneum.

Species 4 in China, Formosa, Korea & Japonia indigenæ.

10. **Textoria morbifera** Nakai (Tabula nostra XII–XIII).

Textoria morbifera Nakai, comb. nov.

Syn. *Dendropanax morbiferum* Léveillé in Fedde, Rep. Spec. Nov. VIII. p. 493 (1910).

Gilibertia morbifera Nakai in Journ. Arnold Arboret. V. p. 22 (1924).

Arbor magna usque 15 m. alta ramosa; truncus cinereus diametro usque 80 cm. rami hornotini robusti, lucidi, virides. Folia lucida; petioli 1–13 cm. longi supra plani vel subcanaliculati; lamina ovata vel oblonga indivisa sed trionum vulgo 3–5 fida, usque ad 20 cm. longa 10 cm. lata. Umbellæ terminales, vulgo solitariæ; pedunculi 3–5 cm. longi; pedicelli 5–10 mm. longi. Fructus ellipsoideus vel late ellipsoideus, maturus niger, 7–10 mm. longus, stylo columnari apice 5-lobulato 1.5–2.0 mm. longo coronatus.

Hab. in Quelpaert et in Archipelago Koreano.

Planta endemica.

第六屬 きづた屬

繃攀性ノ木本植物、葉ハ二年生。有柄、單葉、分叉セヌモノト 3-7 叉スルモノトアリ。托葉ナシ、繖形花序ハ獨生又ハ總狀又ハ繖房狀ニ排列ス、星狀毛アリ。苞ハ小又ハナシ、花ハ小花梗ト關節セズ、萼緣ハ餘リ發達セズ、花瓣ハ 5 個、雄蕊ハ 5 個、花絲アリ。葯ハ卵形、花盤ハ突起ス、花柱ハ 8 個、柱狀ニ相癒合ス、柱頭ハ不顯著ニ 5 叉ス。子房ハ 5 室、果實ハ球形又ハ扁球形、漿果樣ノ核果、核皮ハ膜質、胚乳ハ不同質。

歐洲、亞細亞ニ亘リ七種アリ。其中一種ハ朝鮮ニ產ス。

11. **きづた** （第拾四、拾五圖）

ソンアック。カマックサル（朝鮮土名）

幹ハ繃攀根ヲ以テ外物ニ繃フ。葉ハ互生、二年生、表面ハ深綠色光澤アリ。 裏面ハ淡綠色、始メ 7-14 放射ノ星狀毛アレドモ後無毛トナル。花ナキ枝ノ葉ハ通例 3-5 裂スルカ又ハ 5 角形ナリ。花枝ノモノハ卵形ノモノ多シ。 繖形花序ハ繖房狀ニ排列シ、7-14 放射ノ星狀毛アリ、苞ハ長サ 1 ミリ許、萼齒ハ極メテ小サク廓大鏡ニテ見レバ 5 個アルヲ認

ム。花瓣ハ綠色、外面ハ汚褐色ノ星狀毛アリ。内面ハ中央ニ隆起線アリ。雄蕋ハ花瓣ト交互ニ出テ 5 個アリ。 花絲ハ綠色、葯ハ丁字形ニ附キ綠色。花粉ハ白シ。花盤ハ始メ綠色ナレトモ後帶紫色トナリ約 2 ミリ許高マル。星狀毛アリ。花柱ハ 5 個長サ 1 ミリ許相寄リテ 1 個ノ柱ニ癒合ス。 子房ハ 5 室。核果ハ漿果樣、丸ク黑ク直徑 8-10 ミリ、核ハ膜質、種子ハ鳥ノ腸ヲ通リテ始メテ發芽ス。

全南、南部ノ群島、濟州島、欝陵島ニ自生ス。

分布、九州、四國、本島。

Gn. 6. **Hedera** [Plinius, Nat. Hist. liber XVI. Caput 34 (1469)-Dioscorides, liber (interprete Virgilio) II. (1518)-Theophrastus, liber III. caput 15, interprete Gaza (1528)-Brunfels, Nov. Herb. p. 6–10 cum 2 figs. (1531).-Tournefort, Instit. Rei Herb. p. 612 fig. 384 (1700)-Linnaeus, Gen. Pl. p. 160 (1737); Hort. Cliffort. p. 74 (1737)]-Linnaeus, Gen. Pl. ed. 5. p. 95 (1754)-Necker, Elem. Bot. I. p. 158 (1790)-A. P. de Candolle, Prodr. IV. p. 261 (1830), pro parte- G. Don, Gen. Syst. III. p. 391 (1834)-Endlicher, Gen. Pl. p. 795 (1836–40), pro parte-Bentham & Hooker, Gen. Pl. I. p. 946 (1867), pro parte-Harms in Engler & Prantl, Nat. Pflanzenfam. III. Abt. 8. p. 41 (1894).-Nakai in Journ. Arnold Arboret. V. p. 24 (1924).

Planta lignosa alte scandens. Folia biennia petiolata simplicia indivisa vel palmatim 3–7 lobata exstipullata. Umbellæ terminales simplices vel racemosæ vel corymbosæ, adpresse stellulato-pilosæ. Bracteæ minutissimæ vel nullæ. Flores cum pedicellis inarticulati; margo calycis non prominens vel sub lente minute 5-dentatus; petala 5 valvata; stamina 5, antheræ ovatæ; discus convexus; styli 5 in columnam connati; stigmata obscure 5-lobata; ovarium 5-loculare. Fructus baccatus 5-pyrenis. Testa pyrenæ membranacea. Semen ovoideum; albumen ruminatum.

Species 7 in Europa et Asia indigenæ.

11. **Hedera Tobleri** Nakai (Tabula nostra XIV–XV).

Hedera Tobleri Nakai, nom. nov.

Syn. *Hedera Helix* (non Linnaeus) Thunberg, Fl. Jap. p. 102 (1784)-Siebold & Zuccarini, l. c.-Franchet & Savatier, Enum. Pl. Jap. I. p.

(1784)-194 (1875).

Hedera rhombea Siebold & Zuccarini in Abh. Akad. Muench. IV.
2. p. 202 (1845), nom. nud., pro parte.-Lavallée, Arb. Segrez. p. 126
(1877), nom. nud.-Bean, Trees & Shrubs Brit. Isl. I. p. 609 (1914).

Hedera Helix var. *rhombea* Miquel in Ann. Mus. Bot. Ludg. Bat.
I. p. 13 (1863).-Franchet & Savatier, l. c. p. 195.-Nicholson, Gard.
Dict. II. p. 122 (1887)-Beissner, Schelle & Zabel, Handb. Laubholz.
Benn. II. p. 122 (1887).

Hedera colchica (non Koch) Seemann in Journ. Bot. II. p. 307
(1864), pro parte-Harms in Engler & Prantl, Nat. Pflanzenfam. III.
Abt. 8. p. 42 (1897); pro parte-Palibin in Acta Hort. Petrop. XVII.
p. 99 (1898)-Nakai in Journ. Coll. Sci. Tokyo XXVI. Art. 1. p.
274 (1909); Chosen-shokubutsu I. p. 421, fig. 529 (1914); Veg. Isl.
Quelpaert p. 68 n. 951 (1914); Veg. Isl. Wangto p. 11 (1914).

Hedera japonica (non Junghuhn) Paul in Gard. Chron. 1867, p.
1215; in Florist & Pomol. 1870, p. 272.

Hedera Helix var. *japonica* Lavallée, Arb. Segrez. p. 126 (1877),
nom. nud.

Hedera japonica Siebold apud Lavallée, l. c. pro syn., non Junghuhn.

Hedera Helix var. *colchica* Makino in Tokyo Bot. Mag. VIII. p.
300 (1894).

Hedera japonica Tobler, Gatt. Hedera p. 84, fig. 43-44 a (1912)-
Fedde, Repert. Spec. Nov. XIII. p. 160 (1914)-Rehder in Bailey,
Stand. Cyclop. Hort. III. p. 1438 (1914)-Nakai, Veg. Dagelet Isl. p.
·23, no. 260 (1919); in Journ. Arnold Arboret. V. p. 25 (1924).

Caulis scandens. Folia biennia supra lucida viridissima venis
impressis, infra pallida venis elevatis primo pilis dimorphis 7-14
radiatis stellulata, stellis nunc bilobatis nunc radiatis, sed mox glabres-
centia. Folia ramorum sterilium 3-5-lobata vel quinquangularia, lobis
mediis saepe utrinque grossidentata vel trilobulata, ramorum fertilium
ovata vel ovato-lanceolata vel late ovata. Umbellæ corymbosæ sub
anthesin pilis 7-14 radiatis sordide griseo-fuscis stellulatæ sed in fructu
glabrescentes. Bracteæ caducæ stellulato-pilosæ .vix 1 mm. longæ.
Calycis lobi 5 minutissimi sub lente tantum videri sunt. Petala 5

viridia extus sordide stellulata intus medio costato-elevata apice subun-
guiculata 3–4 mm. longa decidua aestivatione valvata ovato-triangularia
sub anthesin reflexa. Stamina 5 petalis alterna erecta vel ascendentia.
Filamenta 3 mm. longa pallida viridescentia ad apicem sensim angu-
stata. Antheræ versatiles biloculares 1.5 mm. longæ virides connectivo
tantum in medio antheræ evoluto. Pollinia alba. Discus sub anthesin
viridis sed mox purpurascens breve conicus 2 mm. altus obscure 10-
sulcatus sparsissime minutissime stellulatus. Styli 5(4) toto connati
columnares vix 1 mm. longi. Stigma obscure 5-(rarius 4) lobatum.
Ovarium 5-(rarius 4) loculare. Drupa baccata globosa vel depresso-
globosa nigra diametro 8–10 mm. Pyrenæ membranaceæ. Semen ab
avibus distributum.

Nom. Jap. Kidzuta.

Nom. Kor. Song-ak vel Kamaksal.

Hab. in Korea austr., Archipelago Koreano, Quelpaert et Dagelet.
Distr. Kiusiu, Shikoku & Hondo.

Siebold and Zuccarini's *Hedera rhombea* is, not only nomen nudum,
but consists of 2 different species belonging to distinct genera: they
are the flowering branch of the Japanese *Hedera* and fruiting specimen
of *Textoria trifida (Gilibertia trifida)*. The type-specimen is in the
Rijksherbarium at Leiden. They distributed the same set to the Paris-
Museum and the Gray-Herbarium. I have given up *Hedera japonica*
Tobler, because the same name was already used by Junghuhn to
denote *Textoria trifida* and by Paul and Siebold to the Japanese
Hedera.

第 七 屬 たらのき屬

多年生ノ草本、灌木又ハ喬木、刺アルモノ多シ。 葉ハ 1-3 回羽狀複
葉、托葉ナキカ又ハ托葉狀ノ隆起アリ、繖形花序ハ更ニ繖形、總狀、又
ハ複總狀ニ排列ス、小花梗ニ苞アリ、先端ハ花ト關節ス。蕚緣ハ截形又
ハ 5 齒アリ。花瓣ハ 5 個、覆瓦狀ニ排列ス。雄蕋ハ 5 個、花盤ハ多少
高マル。 花柱ハ 5 個離生又ハ相癒合ス、子房ハ 5 室、核果ハ漿果樣、
核皮ハ堅シ。胚乳ハ同質。

北米、東亞及ビ東印度諸島ニ亘リ 25 種アリ。朝鮮ニ 2 種アリ。一種

うどハ草本故本編ヨリ除ク。

12. **たらのき** （第拾六圖）

オガピ。オガルピ。オーガモツク。トウールップ。
トゥールンナム。ドロウンナム（朝鮮土名）

灌木、幹ハ高サ 5-6 米突、直徑 10-15 セメニ達スルモノアレドモ通
例ハ 8-9 尺以內ノ灌本ニシテ刺多シ。 葉ハ二回複羽狀、且ツ第一回羽
狀葉ノ基部ニ更ニ一個ノ小葉片アリ、葉軸ニ刺多シ。小葉片ハ帶卵橢圓
形又ハ廣卵形、先端ハ著シク尖リ緣ニハ鋸齒アリ、表面ハ綠色、葉脈上
ニ微毛アリ、又表面全體ニ微毛ノ散生スルモノアリ、裏面ハ白ク脈上ニ
毛アリ、花序ニハ帶褐色ノ毛アリ、花序ノ主軸ハ極メテ短ク其レヨリ數
個ノ枝ハ纖形ニ開出ス。此枝ハ更ニ複總狀トナリ末梢ニ各一個ノ纖形花
序ヲ有ス、花ハ兩性又ハ雄花、苞ハ細ク褐色、蕚筒ハ無毛、蕚齒ハ尖ル、
花瓣ハ狹卵形、雄蕋ハ 5 個。花柱ハ 5 個、離生、核果ハ漿果樣、小サシ。

朝鮮全土ニ產ス。

分布。滿洲。黑龍江省。北海道。本島。四國。九州。琉球。

Gn. 7. **Aralia** [Tournefort, Inst. Rei Herb. p. 200 t. 154 (1700)-
Linnaeus, Gen. Pl. ed. 1. p. 88. n. 251 (1737); Hort. Cliffort. p. 113
(1737)]-Linnaeus, Gen. Pl. ed. 5. p. 134 (1754)-Adanson, Fam. Pl.
II. p. 103 (1763)-Houttuyn, Pflanzensyst. I. p. 408 (1777)-Jussieu,
Gen. Pl. p. 218 (1789)-Necker, Elem. Bot. I. p. 153 (1790)-Ventenat,
Tabl. Veg. III. p. 3 (1799)-Persoon, Syn. Pl. I. p. 331 (1805)-J.
St. Hilaire, Exposit. Fam. Pl. I. p. 463 (1805).-A. P. de Candolle,
Prodr. IV. p. 257 (1830), pro parte-G. Don, Gen. Syst. III. p. 388
(1834), pro parte-Endlicher, Gen. Pl. p. 794 (1836-40)-Miquel in
Ann. Mus. Bot. Lugd. Bat. I. p. 6 (1863)-Bentham & Hooker, Gen.
Pl. I. p. 936 (1867), excl. Sect. *Ginseng*-Seemann in Journ. Bot. VI.
p. 133 (1868)-Koch, Dendrol. I. p. 672 (1869)-C. B. Clarke in
Hooker fil., Fl. Brit. Ind. II. p. 721 (1879), excl. Sect. *Ginseng*-
Harms in Bot. Jahrb. XXIII. p. 11 (1896); in Engler & Prantl, Nat.
Pflanzenfam. III. Abt. 8. p. 56 (1897)-Britton & Brown, Illus. Fl.
II. p. 505 (1897)-Nakai in Journ. Arnold Arboret. V. p. 27 (1924).

Herbæ perennes, frutices vel arborescentes saepe aculeatæ. Folia

1-2 tim pinnata. Stipullæ nullæ vel **paulum** prominentes. Umbellæ umbellatim vel racemosim vel paniculatim decompositæ. Pedicelli bracteati sub flores articulati. Calycis limbus truncatus vel breve 5-dentatus. Petala 5 aestivatione imbricata. Stamina 5. Discus subplanus vel conicus. Styli 5 liberi vel coaliti. Ovarium 5-loculare. Pyrenæ crustaceæ vel duræ. Albumen æquabile.

Species circ. 25 in America bor., Asia orient. et in Archipelago Indiæ orientalis incolæ.

Sect. I. **Eu-Aralia.**

Frutex. Inflorescentia erecta paniculatim ramosa, ramulis apice umbelliferis. Continet Aralia spinosa Linnæus, Aralia chinensis Linnæus.

Sect. II. **Herbaralia** Nakai, sect. nov.

Herbæ perennes. Inflorescentia erecta paniculatim ramosa, ramulis apice umbelliferis. Continet Aralia racemosa Linnæus, Aralia cordata Thunberg. etc.

Sect. III. **Dimorphanthus** Miquel in Fl. Ind. Bat. I. p. 749 (1855); in Ann. Mus. Bot. Lugd. Bat. I. p. 6 (1861).

Syn. *Dimorphanthus* Miquel, Comment. Phytogr. p. 95, t. 12 (1840)–Endlicher. Gen. Pl. Suppl. II. p. 70 (1842).

Frutex. Axis primaria inflorescentiæ brevissima, secundaria umbellata divaricata et racemoso-decomposita, ramulis umbelliferis. Continet Aralia hypoleuca Presl, Aralia elata Seemann, Aralia Decaisneana Hance, Aralia Planchoniana Hance, etc.

12. **Aralia elata** Seemann (Tabula nostra XVI).

Aralia elata Seemann in Journ. Bot. VI. p. 134 (1868); Rev. Heder. p. 90 (1868)–Harms in Engler & Prantl, Nat. Pflanzenfam. III. Abt. 8. p. 57 (1897)–Nakai in Journ. Arnold Arboret. V. p. 30 (1924).

Syn. *Dimorphanthus elatus* Miquel, Comment. Phytogr. p. 95, t. 12 (1840).

Aralia canescens Siebold & Zuccarini in Abh. Akad. Muench. IV. Abt. 2. p. 202 (1845)–Lavallée, Arb. Segrez. p. 125 (1877).

Aralia mandshurica Maximowicz in Bull. Phys-Math. Acad. Sci. St. Pétersb. XV. p. 134 (1865); in Mél. Biol. II. p. 427 (1857).

Dimorphanthus mandshuricus Ruprecht & Maximowicz in Mém. Div. Sav. Akad. Sci. St. Pétersb. IX. p. 133 (1859)–Fr. Schmidt in Mém. Akad. Sci. St. Pétersb. sér. 7, XII. no. 2. p. 141 (1868).

Aralia spinosa (non Linnaeus) Miquel in Ann. Mus. Bot. Lugd. Bat. I. p. 7 (1863), pro parte.

Aralia Mandshurica Seemann in Journ. Bot. VI. p. 134 (1868)–Nakai, Chosen-shokubutsu I. p. 417, fig. 524 (1914); Veg. Isl. Wangto p. 11. (1914); Veg. Mt. Chirisan p. 40, no. 343 (1915).

Aralia spinosa var. *glabrescens* Franchet & Savatier, Enum. Pl. Jap. I. p. 191 (1875).

Aralia spinosa var. *canescens* Sargent, Sylva North Amer. V. p. 60 (1893).

Aralia chinensis var. *canescens* Koehne, Deutsch. Dendrol. p. 432 (1893)–Dippel, Handb. Laubholzk. III. p. 233 (1893), excl. pl. Chinenses.–Rehder in Bailey, Cyclop. Americ. Hort. I. p. 88 (1900).

Aralia chinensis var. *glabrescens* Schneider, Illus. Handb. Laubholzk. II. p. 431 (1911), excl. Pl. Chinenses.–Rehder in Bailey, Stand. Cyclop. Hort. I. p. 344 (1914)–Nakai, Veg. Diamond Mts p. 180, no. 472 a (1918).

Aralia chinensis (non Linnaeus) Nakai, Veg. Isl. Quelp. p. 68, no. 948 (1914); Veg. Dagelet Isl. p. 23, no. 258 (1919).

Aralia chinensis var. *mandshuria* Rehder apud Nakai, Veg. Diamond Mts. p. 180, no. 472 b. (1918).

Frutex. Caulis usque 5–6 m. altus; truncus diametro usque 10–15 cm; sed vulgo humilior. Folia bipinnata, basi pinnarum foliolis solitariis suffulta, saepe armata. Foliola subsessilia ovato-elliptica vel late ovata acuminata minute vel grosse duplicato-serrulata, supra viridia supra venas pilosa, infra glaucescentia vel glauca secus venas tantum pilosa. Inflorescentia rufescenti-pilosa terminalis; axes primariæ umbellatæ deinde racemoso-decompositæ; ramuli cum umbellis terminati; bracteæ angustissimæ lineares pilosæ. Flores hermaphroditi vel masculi; pedicelli rufescenti-pilosi apice articulati; calycis tubus glaberrimus, lobis acutis; petala anguste ovata acuta alba reflexa decidua; stamina glabra; styli 5 liberi recurvi. Drupa baccata parva nigra.

Nom. Jap. Tara-no-ki.

Nom. Kor. Ogapi, Ogalpi, Oga-mok, Tourupp, Tourunnam, Doroun-nam.

Hab. in Korea tota.

Distr. Manshuria, Amur, Ussuri, Yeso, Hondo, Shikoku, Kiusiu et Liukiu.

（五）　朝鮮産五加科木本植物ノ和名、　朝鮮名、學名ノ對照表

和　　　名	朝　　鮮　　名	學　　　名
たんなうこぎ	オーガーモック	*Acanthopanax koreanum* Nakai
まんしううこぎ	ヲガルピナム	*Acanthopanax sessiliflorum* Seemann
智異山うこぎ	ヲンナム	*Acanthopanax chiisanense* Nakai
京城うこぎ		*Acanthopanax seoulense* Nakai
茶色うこぎ		*Acanthopanax rufinerve* Nakai
えぞうこぎ	ヲガルピナム	*Eleutherococcus senticosus* Maximowicz
おほえぞうこぎ		*Eleutherococcus koreanus* Nakai
はりぎり一名せんのき	オムナム。オップナム。ポンナム	*Kalopanax pictum* Nakai
朝鮮はりぶき		*Oplopanax elatum* Nakai
朝鮮かくれみの	ファンチュルナム。ハンチルナム。シックナム	*Textoria morbifera* Nakai
きづた	ソンアック。カマックサル	*Hedera Tobleri* Nakai
たらのき	オガヒ。オガルヒ。オーガモック。トゥールツプ。トゥールンナム。ドロウンナム	*Aralia elata* Seemann

四照花科

CORNACEAE

〔一〕 主要ナル引用書類

著 者 名	書名又ハ論文名ト頁數
M. Adanson	1) *Caprifolia* in ' Familles des plantes ' II. p. 153-159 (1763).
P. Ascherson & P. Graebner	2) *Cornaceœ* in ' Flore des nordostdeutschen Flachlandes ' p. 538-539 (1899).
H. Baillon	3) *Cornaceés* in · Histoire des plantes ' VII. p. 66-83. (1880).
F. T. Bartling	4) *Hederaceœ* in Ordines naturales plantarum p. 238-239 (1830).
C. Bauhinus ·	5) *Periclymenum humile* in Pinax theatri botanici p. 302 (1632); *Cornus* in ibidem p. 446-447.
L. Beissner, E. Schelle, H. Zabel	6) *Cornaceœ* in Handbuch der Laubholz-Benennung p. 365-371 (1903).
G. Bentham & J. D. Hooker	7) *Cornaceœ* in Genera Plantarum I. p. 947-952 (1879).
N. L. Britton & A. Brown	8) *Cornaceœ* in An illustrated Flora of northern United States, Canada and the British Possessions II. p. 660-666 (1897).
A. P. de Candolle	9) *Corneœ* in Prodromus systematis naturalis regni vegetabilis IV. p. 271-276 (1830).
E. A. Carrière	10) *Les Aucubas* in Revue Horticole XXXVII. p. 88-89 (1866).
J. G. Champion & G. Gardner	
	11) *Hamamelidaceœ — Hamameleœ — Helwingieœ* in Hooker, Kew Journal I. p. 323 (1849).
C. Clusius	12) *Cornus* in Rariorum Plantarum Historia, liber I. p. 12-13 (1601); *Chamœpericlymenum,* l. c. p. 59-60, cum fig.
	13) *Chamœpericlymenum prutenicum* in Atrebatis rariorum aliquot Stirpium, per Pannoniam, Austriam, et vicinas quasdem Provincias observatarum Historia p. 87-89, tab. in p. 88 (1583).
V. Cordus	14) *Pseudocrania* in Annotationes in P. Dioscoridis Anazabei primum de medica materia librum p. 187, cum fig. (1561).

J. Decaisne 15) Remarques sur les affinités du genre Helwingia, et établisement de la famille des Helwingiacées, in Annales des sciences naturelles, 2 sér. V. p. 65-76, Pl. 6-7 (1836).

R. Dodonæus 16) *Cornus mas* et *C. faemina* in A Nieuve Herball p. 725-726, cum fig. (1578).

17) *Cornus* in Stirpium Historiæ Pemptades p. 790 cum tab. (1583).

G. Don 18) *Corneæ* in A General History of Dichlamydeous Plants III. p. 393-401 (1834).

J. Gerarde 19) *Chamæpericlymenum* in The Herball or generall history of plantes p. 1113, cum fig. (1597).

S. Endlicher 20) *Corneæ* in Genera Plantarum p. 798-799 (1839); *Helwingiaceæ* l. c. p. 328-329.

P. D. Giseke 21) *Stellatæ* in Praelectiones in Ordines Naturales Plantarum p. 520-527 (1791).

H. Harms 22) *Cornaceæ* in Engler & Prantl, Die natürlichen Pflanzenfamilien III, Abteilung 8, p. 250-270 (1897).

J. St. Hilaire 23) *Caprifoliaceæ* in Exposition des familles naturalles I. p. 454-461 tab. 65 fig. 18-20 (1805).

J. Gaertner 24) *Cornus* in De Fructibus et seminibus plantarum p. 126-127, t. 26, fig. 4 (1788).

W. J. Hooker 25) *Benthamia fragifera* in Botanical Magazine LXXVIII. t. 4641 (1852).

A. L. de Jussieu 26) *Caprifolia* in Genera Plantarum p. 210-215 (1789).

G. Kirchner 27) *Corneæ* in Arboretum Muscaviense p. 419-425 (1864).

K. Koch 28) *Cornaceæ* in Dendrologie I. p. 682-698 (1869).

E. Koehne 29) *Cornaceæ* in Deutsche Dendrologie p. 434-439 (1893).

C. S. Kunth 30) *Caprifoliaceæ-Corneæ* in Nova Genera et Species Plantarum III. p. 335-336 (1818).

L. L'Heritier 31) *Cornus*, 15 pages 6 plates (1788).

J. Lindley 32) *Caprifoliaceæ* in An Introduction to the natural system of Botany p. 206-208 (1830).

33) *Benthamia & B. fragifera* in Botanical Register XIX t. 1578 (1833).

34) *Cornaceæ* in A Natural System of Botany p. 49 (1836); *Santalaceæ* l. c. p. 193. pro parte.

H. F. Link	35)	Cornaceæ in Handbuch zur Erkennung der nutzbarsten und häufigsten vorkommenden Gewächse II. p. 2-4 (1831).
C. a Linnæus	36)	Cornus in Genera Plantarum ed. 1. p. 29 (1737).
	37)	Cornus in Species Plantarum ed. 1. p. 117-118 (1753).
	38)	Cornus in Genera Plantarum ed. 5. p. 54 (1754).
P. A. Matthioli	39)	Cornus in Medici Senensis Commentarii p. 140-141, cum fig. (1554).
C. A. Meyer	40)	Ueber einige Cornus Arten, aus der Abtheilung Thelycrania, in Bulletin Physico-Mathématique de l'Académie de Saint-Pétersbourg III. p. 371-373 (1844).
	41)	Sur quelques espèces de Cornus appartement au sousgenre Thelycrania, in Annales des Sciences naturelles, 3 sér. IV. p. 58-74 (1845).
F. A. G. Miquel	42)	Cornaceæ in Annales Musei Botanici Lugduno-Batavi II. p. 159-160 (1865).
C. Moench	43)	Cornus in Methodus ad plantas agri et horti botanici Marburgensis II. p. 107-108 (1794).
T. Nakai	44)	Cornaceæ in Japan, in Tokyo Botanical Magazine XXIII. p. 35-45 (1909).
	45)	Cornaceæ in Journal of College of Science; Tokyo, XXVI. article 1. p. 279-282 (1909).
	46)	Cornaceæ in Chosen-shokubutsu I. p. 424-430 (1914).
F. M. Opiz	47)	Cornus in Seznam rostlin Květeny české p. 52 (1852); Svjda, l. c. p. 94.
C. H. Persoon	48)	Cornus in Synopsis Plantarum I. p. 143-144 (1805).
C. S. Rafinesque	49)	Cornus or Cornels (Cornus, Eukrania, Cynoxylon, Benthamia, etc. in Alsographia Americana p. 58-63 (1838).
A. Rydberg	50)	Cornella in Bulletin of Torrey's Botanical Club XXXIII. p. 147 (1906).
C. Schkuhr	51)	Cornus in Botanisches Handbuch der mehresten Theils in Deutschland wild wachsenden, theils ausländischen in Deutschland unter freiem Himmel ausdauernden Gewächse; Theil. I. p. 81-83, t. XXIV (1891).
J. Sibthorp & J. E. Smith	52)	Cornus et C. mas in Floræ Graecæ II. p. 41-42

t. 151 (1813).

J. Sims	53)	*Cornus florida* in Botanical Magazine XV. t. 526 (1801).
	54)	*Cornus canadensis* in Botanical Magazine XXII. t. 880 (1805).
	55)	*Cornus mascula* in Botanical Magazine LIII. t. 2675 (1826).
J. K. Small	56)	*Nyssaceæ* in Flora of Southern United States ed. 1. p. 851–854 (1903).
J. E. Smith	57)	*Cornus sanguinea* in English Botany IV. t. 249 (1795).
E. Spach	58)	*Cornaceæ* in Histoire naturelle des végétaux VIII. p. 86–110 (1839).
Theophrastus	59)	*Cornus mascula* et *C. faemina* in De Historia Plantarum, interprete Gaza, III. p. 97–101 (1529).
C. P. Thunberg	60)	*Aucuba* in Dissertatio de novis plantis III. p. 61–62 (1783).
	61)	*Aucuba* in Flora Japonica p. 4–5 (1784); *Aukuba japonica* l. c. p. 64–65; *Cornus* l. c. p. 62–63; *Osyris* l. c. p. 31.
	62)	*Osyris japonica* in Icones Plantarum Japonicarum III. t. 1. (1801).
E. P. Ventenat	63)	*Caprifoliaceæ* in Tableau du règne végétale II. p. 593–607 (1799).
W. Wangerin	64)	Die Umgrenzung und Gliederung der Familie der *Cornaceæ* in Beihefte zu Botanischen Jahrbüchern XXXVIII Heft. 2. p. 1–88 (1906).
	65)	*Cornaceæ* in Engler, Das Pflanzenreich IV. no 229, 110 pages (1910).

（二）　朝鮮產四照花科植物研究ノ歷史

1888 年英國ノ　F. B. Forbes, W. B. Hemsley 兩氏ハ The Journal of the Linnaean Society 第二十三卷ニ

Cornus canadensis Linnaeus	朝鮮東側 (Perry 採收).
Cornus macrophylla Wallich	釜山 (Wilford 採收).
Cornus officinalis Sieb. & Zucc.	京城 (Carles 採收).
Aucuba japonica Thunb.	巨文島 (Oldham 採收).

ノ四種ヲ載ス。

1898 年露國ノ J. Palibin 氏ハ Acta Horti Petropolitani 第十七卷ニ

    Cornus Kousa Buerg.   京城 (Kalinowsky 探收).

    Cornus macrophylla Wall.   釜山 (Wilford 探收). 京城

                                    (Sontag 探收).

    Cornus officinalis Sieb. & Zucc. 京城 (Carles 探收).

    Aucuba japonica Thunb.   巨文島 (Oldham 探收).

ノ四種ヲ舉ゲ、其中 *Cornus macrophylla* ハ *Cornus controversa* Hemsley ト *Cornus coreana* Wangerin トニナル。

    1905 年、露ノ V. Komarov 氏ハ Acta Horti Petropolitani 第二十五卷ノ第一部ニ

    Cornus canadensis Linn.

    Cornus macrophylla Wallich (*Cornus controversa* Hemsley ノ誤).

ガ北鮮ニアルコトヲ記ス。

    1908 年余ハ時ノ營林廠技師今川唯市氏採收ノ北鮮植物ヲ取調ベテ之ヲ東京植物學雜誌ニ出セシガ其中ニハ *Cornus macrophylla* Wallich アリ。之レハ當時迄誤ラレ居リシ *Cornus controversa* Hemsley ナリ。

    同年 W. Wangerin 氏ハ Fedde 氏監修ノ Repertorium Novarum Specierum regni Vegetabilis 第六卷ニ朝鮮産ノみづきノ一新種 *Cornus coreana* ヲ記述セリ。

    1909 年 C. K. Schneider 氏ハ其著 Illustriertes Handbuch der Laubholzkunde 第二卷ニ朝鮮産ノ四照花科植物五種ヲ載ス。

    Cornus controversa Hemsley.

    Cornus macrophylla Wallich (*Cornus brachypoda* ノ誤).

    Cornus coreana Wangerin.

    Cornus Kousa Buerger.

    Aucuba japonica Thunberg.

    同年余ハ朝鮮植物誌第一部ヲ東京帝大理科大學紀要第 26 卷第一部ニ發表ス其中ニハ

    Cornus Kousa Buerger.

    Cornus canadensis Linnaeus.

    Cornus macrophylla Wallich (*Cornus controversa* Hemsley ノ誤).

    Cornus brachypoda C. A. Meyer (*Cornus coreana* Wangerin ノ誤).

    Aucuba japonica Thunberg.

ノ 5 種ヲ載ス。

1910 年 Walther Wangerin 氏ハ Engler 氏監修ノ Das Pflanzenreich 第 4 卷 229 部ニ全世界ノ四照花科植物ヲ詳述ス、其中ニ朝鮮産トシテ

Aucuba japonica Thunberg.

Cornus controversa Hemsley.

Cornus alba subsp. *tatarica* Wangerin (*Cornus alba* Linnaeus ナリ).

Cornus coreana Wangerin.

Cornus officinalis Siebold & Zuccarini.

ノ 5 種ヲ載ス。

　1911 年余ハ朝鮮植物誌第二部ヲ東京帝大理學部紀要第 31 卷ニ載セ *Cornus coreana* Wangerin ヲ圖解シ且 *Cornus alba* ノ新産地ヲ加フ。

　1914 年三月余ハ朝鮮植物ト題シテ一書ヲ成美堂書店ヨリ發行セリ。其中ニハ

Benthamia japonica Sieb. & Zucc.

Benthamia viridis Nakai.

Cornus controversa Hemsley.

Cornus coreana Wangerin.

Chamaepericlymenum suecicum Ascherson & Graebner.

Aucuba japonica Thunberg.

ノ六種ヲ四照花科植物トシテ記述圖解セリ。本書ニ於テ始メテ Cornaceæ ニ從來用キアリシ山茱萸科ヲ四照花科ト改ム、蓋シ山茱萸ハ本來支那産ノぐみニシテ朝鮮、日本ニテハ之ヲ誤ツテ *Cornus officinalis* ニ當テ居リシナリ、故ニ四照花（やまぼうし）ヲ代用セシ所以ナリ。

　同年四月朝鮮總督府ハ余ノ濟州島植物調査書ヲ上梓ス其中ニハ四照花科ニ

Aucuba japonica Thunberg.

Benthamia japonica Siebold & Zuccarini.

Benthamia japonica var. *dilatata* Nakai.

Benthamia japonica var. *exsucca* Nakai.

Benthamia viridis Nakai.

Cornus brachypoda C. A. Meyer.

Cornus controversa Hemsley.

ノ七種アリ。

　同時ニ莞島植物調査書モ亦上梓セラル、其中ニハ

Benthamia japonica Siebold & Zuccarini.

Cornus coreana Wangerin.

ノ二種アリ。

同年十月英ノ W. J. Bean 氏ハ 'Trees and Shrubs hardy in the British Isles' ヲ著ハシ、朝鮮産ノ四照花科植物トシテ

Cornus Kousa Buerger.

Cornus officinalis Siebold & Zuccarini.

ヲ載セ、且 *Cornus officinalis* ガ朝鮮ノ原産ナルコトヲ明記セリ。是レ西人ガ本植物ヲ朝鮮産ト見做セシ始メナリ。

同年十一月余ハ東京植物學雜誌第 28 卷ニ

Benthamia viridis Nakai.

Benthamia japonica α. typica Nakai.

Benthamia japonica β. minor Nakai.

Benthamia japonica γ. exsucca Nakai.

ヲ新植物トシテ記述ス。

1915 年三月朝鮮總督府ハ余ノ智異山植物調査書ヲ印刷ニ附ス。 其中ニハ四種ノ四照花科植物アリ。

Benthamina japonica Siebold & Zuccarini.

Cornus controversa Hemsley.

Cornus coreana Wangerin.

Cornus brachypoda C. A. Meyer.

1918 年三月、朝鮮總督府ハ余ノ金剛山植物調査書ヲ印刷ニ附ス。 其中ニハ唯 *Cornus controversa* Hemsley ノ一種アルノミ。

1919 年十二月、朝鮮總督府ハ余ノ欝陵島植物調査書ヲ印刷ニ附ス。其中ニハ *Aucuba japonica* Thunberg, *Cornus brachypoda* C. A. Meyer, *Cornus controversa* Hemsley ノ三種アリ。

（三） 朝鮮産四照花科植物ノ効用

あをき *Aucuba japonica* ハ庭園樹トシテ美シケレドモ朝鮮ハ氣候寒冷ナル爲メ濟州島。欝陵島等其植物ノ自生スル地ニ非レバ其用ナシ。從テ朝鮮ニテハ經濟的ノ價値ナシ。歐洲ニテハ十八世紀末ニ日本ヨリ輸入シ園藝品ニ左ノ如キモノアリ。

Aucuba japonica angustifolia Carrière　　緑色、狭長葉。

Aucuba japonica aureo-maculata Hibberd　葉ノ中央黄色、縁ハ緑色ニ
　　　　　　　　　　　　　　　　　　　　テ黄斑アリ。

Aucuba japonica bicolor Carrière　　　倭生、中斑。

Aucuba japonica concolor Regel　　　緑葉、小形。

Aucuba japonica latimaculata Kirchner　中斑。

Aucuba japonica longifolia Standish　　緑色、長葉。

Aucuba japonica luteo-carpa Hort　　　葉ハ稍長ク稀ニ白斑アリ、
　　　　　　　　　　　　　　　　　　　果實黄色。

Aucuba japonica macrophylla Carrière　　緑葉、葉モ果實モ大形。

Aucuba japonica macrophylla dentata Hort　葉ハ大形、大鋸歯アリ。

Aucuba japonica maculata Regel　　　青葉、基ニ黄斑アリ。

Aucuba japonica mascula bicolor Hibberd　葉ハ半分黄色、半分緑色。

Aucuba japonica ovata Siebold　　　　葉ハ卵形、緑色。

Aucuba japonica picta Siebold　　　緑地ニ白斑アリ、縁ハ黄色。

Aucuba japonica pygmaea Siebold　　　倭生、緑黄。

Aucuba japonica sulphurea Regel　　　黄葉、縁ニ緑點アリ。

Aucuba japonica variegata Regel　　　狭葉斑入。

Aucuba japonica versicolor Regel　　　緑地ニ黄斑アリ、縁モ亦黄
　　　　　　　　　　　　　　　　　　　色。

みづき、くまのみづき、てうせんみづき等ハ春芽ノ將ニ延ビントスル時非常ノ勢ヲ以テ地中ヨリ水ヲ吸收ス、故ニ其幹ノ基部ニ孔ヲ穿テバ一日優ニ一斗餘ノ水ヲ得ベク枝ノ先端ヲ折レバ滴々トシテ透明ノ水落ツ、智異山ノ諸寺ガ藥水トシテ供スルモノニハ此水ヲモ含ム。

材用トシテやまぼうしノ材ハ堅ク南鮮ニテハ砧用材トシテ唯一ノモノナリ、故ニ砧木(バクタルナム)ト云フ。みづき、くまのみづきノ材ハ薪ニ用キ又小兒ノ遊戯具ヲ作ルニ用キ得。

藥用トシテハ漢法ニさんしゆノ果實ヲ用フ、健胃ノ效アリ。

食用トシテハやまぼうしノ果實ハ唯一ノモノナリ、甘味ニシテ口ニ適ス、やまぼうしハ未ダ庭園樹ニ用キラレ居ラザレドモ其花美シキ故將來ハ亞米利加やまぼうし *Cynoxylon florida* 同様ニ公園、街路樹ニ用キラルベキモノトス。

（四）　朝鮮產四照花科植物ノ分類

四 照 花 科

喬木。灌木又ハ半灌木、葉ハ對生稀ニ互生又ハ 3-5 個輪生ス、通例葉柄アリ、全緣又ハ鋸齒アリ、稀ニ裂片アリ。托葉ナシ。花序ハ繖形。頭狀。岐繖。繖房又ハ圓錐花叢ヲナス。花ハ兩全又ハ雌雄異株、通例 4 數稀ニ 5 數、蕚筒ハ子房ニ癒着ス、裂片ハ 4(5) 個又ハ殆ンドナシ。花瓣ハ 4(5) 個又ハナシ。鑷合狀ニ排列ス、雄蕋ハ花瓣ト同數ニシテ互生シ、花絲ハ或ハ短ク或ハ長シ。葯ハ內向二室頂生又ハ丁字形、花粉ハ球形又ハ橢圓形ニシテ縱ニ三溝アリ。花盤アリ、花柱ハ 1 個。子房ハ1—4 室、卵子ハ各室ニ一個ニシテ下垂ス、珠皮ハ一層、維管束線ハ外側ニアリ。核果ハ黑色、紅色、白色、碧色等アリ、核ハ 1-4 室。種皮ハ薄ク膜質、幼根ハ上向、胚乳多シ。

亞細亞、歐羅巴。亞米利加。阿弗利加ニ亙リ 7 屬 100 餘種アリ。朝鮮ニハ 5 屬 7 種アリ。屬ノ區別法ハ左ノ如シ。

1 { 雌雄異株ノ常綠灌木、胚ハ胚乳ノ頂ニ位シ小サシ。 花序ハ圓錐花叢ヲナシ枝ハ對生ス。‥‥‥‥‥‥‥‥‥‥‥あをき屬
{ 兩全花ヲ有ス。‥‥‥‥‥‥‥‥‥‥‥‥‥‥‥‥‥‥‥‥‥2

2 { 花序ニ苞ナク岐繖狀ニ分岐シ稀ニ複繖形、花ハ小花梗ト關節ス。果實ハ漿質、碧色、藍色、黑色又ハ白色。‥‥‥‥‥‥みづき屬
{ 花序ニ苞又ハ總苞アリ。果實ハ紅朱色又ハ黑色。‥‥‥‥‥‥3

3 { 小サキ半灌木。 地下莖アリ、花ハ殆ンド繖形狀ノ岐繖花序ヲナシ、小花梗ト關節セズ。 花瓣ニハ少クモ其一部ハ先端ニ長キ刺狀ノ突起アリ。總苞ハ 4 個白色、果實ハ朱紅色、漿質ナラズ。‥‥‥‥‥‥‥‥‥‥‥‥‥‥‥‥‥‥ごぜんたちばな屬
{ 灌木又ハ喬木。花瓣ニハ突起ナシ。花ハ繖形又ハ頭狀。‥‥‥4

4 { 總苞ハ鱗片狀ニシテ相重ナル。 小花梗ハ基部ガ關節シ花ハ黃色ナリ。果實モ核モ橢圓形ナリ。‥‥‥‥‥‥‥‥‥‥‥さんしゆ屬
{ 總苞ハ大形ニシテ 4-8 個、白色又ハ紅色。花ハ頭狀ニシテ、果實ハ離生又ハ聚合核果ヲナシ漿質ナリ。‥‥‥‥‥‥‥やまぼうし屬

Cornaceæ Link, Handb. II. p. 2 (1831)-Lindley, Nat. Syst. Bot. p. 49 (1836)-Loudon, Arbor. & Frutic. Brit. II. p. 1009 (1838)-Spach, Hist. Nat. Vég. VIII. p. 86 (1839)-Agardh, Théor. p. 303 (1858)-

Koch, Dendrol. I. p. 682 (1869)–Bentham & Hooker, Gen. Pl. I. p. 947 (1869)–Harms in Engler & Prantl, Nat. Pflanzenfam. III. Abt. 8. p. 250 (1897)–Wangerin in Engler, Pflanzenr. IV. n. 229, p. 1 (1910).

Syn. *Stellatæ* Linnaeus, Phil. Bot. p. 32 (1751), pro parte–Giseke, Prælect. p. 520 (1791), pro parte.

Caprifolia Adanson, Fam. Pl. II. p. 153 (1763), pro parte–Durande, Not. Élém. Bot. p. 275 (1781), pro parte–Jussieu, Gen. Pl. p. 210 (1789), pro parte.

Caprifoliaceæ Ventenat, Tab. Reg. Vég. II. p. 593 (1799), pro parte–J. St. Hilaire, Exposit. I. p. 454 (1805), pro parte–Lamarck & de Candolle, Fl. Franc. ed. 3. IV. p. 269 (1805), pro parte.

Caprifoliaceæ § *Corneæ* Kunth, Nov. Gen. Sp. Pl. III. p. 430 (1818).

Umbelliferæ Trib. III. *Cisseæ* Sect. II. *Corneæ* Reichenbach, Consp. p. 221 (1822).

Caprifoliaceæ § *Hederaceæ* A. Richard apud Lindley, Syn. Brit. Fl. ed. 1. p. 132 (1829), pro parte.

Corneæ A. P. de Candolle, Prodr. IV. p. 271 (1830)–G. Don, Gen. Hist. III. p. 398 (1834)–Endlicher, Gen. Pl. p. 798 (1836)–Smith, Compend. Brit. Fl. ed. 2. p. 30 (1836).–Koch, Syn. Fl. Germ. & Helv. ed. 1. p. 322 (1837).–Babington, Manual Brit. Fl. p. 138 (1843).

Hederaceæ Bartling, Ord. Nat. Pl. p. 238 (1830), pro parte.

Helwingiaceæ Decaisne in Ann. Sci. Nat. 2 sér. V. p. 69 (1836)–Endlicher, Gen. Pl. p. 328 (1836)–Meissner, Pl. Vasc. Gen. I. p. 328 (1836).

Santalaceæ Lindley, Nat. Syst. Bot. p. 193 (1836), pro parte.

Arbores vel frutices vel suffrutices. Folia maxime opposita rarius alterna vel verticillatim 4 (3–5), vulgo petiolata, integra vel dentata vel serrata, rarius lobata. Stipulæ desideratæ. Inflorescentia umbellata, capitata, cymosa, paniculata rarius corymbosa. Flores hermaphroditi vel dioici, actinomorphi, vulgo tetrameri rarius pentameri; calycis tubus ovario adnatus, lobis 4 (5) vel obsoletis; petala 4 (5) rarius O, valvata; stamina petalis isomera et alterna; filamenta brevia vel subulata; antheræ introrsæ biloculares baxifixæ vel versatiles; pollinia globosa vel elliptica 3-sulcata; discus epigynus; stylus unicus; ovarium 1–4 loculare; ovula in quoque loculo 1 ab apice loculi pendula, anatropa, integmento unico, raphe dorsalis. Fructus drupaceus vel baccatus; putamen 1–4 loculare. Semina testa membranacea; embryo axilis elongatus vel parvus; radicula supera; albumen copiosum.

Genera 7 et species ultra 100 in Asia, Europa, America et Africa boreali incola. Genera 5 et species 7 in Korea indigena.

1 { Flores dioici. Embryo in apice albuminis positus. Inflorescentia decussato-paniculata. . . . .*Aucuba*
Flores hermaphroditi. 2

2 { Inflorescentia nuda, cymoso-paniculata rarius umbellato-paniculata. Flores pedicellis articulati. Fructus caerulei, nigri · vel albi. . . . .*Cornus*
Inflorescentia involucrata. Fructus coccinei vel nigri. 3

3 { Suffrutex. Caulis subterraneus longe repens. Flores in cymas umbelliformes dispositi cum pedicellis articulati. Petala saltem partim apice spinescentia. Bracteæ 4 albæ. Fructus coccineus exsuccus. . . . .*Chamaepericlymenum*
Frutex vel arbor. Petala apice non spinescentia. 4

4 { Bracteæ squamosæ imbricatæ. Pedicelli basi articulati. Flores umbellati flavi. Fructus & putamen oblongum. *Macrocarpium*
Bracteæ amplæ 4–8 albæ. Flores capitati albo-virescenti. Fructus apocarpi vel syncarpi drupacei. . . . .*Cynoxylon*

第 I 族 あ を き 族

花ハ雌雄異株、圓錐花叢ヲナス。胚ハ小サク胚乳ノ先端ニ偏在ス。次ノ一屬ヲ有ス。

第 1 屬 あ を き 屬

灌木、托葉ナシ。葉ハ對生、單葉、有柄、二年生、鋸齒アリ。花ハ枝ノ先端ニ圓錐花叢ヲナシ苞アリ、雄花序ハ大ナリ。花ハ雌雄異株、小花梗ト關節ス。雄花ハ萼ハ小サク 4 齒アリ、花瓣ハ 4 個、鑷合狀、卵形又ハ披針形、雄蕊ハ 4 個、花絲ハ短シ。 葯ハ橢圓形又ハ球形、花盤ハ

多肉、子房ハ退化消滅ス。雌花ハ蕚筒ハ子房ト相癒着シ有毛 4 齒アリ、花瓣ハ 4 個、雄蕋ナク、花盤ハ多肉、花柱ハ 1 個短シ、柱頭ハ斜ニ、卵子ハ子房ノ先ヨリ下垂シ唯一個、核果ハ橢圓形、紅朱色又ハ白色又ハ黄色、核ハ一室一種子アリ、種皮ハ膜質、胚乳ハ多肉、胚ハ胚乳ノ先端ニ位シ倒生、子葉ハ極メテ小サク胚軸ハ比較的長シ。

東亞ノ特産ニシテ三種アリ。一種ハ日本、朝鮮ニ、一種ハ支那、臺灣ニ、一種ハヒマラヤ山系ニアリ。

1. **あをき** （第拾七圖）

灌木、雌雄異株、大ナルハ高サ 5 米突ニ達ス。幹ノ直徑モ 15 セメニ達シ皮ハ縱裂ス、葉ハ對生、無毛、有柄、葉柄ハ長サ 2-3 セメ上ニ溝アリ。葉身ハ橢圓形、綠色、表面ハ光澤ニ富ミ、裏面ハ光澤ナク大形ノ鋸齒アリ、先ハ尖リ、基ハ丸キカ又ハ尖ル、長サ 3-20 セメ幅 1-10 セメ、雄花序ハ大キク長サ 7-10 セメ、花軸ニ毛アリ。花梗ハ長サ 2-3 セメ、蕚筒ハ殆ンドナク蕚齒ハ 4 個、無毛、花瓣ハ 4 個、卵形ニシテ尖リ長サ 3 ミリ、雄蕋ハ 4 個、花絲ハ短シ、葯ハホボ丸ク二室、雌花序ハ短ク長サ 1-2 セメ毛アリ。 雌花ハ小花梗ト關節シ基部ニ各 2 個ノ小苞アリ、子房ハ橢圓形毛多シ、花瓣ハ 4 個卵形、長サ 2 ミリ許、雄蕋ハナシ、果實ハ橢圓形長サ 1.5-2.0 セメ、胚乳多シ。

欝陵島。梅加島。巨文島。濟州島ニ自生ス。

分布。對馬。九州。四國。本島。

Cornaceæ Trib. 1. **Aucubeæ** Nakai, nov. trib.

Syn. *Aucubaceæ* Agardh, Theor. p. 303 (1858).

Flores decussato-paniculati, dioici. Embryo parvus in apice albuminis positus. Continet genus unicum.

Gn. I. **Aucuba** Thunberg, Dissert. III. p. 61 (1783); Fl. Jap. p. 4 (1784)–Necker, Elem. Bot. III. p. 361 (1790)–Lamarck & Poiret, Illustr. t. 759 (1798)–A. P. de Candolle, Prodr. IV. p. 274 (1830)–Endlicher, Gen. Pl. p. 798, no. 4575 (1836)–Loudon, Arb. & Frutic. Brit. II. p. 1026 (1838)–Spach, Hist. Nat. Vég. VIII. p. 88 (1839)–Bentham & Hooker, Gen. Pl. I. p. 950 (1869)–Baillon, Hist. Pl. VII. p. 86 (1880)–Koehne, Deutsch. Dendr. p. 435 (1893)–Harms in Engler & Prantl, Nat. Pflanzenfam. III. Abt. 8. p. 268 (1897)–Wangerin in Engler, Pflanzenr. IV. no. 229 p. 38 (1910).

Syn. *Aukuba* Thunberg, Fl. Jap. p. XLI & 64 (1784)–Koch, Dendrol. I. p. 695 (1869).

Eubasis Salisbury, Prodr. p. 68 (1796).

Frutex, exstipullatus; folia opposita simplicia petiolata biennia serrata. Inflorescentia decussato-paniculata bracteata, mascula ampla, fœminea minor. Flores dioici cum pedicellis articulati. Flores ♂; calyx parvus 4-dentatus; petala 4 valvata, ovata vel lanceolata; stamina 4, filamenta brevia, antheræ oblongæ vel subrotundatæ; discus carnosus; ovarium rudimentum. Flores ♀; calycis tubus obovoideus ovario adnatus strigillosus vel glaber 4-dentatus; petala 4 reflexa ovata; stamina O; discus carnosus; stylus brevis, stigma obliquum; ovarium 1-loculare; ovulum 1 ab apice loculi suspensum. Drupa ellipsoidea coccinea, candida vel flava. Putamen oblongum 1-loculare 1-spermum. Testa seminum membranaceum. Albumen carnosum. Embryo in apice albuminis medianus; cotyledon minimus; radicula supera.

Species 3, una in Himalaya, una in China & Formosa, una in Japonia & Korea endemicæ.

1. **Aucuba japonica** Thunberg (Tabula nostra XVII).

Aucuba japonica Thunberg, Dissert. III. p. 62 (1783); in Nova Acta Reg. Soc. Sci. Upsal. IV. p. 30, nom. nud. & p. 37 (1783)–Banks, Icon. t. 6 (1791)–Du Mont Courset, Bot. Cult. ed. 1. III. p. 618 (1802)–A. P. de Candolle, Prodr. IV. p. 274 (1830)–Loudon, Arb. & Frutic. Brit. II. p. 1026 (1838)–Spach, Hist. Nat. Vég. VIII. p. 88 (1839)–Kirchner, Arb. Musc. p. 424 (1864)–Regel in Gartenfl. XIII. p. 38 (1864)–J. D. Hooker in Curtis' Bot. Mag. XCI. t. 5512 (1865)–Miquel in Ann. Mus. Bot. Lugd. Bat. II. pt. 1. p. 160 (1865); Prol. Fl. Jap. p. 92 (1866).–Franchet & Savatier, Enum. Pl. Jap. I. p. 197 (1875)–Palibin in Acta Hort. Petrop. XVII. p. 102 (1898)–Nakai in Tokyo Bot. Mag. XXIII. p. 92 (1909)–Wangerin in Engler, Pflanzenreich IV. no. 229 p. 38 (1910)–Matsumura, Ind. Pl. Jap. I. pt. 2. p. 445 (1912), pro parte–Nakai, Chosen-shokubutsu I. p. 430, fig. 536 (1914); Veg. Isl. Quelpaert. p. 70, no. 988 (1914); Veg. Dagelet Isl. p. 23, no. 273 (1919)–Mulfood in Americ. Forest. XXVIII. p. 103, fig. (1922).

Syn. *Aukuba japonica* Thunberg, Fl., Jap. p. XLI, nom. nud. & p. 64, t. 12 & 13 (1784)–Koch, Dendrol. I. p. 696 (1869).

Eubasis dichotoma Salisbury, Prodr. p. 68 (1796).

Frutex dioicus usque 5-metralis. Truncus usque 15 cm. latus; cortex longitudine fissus. Folia opposita glaberrima petiolata; petioli 2–3 cm. longi supra sulcati; lamina oblonga viridia, supra lucida, infra opaca grosse crenato-serrata vel integra apice acuta, basi obtusa vel acuta, 3–20 cm. longa 1–10 cm. lata. Inflorescentia mascula ampla 7–10 cm. longa, axis pilosa, pedunculo 2–3 cm. longo. Calycis tubus subnullus dentibus 4 glabris. Petala 4 reflexa ovata apice acuminata 3 mm. longa. Stamina 4, filamenta brevia, anthera subrotundata bilocularis. Inflorescentia faeminea contracta 1–2 cm. longa pilosa; flores cum pedicello articulati basi bibracteati; ovarium oblongum strigillosum; petala 4 ovata reflexa 2 mm. longa; stamina O. Fructus sphærico-ellipticus drupaceus coccineus 1.5–2.0 cm. longus. Albumen carnosum.

Nom. Jap. Aoki.

Hab. in Dagelet, Port Hamilton, Baikwato et Quelpaert.

Distr. Tsusima, Kiusiu, Shikoku & Hondo.

The existence of this plant in Loochoo-Archipelago is uncertain, for I have not yet seen any specimen from there. The Formosan plant is *Aucuba chinensis.*

Aucuba chinensis Bentham, Fl. Hongk. p. 138 (1861)–Forbes & Hemsley in Journ. Linn. Soc. XXIII. p. 346 (1886)–Henry in Trans. Asiat. Soc. Jap. XXIV. Suppl. p. 88 (1896)–Matsumura & Hayata in Journ. Coll. Sci. Tokyo XXII. p. 178 (1906)–Wangerin in Engler, Pflanzenr. IV. no. 229, p. 40 (1910).

Syn *Aucuba japonica* (non Thunberg) Harms in Bot. Jahrb. XXIX. p. 507 (1901), pro parte–Hayata in Journ. Coll. Sci. Tokyo XXV. Art. 19, p. 111 (1908); Icon. Pl. Formos. II. p. 63 (1912).

Nom. Jap. Taiwan-aoki.

Hab. in Formosa: sine loco speciali (C. Owatari); monte Suizan (Nagasawa).

Suizan is indicated by Dr. B. Hayata as Mt. Morrison in his paper.

第 II 族 み づ き 族

花ハ兩全、花序ハ岐繖、繖房又ハ頭狀又ハ繖形、胚ハ胚乳ノ全長ニ亘
ル。ごぜんたちばな屬、やまぼうし屬、さんしゆ屬、みづき屬ヲ含ム。

Cornaceæ Trib. II. **Corneæ** Baillon, Hist. Pl. VII. p. 79 (1880),
pro parte.

Syn. *Caprifoliaceæ-Corneæ* Kunth, Nov. Gen. & Sp. Pl. III. p.
335 (1818).

Cornaceæ Agardh, Theor. p. 303 (1858).

Cornaceæ Subfam. *Cornoideæ* Harms in Engler & Prantl, Nat.
Pflanzenfam. III. Abt. 8. p. 255 (1897), pro parte.

Cornaceæ Subfam. *Cornoideæ* Trib. *Corneæ* Wangerin in Engler,
Pflanzenr. IV. no 229, p. 38 (1910), pro parte.

Flores hermaphroditi. Inflorescentia corymbosa, cymosa, capitata vel
umbellata. Embryo magnus fere per totam longitudinem albuminis
extensus. Continet Chamaepericlymenum, Cynoxylon, Macrocarpium
et Cornus.

第 2 屬　ご ぜ ん た ち ば な 屬

小サキ半灌木、地下莖ハ長ク地ヲ匐ヒ分岐ス、地上莖ハ 2-4 年生但シ
上方ハ一年生ニシテ分岐ナク葉ハ對生又ハ 4-6 個宛輪生ス、短カキ葉柄
アルカ又ハ無柄、全緣、托葉ナク主脈ハ平行ス。岐繖花序ハ短縮シテ殆
ンド繖形トナリ四個ノ大形ノ白キ苞ニテ包マル。花ハ兩全、白色。萼筒
ハ鐘狀丸キカ又ハ角張リ子房ト癒着ス、花瓣ハ 4 個長卵形又ハ卵形、少
クモ一部ハ先端ニ長キ針狀ノ突起アリ、雄蕋ハ 4 個、花絲ハ細ク平タシ、
葯ハ橢圓形、二室、花盤ハ突出シ碧色又ハ紫色、子房ハ二室、花柱ハ柱
狀、柱頭ハ頭狀、子房ノ各室ニ各一個ノ下垂スル卵子アリ。果實ハ核果、
朱紅色、漿質ナラズ、核ハ堅シ。

北半球ノ周極地方及ビ高山ニ二種アリ、其中一種ハ朝鮮ニモアリ。

2.　ご ぜ ん た ち ば な　(第拾八圖)

莖ハ地下莖ヨリ生ジ一年生ナレドモ基部ハ 2-4 年生トナル、莖上ノ葉
ハ小サク通例鱗片狀ヲナシ對生スレドモ先端ニハ 4-6 枚宛輪生ス、倒卵
形ニシテ基部ニ向ヒテ尖リ先端ハ尖リ主脈ハ平行シ中肋ノ兩側ニ各 2-3

本宛アリテ葉緣ト平行ス。苞ハ白ク4個花瓣樣、卵形、蕚筒ニハ剛毛アリ、
蕚齒ハ極メテ短シ、花瓣ハ4個、白色、相對スル二個ニハ先端ニ長キ針
狀ノ突起アリ、又他ノ二對ニハ小突起アリ、花盤ハ黑紫色、花柱ハ黑紫
色、柱頭ハ點狀、核果ハ球形、朱紅色。

朝鮮ノ北部ニ生ジ米人ベリー提督ノ同行並ニ露ノ植物學者コマロフ氏
ハ之ヲ採收セシモ余ハ不幸未ダ其ヲ採ラズ、又總督府ノ何人モ朝鮮ニテ
發見セシヲ聞カズ、故ニ圖及ビ記載ハコマロフ氏ノ採品ニ基ク。

分布。本島。北海道。樺太。黑龍江省。滿洲。烏蘇利。コオーツク海
沿岸地方。カムチヤツカ。アラスカ。加奈陀。北カリフオルニア州。
ニューファウンドランド。

Gn. II. **Chamaepericlymenum** [Clusius, Hist. p. 87, tab. in p.
88 (1583); Rarior. Pl. Hist. I. p. 59 cum. fig. (1601).–Gerarde, Herb.
p. 1113, cum fig. (1597)]–Hill, Brit. Herb. p. 331 no. XIV. (1756)–
Graebner in Ascherson & Graebner, Fl. Nord. Flachland p. 538-9
(1879).–Nakai, Chosen-shokubutsu I. p. 428 (1914).

Syn. *Cornus*, pro parte, Linnaeus, Gen. Pl. ed. 1. p. 296 no. 80
(1737); Sp. Pl. p. 117 (1753); Gen. Pl. V. p. 54, no. 139 (1754)–
L'Heritier, Cornus p. 1 (1788)–Jussieu, Gen. Pl. p. 214 (1789)–
Giseke, Praelect. p. 527 (1792)–Ventenat, Tab. II. p. 605 (1799)–
Persoon, Syn. I. p. 143 (1805)–A. P. de Candolle, Prodr. IV. p. 271
(1830).

Cornus Sect. *Thaematia* Lindley, Syn. Brit. Fl. ed. 1. p. 133 (1829).

Cornus Sect. 2. *Involucratae* A. P. de Candolle, l. c. p. 273, pro
parte-Loudon, Arb. & Frut. Brit. II. p. 1014 (1838), pro parte.

Cornus Sect. *Arctocrania* Endlicher, Gen. Pl. p. 798 (1836)–Bentham
& Hooker, Gen. Pl. I. p. 950 (1869)–Harms in Engler & Prantl, Nat.
Pflanzenfam. III. Abt. 8. p. 287 (1897).

Eukrania Rafinesque, Alsogr. Americ. p. 59 (1838); pro descript.
Cornus Sect. *Cornion* Spach, Hist. Nat. Vég. VIII. p. 103 (1839).
Cornella Rydberg in Bull. Torrey Bot. Club. XXXIII. p. 147 (1906).
Arctocrania Nakai in Tokyo Bot. Mag. XXIII. p. 39 (1909).

Cornus Subgn. *Arctocrania* Endlicher apud Wangerin in Engler,
Pflanzenr. IV. no. 229. p. 81 (1910).

Suffrutex. Rhizoma repens. Caulis basi 2-4 ennis, hornotinis simplex erectus. Folia opposita **vel verticillatim** 4–6, brevi-petiolata vel sessilia, integra exstipullata, venis parallelis. Inflorescentia cymam umbelliformem format. Bracteæ 4 amplæ albæ. Flores hermaphroditi albi; calycis tubus campanulatus teres vel angulatus ovario adnatus; petala 4 oblongo-ovata vel ovata, valvata, apice spinescentia vel cornuta; stamina 4, filamenta subulato-filiformia; antheræ oblongæ biloculares; discus pulvinatus caerulescentes vel purpurascentes; ovarium 2-loculare; stylus columnaris; stigma punctatum; ovula in loculis solitaria. Drupa ovoidea vel oblonga coccinea, mesocarpio exsucco, putamine osseo vel crustaceo.

Species 2 in regionibus arcticis vel alpinis boreali-hemisphaericæ incolæ. In Korea tantum unica indigena.

2. **Chamæpericlymenum canadense** Ascherson & Graebner
(Tabula nostra XVIII).

Chamaepericlymenum canadense Ascherson & Graebner, Fl. Nordost. Flachland p. 539 (1879).–Britton & Brown, Illus. Fl. ed. 2. II. p. 664. fig. 3190 (1907)–Nakai, Chosen-shokubutsu I. p. 428, fig. 535 (1914).

Syn. *Pyrola alsines flore Brasiliana* C. Bauhinus, Prodr. Theatri Bot. p. 100 (1620); Pinax Theatri Bot. p. 191 (1623).

Cornus herbacea ramis nullis Linnæus, Amœnit. Acad. I. p. 157 sub adnot. 111 (1749).

Cornus canadensis Linnæus, Sp. Pl. ed. 1, p. 118 (1753); ed. 2. p. 172 (1762)–Hill, Veg. Syst. XI t. 12. fig. 2. (1767).–Lamarck, Encyclop.. II. p. 115 (1783)–L'Heritier, Cornus p. 3. t. 1 (1788)–Loddiges, Bot. Cab. VII. no. 651 (1822)–Spach, Hist. Nat. Vég. VIII. p. 105 (1839)–Maximowicz in Mém. Prés. Acad. Imp. Sci. St. Pétersb., div. sav. IX. p. 134 (1859)–A. Gray in Mem. Americ. Acad. Arts & Sci. New Ser. VI. p. 391 (1859)–Fr. Schmidt in Mém. Acad. Imp. St. Pétersb. 7 sér., XII. no 2. p. 47 no. 181, p. 141, no. 202 (1868)–Franchet & Savatier, Enum. Pl. Jap. I. p. 196 (1875)–Forbes & Hemsley in Journ. Linn. Soc. XXIII. p. 345 (1888)–Komarov in Acta Hort. Petrop. XXV. fasc. 1. p. 181 (1905)–Nakai in Journ. Coll. Sci. Tokyo XXVI. p. 280 (1909).

Chamaepericlymenum **Hill,** Brit. Herb. p. 331 (1756).

Cornus herbacea b. *Cornus canadensis* Linnæus apud Pallas, Fl. Ross. I. p. 52 (1784).

Cornus unalaschkensis Ledebour, Fl. Ross. II. p. 378 (1844)- Coulter & Evans in Bot. Gazette XV. p. 32 (1890).

Cornus suecica (non Linnæus) A. Gray in Proceed. Americ. Acad. Arts & Sci. VIII. p. 387 (1873).

Cornella canadensis Rydberg in Bull. Torrey Bot. Club XXXIII. p. 147 (1906).

Arctocrania canadensis Nakai in Tokyo Bot. Mag. XXIII. p. 40 (1909).

Rhizoma repens perenne ramosum multiceps. Caulis basi perennis, hornotinus simplex erectus. Folia caulina parva opposita vel nulla, terminalia verticillatim 4–6 brevi-petiolata obovata, basi attenuata, apice mucronata vel acuta, nervis lateralibus utrinque 2–3 cum margine parallelis. Bracteæ involucrantes 4 corollaceæ ovatæ. Calycis tubus strigillosus, lobi brevissimi. Petala 4 alba, 2 opposita apice longissime spinescentia, 2 apice dorso breve cornuta. Discus pulvinatus. Drupa sphaerica coccinea.

Nom. Jap. Gozen-tachibana.

Hab. in Korea sept.

Distr. Hondo, Yeso, Sachalin, Ussuri, Manshuria, Amur, Regio Ochotensis, Kamtschatica, Alaska, Canada usque ad California & New Foundland.

第3屬 やまほうし屬

喬木又ハ小喬木。葉ハ對生、有柄、單葉、全緣、托葉ナク、一年生又ハ二年生、花ハ枝ノ先端ニ頭狀花序ヲナシ、四個ノ白色又ハ綠色ノ總苞ヲ有ス、此總苞ハ或ハ落チ或ハ永存ス。蕚筒ハ子房ニ癒着シ四個ノ小サキ蕚齒アリ。蕚筒ハ又互ニ相癒合シテ聚合花ヲナスコトアリ。花瓣ハ 4 個附屬物ナシ。雄蕋ハ 4 個、葯ハ 2 室、花盤ハ四裂又ハ椀狀、花柱ハ 1 個、柱頭ハ棍棒狀又ハ截形。核果ハ漿質、離生又ハ聚合ス。核ハ 1-2 室、堅シ、種皮ハ薄シ。

東亞及ビ北米ニ亘リ 7 種アリ。朝鮮ニハ唯一種アルノミ。

3. やまぼうし

トウメイナム。バクタールナム。シヤンタール。
トルナム。（朝鮮土名）。

喬木、樹膚ハ不規則ニ剥グ、材ハ堅シ、芽ノ鱗片ハ對生シ、微毛アリ。小枝ハ始メ微毛アレドモ後無毛トナル、枝ハ水平ニ展開ス、葉ハ對生、葉柄ハ基脚廣マリ長サ 2-7 ミリ毛ナシ、葉身ハ卵形又ハ長卵形又ハ圓形、表面ハ綠色微毛散生ス、裏面ハ淡白ク毛アリ、葉脈ノ分岐點ニハ褐毛生ズ、側脈ハ兩側ニ 4-5 個殆ンド平行ス、緣ハ全緣又ハ波狀ナリ、先端ハ尖リ、基脚ハ丸キカ又ハ尖ル、花梗ハ直立シ長サ 3-6 セメ、僅カニ毛アリ、總苞ハ 4 個卵形又ハ披針形、花時白キト綠トアリ。花ハ相癒合ス、蕚齒ハナク蕚緣ハ椀狀ナリ、花瓣ハ小サク長サ 1 ミリ許、花絲ハ短シ、葯ハ廣橢圓形、花盤ハ輪狀又ハ椀狀、花柱ハ短ク、柱頭ハ截形、聚合核果ハ漿質、深紅色ニ熟シ甘味ナリ、核ハ光澤アリ、長サ 4-5 ミリ。

中央支那。朝鮮ノ中部、南部。濟州島。對馬。九州。四國。本島ニ分布シ、次ノ變種ヲ區別シ得。

やまぼうし。 朝鮮名ハ上出。（第拾九、貳拾圖）
苞ハ大形、廣披針形又ハ卵形、白色。果實ハ漿質、甘味。

濟州島。全羅南北。群島。忠淸南北。京畿ノ諸道ニ分布ス。
小輪やまぼうし。 朝鮮名、チュンタール。（第貳拾壹圖）
苞ハ極メテ廣キ卵形又ハ殆ンド圓シ。

濟州島。全南海南郡頭露峯。京畿道光陵等ニテ發見ス。
堅實やまぼうし。 朝鮮名、カサイタール。
苞ハ廣卵形、果實ハ成熟スルモ漿質ナシ。

濟州島ニ産ス。
小やまぼうし。 朝鮮名、ソリタール。（第貳拾貳圖）
苞ハ花時綠色ニシテ披針形、果實トナレバ次第ニ大キクナリ、且ツ白クナル。

濟州島ニ産ス。

Gn. III. **Cynoxylon** Rafinesque, Alsograph. Americ. p. 59 (1838)-Small, Fl. South. United States p. 854 (1903)-Britton & Brown, Illus. Fl. ed. 2. II. p. 664 (1907).

Syn. *Cornus*, pro parte, Linnæus, Gen. Pl. ed. 1. p. 29, no. 80 (1737)-Gronovius, Fl. Virgin. I. p. 17 (1739)-Linnaeus, Sp. Pl. ed.

1. p. 117 (1753); Gen. Pl. ed. 5. p. 54, no. 139 (1754)-Jussieu, Gen. Pl. p. 214 (1789)-L'Heritier, Cornus p. 1 (1788)-Schkuhr, Bot. Handb. I. p. 81 (1791)-A. P. de Candolle, Prodr. IV. p. 271 (1830).

Benthamia (non A. Richard) Lindley in Bot. Regist. XIX. t. 1578 (1833)-Siebold & Zuccarini, Fl. Jap. I. p. 37 (1836)-Endlicher, Gen. Pl. p. 789, no. 4573 (1836)-Rafinesque, l. c.-Spach, Hist. Nat. Vég. VIII. p. 108 (1839)-W. J. Hooker in Bot. Mag. LXXVIII. t. 4641 (1852)-Kirchner, Arb. Musc. p. 425 (1864)-Baillon, Hist. Pl. VII. p. 79 (1880), pro parte--Nakai in Tokyo Bot. Mag. XXIII. p. 40 (1909); Chosen-shokubutsu I. 425 (1914).

Cornus Sect. 2 *Involucratœ* A. P. de Candolle, Prodr. IV. p. 273 (1830), pro parte -Loudon, Arb. & Frut. Brit. II. p. 1014 (1838), pro parte.

Benthamidia, Spach, l. c. p. 106.

Cornus Sect. 3. Bentham & Hooker, Gen. Pl. I. p. 950 (1869).

Cornus Sect. *Benthamia* Koehne, Deutsch. Dendrol. p. 438 (1893)- Harms in Engler & Prantl, Nat. Pflanzenfam. III. Abt. 8. p. 267 (1897).

Cornus Sect. *Benthamidia* Harms l. c.

Cornus Sect. *Discocrania* Harms, l. c.

Cornus Subgn. *Discocrania* Wangerin in Engler, Pflanzenr. IV. no. 229, p. 84 (1910).

Cornus Subgn. *Benthamidia* Wangerin, l. c. p. 86.

Cornus Subgn. *Benthamia* Wangerin, l. c. p. 88.

Arbor vel arborea. Folia opposita petiolata simplicia integra penninervia exstipullata annua vel biennia. Flores capitati bracteis involucrantibus magnis petaloideis deciduis vel persistentibus suffulti; calycis tubus ovario adnatus, dentes 4 parvi; petala 4 valvata inappendiculata; stamina 4, antheræ biloculares; discus quadrilobus vel cupuliformis; styli 1, stigma clavatum vel truncatum. Drupa syncarpa vel apocarpa. Pyrena 1–2 locularis ossea. Testa seminum membranacea vel coriacea.

Species 7 in America bor. & Asia orientali indigenæ.

Cynoxylon Sect. **Benthamia** Nakai, comb. nov.

Syn. *Cornus* Sect. *Benthamia* Koehne, l. c.—Harms, l. c.

Drupa in syncarpium carnosum areolato-tuberculatum confluens. Bracteæ sub anthesin persistentes. Stigmata truncata. Testa seminum coriacea. Species in Asia orientali incolæ.

Cynoxylon Sect. **Benthamia** Subsect. **Japonicæ** Nakai, Subsect. nov.

Folia annua. Calycis limbus truncatus cupularis. Species unica!

3. **Cynoxylon japonica** Nakai.

Cynoxylon japonica Nakai, comb. nov.

Syn *Cornus ? japonica* A. P. de Candolle, Prodr. IV. p. 273 (1830).

Cornus japonica (non Thunberg) G. Don, Gen, Hist. Dichl. Pl. III. p. 400 (1834).

Benthamia japonica Siebold & Zuccarini, Fl. Jap. I. pt. 2. p. 38, t. 16 (1836)–Spach, Hist. Nat. Vég. VIII. p. 109 (1839)–Miquel in Ann. Mus. Bot. Lugd. Bat. II. p. 159 (1865); Prol. p. 96 (1866)–Nakai, Chosen-shokubutsu I. p. 426, fig. 532 (1914).

Cornus Kousa Buerger, herb. ex Miquel, l. c. pro syn.–Franchet & Savatier, Enum. Pl. Jap. I. p. 196 (1875)–Sargent, Forest Fl. Jap. p. 47 (1894)–Palibin in Acta Hort. Petrop. XVIII. p. 101 (1898)–Rehder in Bailey, Cyclop. Americ. Hort. I. p. 379 (1900)–Harms in Engler, Bot. Jahrb. XXIX. p. 506 (1901)–Yabe in Tokyo Bot. Mag. XVIII. p. 30 (1904)–Schneider, Illus. Handb. II. p. 454, fig. 301, n-g. 302. g. (1909)–Shirasawa, Icon. II. t. 59, fig. 1–12 (1810)–Wangerin in Engler, Pflanzenr. IV. no 229. p. 88 (1910)–Matsumura, Ind. Pl. Jap. II. pt. 2, p. 446 (1912)–Rehder in Bailey, Stand. Cyclop. II. p. 855 (1914)–Nakai, Veg. Isl. Quelpaert p. 70, n. 989 (1914); Veg. Isl. Wangto p. 12 (1914)–Bean, Trees & Shrubs Brit. Isles I. p. 389. fig. (1914); in Kew Bull. (1915), p. 179, fig.–Nakai, Veg. mt. Chirisan p. 41 (1915)–Rehder in Sargent, Pl. Wils. III. p. 578 (1916)–Bean in Bot. Mag. CXLVI, t. 8833 (1920)–Makino & Nemoto, Fl. Jap. p. 436 (1925).

Benthamia Kousa Nakai in Tokyo Bot. Mag. XXIII. p. 41 (1909).

Arborea. Cortex irregulariter fissus. Lignum durum. Gemmæ lanceolatæ, squamis oppositis oblongo-ovatis adpresse pilosis obtectæ. Rami primo adpresse pilosi sed adultorum ab initio glabri divaricati horizontali-patentes. Folia opposita, petioli basi dilatati et leviter confluentes 2-7 mm. longi glabri; lamina ovata vel ovato-oblonga vel rotundata, supra viridis sparsissime minute strigilloso-pilosa, infra albescens crebrius pilosa, in axillis venarum primarium rufo-pilosa, veni laterales utrinque 4-5 subparalleli, margo integer sed undulatus, apice mucronata vel acuminata, basi rotundata vel acuta. Pedunculi in apice ramorum hornotinorum brevium terminales elongati erecti 3-6 cm. longi subglabri vel parce pilosi. Involucri phylla 4 ovata vel lanceolata ab initio alba vel primo viridia. Flores confluentes. Calycis limbus cupularis glaber truncatus. Petala valvata parva 1 mm. longa caduca. Filamenta brevissima. Antheræ late ellipticæ. Discus annulari-cupularis. Styli breves. Stigmata truncata subquadriareolata. Syncarpia baccata rotundata circ. 1.5-2 cm. lata. Putamen lucidum album 4-5 mm. longum.

Distr. China centr., Corea media & austr., Quelpaert, Tsusima, Kiusiu, Shikoku et Hondo.

Varietates sequentes Koreanæ distinguendæ.

Cynoxylon japonica var. **typica** Nakai, comb. nov. (Tabula nostra XIX–XX).

Syn. *Benthamia japonica α typica* Nakai in Tokyo Bot. Mag. XXVIII. p. 314 (1914).

Cynoxylon Kousa Nakai ex Mori, Enum. Corean Pls. p. 275 (1922); nom. nud.

Bracteæ magnæ late lanceolatæ vel ovatæ sub anthesin albæ. Fructus baccatus edulis dulcis.

Nom. Jap. Yamabōshi.

Nom. Kor. Tumei-nam, Paktal-nam, Syang-tal, Torunam.

Hab. in Quelpaert, Archipelagine Koreano, Korea austr. & media.

Cynoxylon japonica forma **minor** Nakai, comb. nov. (Tabula nostra XXI).

Syn. *Benthamia japonica β minor* Nakai in Tokyo Bot. Mag. XXVIII. p. 315 (1914).

Cynoxylon Kousa var. *dilatata* Nakai, Veg. Isl. Quelpaert p. 70, n. 989 b. (1914), nom. nud.–Mori, Enum. Corean Pl. p. 275 (1922);

nom. nud.

Bracteæ sub anthesin latissime ovatæ vel subrotundatæ albæ.

Nom. Kor. Chung-tal.

Hab. in Korea media & austr., & Quelpaert.

Cynoxylon japonica var. **exsucca** Nakai, comb. nov.

Syn. *Benthamia japonica* γ. *exsucca* Nakai in Tokyo Bot. Mag. XXVIII. p. 315 (1914); Veg. Isl. Quelpaert p. 70, no. 989, c. (1914).

Cynoxylon Kousa var. *exsucca* Nakai ex Mori, Enum. Corean Pl. p. 275 (1922).

Bracteæ sub anthesin late ovatæ albæ. Fructus exsuccus inedulis.

Nom. Kor. Kasai-tal.

Hab. in Quelpaert.

Cynoxylon japonica var. **viridis** Nakai, comb. nov. (Tabula nostra XXII).

Syn. *Benthamia viridis* Nakai, Chosen-Shokubutsu I. p. 426, fig. 532 sinistr. (1914); Veg. Isl. Quelpaert p. 70 n. 990 (1914); in Tokyo Bot. Mag. XXVIII. p. 314 (1914).

Cynoxylon Kousa var. *viridis* Nakai ex Mori, Enum. Cor. Pl. p. 275 (1922).

Bracteæ sub anthesin virides lanceolatæ, sed sensim auctæ et albescentes, deinde in varietatem typicam transeunt.

Nom. Kor. Sori-tal.

Hab. in Quelpaert et Korea media.

第四屬 さんしゆ屬

喬木又ハ小喬木、葉ハ對生、有柄、全緣、一年生、平行セル側脈ヲ有ス。 花ハ兩全又ハ雄性、繖形花序ヲナシ數個ノ鱗片狀ノ總苞ニ包マル、鱗片ハ往々黃色トナル。 花梗ハ基部ニ於テ關節ス、萼片ハ小 4 個、花瓣ハ 4 個、黃色。雄蕋ハ 4 個、花絲アリ。花柱ハ 1 個、果實ハ核果、漿質、紅熟又ハ黑熟ス、核ハ橢圓形。

歐、亞兩洲ニ 4 種アリ。其中一種ハ朝鮮ノ特產ナリ。

4. さんしゆ （第貳拾參圖）

喬木、樹膚ハ薄片トナル、一年生ノ枝ニハ短キ毛アリ。葉柄ハ長サ 5-10

ミリ、磁針狀ノ毛アリ、葉身ハ卵形又ハ長卵形、基脚ハ尖リ、先端ハ銳
尖、側脈ハ兩側ニ各 4-6 本宛、葉ノ表面ハ綠色、葉脈ヲ除ク外ハ無毛、裏
面ハ淡綠色又ハ帶白色磁針狀ノ毛アリ。 又主脈ノ分岐點ニ褐毛密生ス、
長サ 4-10 セメ幅 1-5 セメ、花ハ葉ニ先チテ開ク、繖形花序ヲナシ基ニ
鱗片狀ノ總苞アリ。小花梗ハ細ク長サ 1 セメ許、短毛アリ。蕚筒ハ倒卵
橢圓形、毛アリ、4 齒アリ。花瓣ハ 4 個長三角形ニシテ尖リ長サ 2 ミ
リ、花後落ツ、雄蕊ハ 4 個、花絲ハ稍太ク長サ 1 ミリ半、葯ハ廣橢圓
形、黃色、花盤ハ突出シ蜜腺アリ、無毛、花柱ハ長サ 1.5 ミリ、核果ハ
橢圓形、紅熟シ長サ 15-20 ミリ、核ハ橢圓形。

京畿、忠淸兩道ニ自生ス、朝鮮ノ特產種ナリ。

Gn. IV. **Macrocarpium** Nakai in Tokyo Bot. Mag. XXIII. p. 38
(1909); Chosen-Shokubutsu I. p. 429 (1914).

Syn. *Cornus mascula* [Theophrastus, Hist. Pl. interpret Gaza p. 97
(1529)]-Gaertner, Fruct. Sem. Pl. I. p. 127 (1788).

Cornus [Tragus, Stirp. Hist. III. p. 1024, fig. (1552)-Matthiolus,
Med. Sen. Comm. p. 140, fig. (1554)-Dodonæus, Pempt. p. 790, t.
(1583)-Clusius, Rar. Pl. Hist. p. 12, fig. (1601)-Durante, Herb. Nuov.
p. 137, fig. (1684)- Tournefort, Inst. Rei Herb. p. 641, pro parte t.
410 (1700)]-Schkuhr, Bot. Handb. I. p. 81, pro parte t. XXIV
(1791)-Opiz, Sezn. Rost. p. 52 (1852).

Cornus foemina (non Theophrastus) [Cordus, Annot. p. 188, fig.
(1561)].

Cornus arbor [Lobelius, Stirp. Advers. Nov. p. 436 (1570)].

Cornus mas [Dodonæus, Nieuv. Herb. p. 725, fig. (1578)-Dalecamps,
Hist. I. p. 329, fig. (1587)-Gerarde, Herb. p. 1283, fig. (1597)].

Cornus, pro parte. [Bauhinus, Pinax p. 446 (1632)-Linnaeus, Gen.
Pl. ed. 1. p. 296, no. 80 (1737)]-Linnaeus, Sp. Pl. ed. 1. p. 117
(1753); Gen. Pl. ed. 5. p. 54 n. 139 (1754)-L'Heritier, Cornus p. 1
(1788)-Jussieu, Gen. Pl. p. 214 (1789)-Giseke, Prælect. p. 527 (1791)-
Moench, Method. I. p. 107 (1794)-Ventenat, Tab. II. p. 605 (1799)-
J. St. Hilaire, Exposit. I. p. 460 (1805)-Persoon, Syn. Pl. I. p.
143 (1805).

Cornus Sect. 2. *Involucratæ* A. P. de Candolle, Prodr. IV. p. 273
(1830); pro parte-Loudon, Arbor. & Frut. Brit. II. p. 1014 (1838),

pro parte.

Cornus Sect. *Tanycrania* Endlicher, Gen. Pl. p. 798 (1836)–Bentham & Hooker, Gen. Pl. I. p. 950 (1869).

Eukrania Rafinesque, Alsogr. Americ. p. 59 (1838), pro parte.

Cornus Sect. *Macrocarpium* Spach, Hist. Vég. VIII. p. 101 (1839)–Koehne, Deutsch. Dendrol. p. 437 (1893)–Harms in Engler & Prantl, Nat. Pflanzenfam. III. Abt. 8. p. 266 (1897).

Cornus Subgn. *Macrocarpium* Schneider, Illus. Handb. II. p. 450 (1909)–Wangerin in Engler, Pflanzenr. IV. no. 229, p. 78 (1910).

Arbor vel arborea. Folia opposita, petiolata, integra, annua, parallelo-nervia. Flores hermaphroditi vel masculi, umbellati, involucrati. Pedicelli basi articulati. Calycis lobi 4 parvi. Petala 4 flava. Stamina 4. Styli 1. Drupa baccata rubra vel nigra. Putamen osseum ellipsoideum.

Species 4, una in Europa, 2 in China, una in Korea endemicæ.

To which of the groups of *Cornus sanguinea* L. (*C. foemina* Theophrastus) or *Cornus mas* L. (*Cornus mascula* Theophrastus) the generic name *Cornus* should be retained is a disputable question. If Latin-name *Cornus* (not translated from Greek) published for the first time represents the *Cornus, Cornus* in Plinius, Naturalis Historiæ liber 15 caput 41 (1469) would be the real *Cornus*, and we call it now *Cornus sanguinea*. But, the genus *Cornus* was at first founded by Tournefort in his 'Institutio rei Herbariæ I. p. 641,' in which he also included both *Cornus mas* and *Cornus sanguinea*. For the groups of Linnaean *Cornus*, there were already generic names; for instance, *Chamaepericlymenum, Eukrania* (partly) and *Arctocrania* for *Cornus suecica* and *Cornus canadensis* (including var *unalaschkensis*); *Cynoxylon* for *Cornus florida*; *Svjda* for *Cornus sanguinea*; *Eukrania* (partly) and *Macrocarpium* for *Cornus mas*. Although Rafinesque made *Eukrania* basing on *Cornus mas, Cornus canadensis* and *Cornus suecica*, he took *Cornus mas* for the type. But, unfortunately, his generic descriptions do not given any characteristics of *Cornus mas*. His type, therefore, has no systematic value, and *Euksania* looses its validity. I shall still use *Macrocarpium* for *Cornus mas* as I published in 1909. *Opiz* made a generic name *Svjda* (nomen nudum) for *Cornus sanguinea*, but Hill (1756), Gaertner (1789) and Rafinesque (1839) have restricted the generic meaning of *Cornus* to denote the groupe of *Cornus sanguinea*. The matter has been thus settled, but later in 1903, Small took up *Svjda* again and changing into *Svida* gave its description in his 'Flora of Southern United States.' I wonder whether this alteration of generic name is necessary.

4. **Macrocarpium officinale** Nakai (Tabula nostra XXIII).

Macrocarpium officinale Nakai in Tokyo Bot. Mag. XXIII. p. 38 (1909); Chosen-shokubutsu I. p. 429 (1914)–Mori, Enum. Corean Pl. p. 275 (1922).

Syn. *Cornus officinalis* Siebold & Zuccarini, Fl. Jap. I. p. 100, t. 50 (1841)–Miquel in Ann. Mus. Bot. Lugd.-Bat. II. pt. 1. p. 160 (1865); Prol. Fl. Jap. p. 92 (1866)–Franchet & Savatier, Enum. Pl. Jap. I. p. 345 (1875)–Forbes & Hemsley in Journ. Linn. Soc. XXIII. p. 345 (1888)–Koehne, Deutsch. Dendrol. p. 438 (1893)–Harms in Engler & Prantl, Nat. Pflanzenfam. III. Abt. 8. p. 266 (1897)–Palibin in Acta Hort. Petrop. XIII. p. 101 (1898)–Ito & Matsumura in Journ. Coll. Sci. Tokyo XII. p. 273 (1899)–Rehder in Bailey, Cyclop. I. p. 378 (1900)–Nakai in Journ. Coll. Sci. Tokyo XXVI. art. 1. p. 281 (1909)–Schneider, Illus. Handb. II. p. 451 (1909)–Wangerin in Engler, Pflanzenr. IV. no. 229, p. 80 (1910)–Matsumura, Ind. Pl. Jap. II. pt. 2. p. 446 (1912)–Rehder in Bailey, Stand. Cyclop. II. p. 854 (1914)–Makino & Nemoto. Fl. Jap. p. 436 (1925).

Cornus officinalis Siebold apud Bean, Trees & Shrubs Brit. Isles. I. p. 391 (1914).

Arbor. Cortex irregulariter lamelleo-rupsus, griseo-fuscus. Rami hornotini adpresse strigillosi. Petioli 5–10 mm. longi pilis bipolaribus adpresse fuscescenti-strigillosi. Lamina ovata vel ovato-oblonga basi acuta vel mucronata apice cuspidata, nervis lateralibus utrinque 4–6, supra viridis praeter venas glabra, infra pallida vel albescentia pilis bipolaribus fuscescentibus pilosella et axillis venarum dense barbata 4–10 cm. longa 1–5 cm. lata. Flores praecoses umbellati basi squamosi.

Pedicelli graciles circ. 1 cm. longi adpresse pilosi. Calycis tubus turbinato-ellipticus strigillosus, limbi breviter 4-dentati persistentes. Petala flava ligulato-triangularia acuta 2 mm longa decidua. Stamina 4, filamenta subulata 1.5 mm. longa, antheræ rotundato-ellipticæ. Discus elevatus nectarifer glaber. Stylus cylindricus 1.5 mm. longus. Drupa ellipsoidea sanguinea 15–20 mm. longa. Putamen ellipsoideum.

Nom. Jap. San-shu-yu.

Hab. in Korea media.

An endemic plant of Korea! It is not the indigenous plant of Japan. It was introduced to Japan from Korea as medicinal plant in 1722 for the first time. The seedlings were raised in the Shizuoka medicinal garden, whence it was brought to the medicinal garden of Koishikawa, Tokyo (The Botanic Gardens of the Tokyo Imperial University of the present). The oldest specimen of the garden is still living.

第五屬 みづき 屬

灌木又ハ喬木、地下ノ匐枝ヲ有スルモノアリ。葉ハ有柄、單葉、一年生又ハ二年生、對生又ハ互生、全緣、花序ハ若枝ノ先端ニ生ジ複岐繖狀又ハ繖形ニ近キ岐繖狀、小花梗ハ先端ガ關節ス、蕚筒ハ壺狀又ハ鐘狀丸キカ又ハ稜角アリ、花瓣ハ 4 個、落チ易シ、雄蕋ハ花瓣ト互生シ、花絲ハヽ扁タシ、子房ハ二室、花柱ハ柱狀、柱頭ハ頭狀、棍棒狀又ハ截形、花盤ハ突出ス、子房ノ各室ニ一個ノ下垂スル卵子アリ、核果ハ球形又ハ卵形又ハ橢圓形、碧色、黑色、白色、核ハ堅ク二室、二個ノ種子アリ、種皮ハ膜質、胚乳ハ肥厚ス、幼根ハ上向。

亞細亞。歐羅巴。北米ニ亙リ 30 餘種アリ、其中朝鮮ニ 4 種アリテ次ノ 3 節ニ區分サル。

1 ⎰ 灌木、匐枝ヲ有ス。葉ハ對生、花ハ繖形狀ノ繖房花序ヲナス、春季ノ根壓甚シカラズ、故ニ幹ヲ傷クルモ水出デズ。⋯⋯⋯⋯⋯⋯⋯⋯⋯ 白玉みづき節
⎱ 灌木又ハ喬木、匐枝ナシ、花ハ岐繖花序ヲナス、春季根壓甚シ ⋯2

2 ⎰ 葉ハ互生。核ハ先端ニ著シキ凹ミアリ。⋯⋯⋯⋯⋯⋯みづき節
⎱ 葉ハ對生。核ニ凹ミナシ。⋯⋯⋯⋯⋯⋯⋯⋯くまのみづき節

第 1 節　白玉みづき節

灌木、匐枝ヲ有ス。莖ハ通例簇生ス。葉ハ對生、繖房花序ハ殆ンド繖形ナリ。果實ハ白色又ハ碧色、春季ノ根壓甚シカラズ、故ニ幹ヲ傷クルモ水ノ流出スルコトナシ。次ノ一種アリ。

5.　白玉みづき　（第貳拾四圖）

灌木、幹ノ高サハ 4-5 米突ヲ出デズ、匐枝ヲ有シ其レヨリ莖ヲ出ス。二年生ノ枝ハ帶紅色ニシテ特ニ冬季ハ色ヨシ、若枝ニモ毛ナシ。葉ハ對生、葉柄ハ長サ 0.5-1.5 セメ上面ニ溝アリ、溝ノ緣ハ微毛生ズ。葉身ハ橢圓形又ハ廣橢圓形又ハ廣卵橢圓形、基脚ハ丸ク或ハ尖リ、先ハ銳尖、長サ 2-10 セメ、幅 1-6 セメ、表面ハ綠色、磁針狀ノ小毛生ズ、裏面ハ白ク毛アリ、花梗ハ頂生、長サ 2-4 セメ白毛アルト同時ニ褐色ノ短毛モ疎生ス、往々長キ白毛ノナキモノモアリ、花序ハ殆ンド繖形狀ノ繖房花序ヲナス、小花梗ノ長サ 2-10 ミリ、蕚筒ハ卵形毛アリ、蕚齒ハ殆ンドナシ、花瓣ハ白ク長サ 3 ミリ許、花絲ハ長サ 2.5-3 ミリ許、葯ハ橢圓狀圓形、花柱ハ柱狀。果實ハ帶橢圓、成熟スレバ白ク半透明トナル。

平北、咸南、咸北ニ生ジ特ニ溪流ニ沿ヒ又ハ山麓地ニ多シ。

分布、歐露、西比利亞、蒙古、黑龍江省、滿洲、烏蘇利、樺太、沿海州、カムチヤツカ。

Gn. V. **Cornus** [Plinius, Nat. Hist. liber 15, Caput 41 (1469); ed. 4, liber XIV. Caput 26 (1475)]-Hill, Brit. Herb. p. 517. Pl. 73, fig. 7 (1765)-Gaertner, Fruct. & Sem. Pl. I. p. 126, t. 26 fig. 4 (1789) Rafinesque, Alsogr. Americ. p. 58 (1838)-Britton & Brown, Illus. Fl. ed. 2, II. p. 660 (1907)-Nakai in Tokyo Bot. Mag. XXIII. p. 36 (1909).

Syn. *Cornus foemina* Theophrastus, Hist. Pl. interpret Gaza p. 97 (1529)-Dodonaeus, Nieuv Herb. p. 725, fig. (1578)-Dalecamps, Hist. p. 197, fig. (1587)-Gerarde, Herb. p. 1283, fig. (1597).

Pseudocrania Cordus, Annot. p. 187, fig. (1561).

Foemina Cornus Lobelius, Stirp. Advers. Nova p. 436 (1570).

Cornus, pro parte [Bauhinus, Pinax p. 446 (1623)-Tournefort, Instit. I. p. 641 (1700)-Linnaeus, Gen. Pl. ed. 1. p. 296, no. 80

(1737)]–Linnaeus, Sp. Pl. ed. 1. p. 117 (1753); Gen. Pl. ed. 5. p. 54, no. 139 (1754)–L'Heritier, Cornus p. 1 (1788)–Jussieu, Gen. Pl. p. 214 (1789)–Necker, Elem. Bot. II. p. 367 (1790)–Schkuhr, Bot. Handb. I. p. 81 (1791)–Moench, Method. I. p. 107 (1794)–Ventenat, Tab. II. p. 605 (1799)–J. St. Hilaire, Exposit. I. p. 460 (1805)– Persoon, Syn. I. p. 143 (1805)–Baillon, Hist. Pl. VII. p. 79 (1880).

Cornus Sect. 1. *Nudiflorae* A. P. de Candolle, Prodr. IV. p. 271 (1830)–Loudon, Arb. & Frut. Brit. II. p. 1010 (1838).

Cornus Sect. *Thelycrania* Endlicher, Gen. Pl. p. 798 (1836)– Bentham & Hooker, Gen. Pl. I. p. 950 (1869).

Cornus Sect. *Microcarpium* Spach, Hist. Vég. VIII. p. 92 (1839)– Koehne, Deutsch. Dendrol. p. 435 (1893); Mitt. Deutsch. Dendrol. Gesells. XII. p. 33 (1903).

Svjda Opiz, Seznam. p. 94 (1852), nom. nud.

Svida Small, Fl. South. United States p. 853 (1903).

Cornus Subgn. *Thelycrania* Schneider, Illus. Handb. II. p. 437 (1909)–Wangerin in Engler, Pflanzenr. IV. no. 229, p. 49 (1910).

Frutex vel arbor, interdum rhizomatifer. Folia simplicia annua vel biennia petiolata, opposita vel alterna, integra. Inflorescentia in apice rami hornotini terminalis cymoso-paniculati vel umbellato-cymosa. Pedicelli apice articulati. Calycis tubus urceolatus vel campanulatus teres vel costatus. Petala 4 oblonga valvata decidua. Stamina petalis alterna, filamentis subulatis. Ovarium 2-loculare. Stylus columnaris. Stigma capitatum vel clavatum vel truncatum. Discus pulvinatus. Ovula in loculis solitaria pendula. Drupa sphaerica vel ovoidea vel ellipsoidea, caerulea vel candida. Putamen crustaceum 2-loculare; 2-spermum. Testa seminum membranacea. Albumen carnosum. Radicula supera.

Species circ. 30 in Asia, Europa et America bor. incolae. In Korea species 4 adsunt quae in seguentes sectiones distinguendae.

$$1 \begin{cases} \text{Frutex, rhizomatifer. Folia opposita. Flores umbellato-} \\ \text{corymbosi.} \ldots\ldots\ldots\ldots\ldots\ldots\ldots\ldots\ldots\ldots\ldots\textit{Mesomora} \\ \text{Frutex vel arbor non rhizomatifer. Flores cymoso-paniculati.} \\ \ldots\ldots\ldots\ldots\ldots\ldots\ldots\ldots\ldots\ldots\ldots\ldots\ldots\ldots 2 \end{cases}$$

2 { Folia alterna. Putamen apice profunde subtetragono-foveolatum.
.... *Mesomera*
Folia opposita. Putamen non foveolata. ...... *Amblycaryum*

Cornus Sect. **Mesomora** Rafinesque, Alsogr. Amer. p. 62 (1838), sensu ampl.

Syn. *Cornus* Subgn. *Kraniopsis* Rafinesque, l. c. p. 58.

Cornus Sect. *Microcarpium* Spach, Hist. Vég. VIII. p. 92 (1839), pro parte.

Cornus Subgn. *Thelycrania* Sect. *Oppositifoliæ* C. A. Meyer in Ann. Sci. Nat. 3 sér. IV. p. 60 (1845), pro parte.

Cornus Sect. *Microcarpium* Subsect. *Amblycaryum* Koehne in Gartenfl. XLV. p. 286 (1896), pro parte; in Mitt. Deutsch. Dendrol. Gesells. XII. p. 33 (1903), pro parte–Harms in Engler & Prantl, Nat. Pflanzenfam. III. Abt. 8. p. 266 (1897), pro parte.

Cornus Subgn. *Thelycrania* Sect. *Amblycaryum* Subsect. *Albidæ* Wangerin in Engler, Pflanzenr. IV. no. 229, p. 53 (1910), pro parte.

Frutex rhizomatifer. Caulis caespitosus. Folia opposita. Flores subumbellato-corymbosi. Fructus candidi vel caerulescentes. Continet Cornum albam.

5. **Cornus alba** Linnaeus (Tabula nostra XXIV).

Cornus alba Linnaeus, Mant. I. p. 40 (1767)–Pallas, Itin. II. p. 224 (1773), III, p. 246 & 317 (1776)–Lamarck, Encyclop. II. p. 115 (1786)–L'Heritier, Cornus p. 6 (1788)–Willdenow, Sp. Pl. I. p. 662 (1797)–Roemer & Schultes, Syst. Veg. III. p. 321 (1818)-Sprengel, Syst. I. p. 451 (1825)–A. P. de Candolle, Prodr. IV. p. 272 (1830).–Ledebour, Fl. Alt. I. p. 117 (1829); Fl. Ross. II. p. 379 (1846)–Forbes & Hemsley in Journ. Linn. Soc. XXIII. p. 344 (1888)–Korschinsky in Acta Hort. Petrop. XII. p. 344 (1892)–Rehder in Bailey, Cyclop. I. p. 378 (1900)–Komarov in Acta Hort. Petrop. XXV. pt. 1. p. 182 (1905)– Rehder in Bailey, Stand. Cyclop. II. p. 852 (1914).

Syn. *Cornus sylvestris fructu albo* Ammann, Stirp. Rar. Ruth. p. 196 t. XXXII (1739).

Cornus tatarica Miller, Gard. Dict. ed. 8 (1768)–Franchet, Pl.

Dav. I. p. 147 (1884), excl. syn.-Koehne, Deutsch. Dendrol. p. 436 (1893); in Mitt. Deutsch. Dendrol. Gesells. XII. p. 38 (1903)-Nakai, Veg. Mt. Waigalbon in Chosen-ihō, extra ed. p. 71 (1916)-Mori, Enum. Kor. Pl. p. 275 (1922).

Cornus arborea, cymis nudis I. Baccis albis s. niveis Gmelin, Fl. Sibir. III. p. 163 (1768).

Cornus sanguinea (non Linnaeus) Pallas, Fl. Ross. I. p. 50 (1785), pro parte.

Cornus sibirica Loddiges in Loudon, Hort. Brit. p. 50 (1830); Cat. (1836)-Spach, Hist. Vég. VIII. p. 94 (1839)-C. A. Meyer in Mém. Acad. Pétersb. 6 sér. VII. p. 206 (1844), in Ann. Sci. Nat. 3 sér. IV. p. 61 (1845)-Fr. Schmidt in Mém. Acad. Imp. Sci. Pétersb. 7 sér. XII. no. 2. p. 47 (1868)-Freyn in Oest. Bot. Zeits. LII. p. 111 (1902).

Cornus purpurea Tausch in Flora XXI. p. 731 (1838)-Walpers, Repert. II. p. 435 (1843).

Cornus alba 3 sibirica Loudon, Arb. & Frut. II. p. 1012 (1838).

Cornus (alba L. var.) sibirica C. A. Meyer apud Maximowicz in Mém. Prés. Acad. Imp. Sci. St. Pétersb. Div. Sav. IX. p. 134 (1859).

Cornus tatarica var. *sibirica* Koehne, Deutsch. Dendrol. p. 436 (1893).

Cornus alba Subsp. *tatarica* Wangerin in Engler, Pflanzenr. IV. no. 229. p. 55 (1910)-Nakai in Journ. Coll. Sci. Tokyo, XXXI. p. 494 (1911).

Cornus subumbellata Komatsu in Matsumura, Icon. Pl. Koish. II. p. 55, Pl. 113 (1914)-Makino & Nemoto, Fl. Jap. p. 437 (1925).

Cornus alba var. *rutokensis* Miyabe & Miyake, Fl. Saghalin p. 205 (1915).

Cornus rutokensis Miyabe & Miyake, l. c. in nota.

Frutex usque 4-5 metralis rhizomatifer. Caulis caespitosus. Truncus saepe 4 cm. diametiens; cortex sordide atro-cinereo-fuscus. Ramus annotinus lucidus rubro-purpurascens lenticellis albis sparse punctatus, hornotinus etiam glaber lucidus. Folia opposita; petioli 0.5-1.5 cm. longi supra canaliculati et margine canali parse pilosi; lamina elliptica vel late eliiptica vel late ovato-elliptica, basi rotundata vel acuta, apice attenuata, 2–10 cm. longa 1–6 cm. lata, supra viridia pilis setulosis minutis bipolaribus instructa, infra glauca adpresse setulosa. Pedunculi terminales 2–4 cm. longi teretes albo-hirtelli simulque pilis fuscescentibus setulosis minutis adspersi vel pilis elongatis desideratis. Inflorescentia subumbellato-corymbosa; pedicelli 2–10 mm. longi. Calycis tubus ovoideus pilosus, limbi minutissimi subnulli. Petala alba 3 mm longa ovata. Filamenta 2.5–3 mm. longa. Antheræ elliptico-rotundatæ. Styli columnaris. Stigma papillosum. Fructus oblongo-rotundatus, maturitate candida et opaca.

Hab. in Korea sept. creberrima.

Distr. Ruthenia, Sibiria, Mongolia, Manshuria, Amur, Ussuri, Regio Ochotensis, Sachalin & Kamtschatica.

第 2 節 み づ き 節

喬木又ハ小喬木又ハ灌木、匍匐莖ナシ。 葉ハ互生、一年生、核ハ先端ニ凹入ス、春季芽ノ伸長セントスル頃根ハ劇シク土中ノ水ラ吸フ爲メ體内ノ水壓ハ 2 氣壓以上ニ達スルコトアリ。みづき之ニ屬ス。

8. みづき （第貳拾五–貳拾六圖）

チンジンナム。ミエーインナム （朝鮮土名）

喬木、皮ハ剝ゲズ老木ニハ縱ニ淺キ溝アリ。 汚灰色、二年生ノ枝ハ光澤アリテ皮目多シ、帶紅色、一年生ノ枝ハ無毛細小ノ皮目アリ。葉ハ互生、一年生、葉柄ニハ始メ小サキ毛アレドモ後落ツ、葉身ハ全緣、廣卵形又ハ圓形、基脚ハ丸キカ又ハ急ニ尖ル、長サ 3–12 セメ 幅 1.5–8 セメ、側脈ハ兩側ニ各 5–8 本、表面ハ綠色微毛アリ。 裏面ハ淡白キカ又ハ白ク小剛毛多シ、花梗ハ長サ 1–3 セメ無毛又ハ微小ノ毛アリ。 花序ハ岐繖狀ニ分岐シ無毛又ハ微小ノ毛アリ、蕚筒ハ卵形、白キ小剛毛密生ス長サ 1.5 ミリ許、蕚片ハ短ケレドモ尖ル、花瓣ハ白ク廣披針形長サ 4 ミリ背面ニ毛アリ、花絲ハ花瓣ト同長、葯ハ長サ 1 ミリ許簇形、花柱ハ柱狀、柱頭ハ殆ンド頭狀、粒狀ノ突起アリ、核果ハ黑ク長サ 6–7 ミリ許。核ハ先端凹ム。

全道ノ山野ニ生ズ。

（分布）、支那、九州、四國、本島、北海道。

Cornus Sect. **Mesomera** Nakai, comb. nov.

Syn. *Cornus* Subgn. *Mesomera* Rafinesque, Alsogr. Amer. p. 58 (1838). (type *C. alternifolia*).

Cornus Subgn. *Thelycrania* Sect. *Aternifoliæ* C. A. Meyer in Ann. Sci. Nat. 3 sér. IV. p. 59 (1845),

Cornus Sect. *Microcarpum* Subsect. *Bothrocaryum* Koehne in Gartenfl. XLV. p. 285 (1896); in Mitt. Deutsch. Dendrol. Gesells. XII. p. 33 (1903).

Cornus Sect. *Thelycrania* Subsect. *Bothrocaryum* Koehne apud Harms in Engler & Prantl, Nat. Pflanzenfam. III. Abt. 8. p. 266 (1897).

Cornus Subgn. *Thelycrania* Sect. *Bothrocaryum* Koehne apud Wangerin in Engler, Pflanzenr. IV. no. 229, p. 49 (1910).

Arbor vel arborescens vel frutex erhizomata. Folia alterna annua. Putamen apice profunde foveolatum. Continet *C. alternifoliam* (America bor.) et *C. controversam*.

6. **Cornus controversa** Hemsley
(Tabula nostra XXV–XXVI).

Cornus controversa Hemsley ex Prain in Bot. Mag. CXXXV. t. 8261 (1909)–Hemsley in Kew Bull. (1909) p. 331–Schneider, Illus. Handb. Laubholzk. II. p. 437 fig. 294 i, fig. 295 a-d (1909)–Nakai in Journ. Coll. Sci. Tokyo XXXI. p. 493 (1911); Chosen-Shokubutsu I. p. 427, fig. 569 (1914); Veg. Isl. Quelpaert. p. 71 no 992 (1914)–Wangerin in Engler, Pflanzenr. IV. no 229, p. 49, fig. 12. P-Q, 14. C-D (1910)–Rehder in Bailey, Stand. Cyclop. II. p. 852 (1914)–Bean, Trees & Shrubs I. p. 387 (1914)–Nakai, Veg. Mt. Chirisan p. 41, no. 355 (1915)–Rehder in Sargent, Pl. Wils. II. p. 573 (1916)–Nakai, Veg. Diamond Mts p. 181, no. 508 (1918); Veg. Dagelet Isl. p. 23, no 275 (1919)–Mori, Enum. Corean Pl. p. 275 (1922).–Makino & Nemoto, Fl. Jap. p. 435 (1925).

Syn. *Cornus sanguinea* (non Linnaeus) Thunberg, Fl. Jap. p. 62 (1784).

Cornus obovata Thunberg, Mus. Upsal. append. XVII. p. 3 (1809), nom. nud.

Cornus brachypoda (non C. A. Meyer) Miquel in Ann. Mus. Bot. Lugd. Bat. II. p. 160 (1865)–Koch, Dendrol. I. p. 685 (1869) pro parte–Koehne, Deutsch. Dendrol. p. 435 (1893).

Cornus glauca Blume ex Koch, l. c. nota sub C. brachypoda, pro syn.–Koehne in Gartenflora XLV p. 286 (1896), pro syn.; XLVI. p. 96 (1897), pro parte.

Cornus ignorata (non Koch) Franchet & Savatier, Enum. Pl. Jap. I. p. 196 (1875).

Cornus macrophylla (non Wallich) Matsumura in Nippon Shokubutsu Meii p. 57, no 679 (1884)–Kœhne in Gartenfl. XLV. p. 285 (1896), pro parte; XLVI. p. 96 (1897); pro parte–Palibin in Acta Horti Petrop. XVII p. 101 (1899), pro parte–Rehder in Bailey, Cyclop. I. p. 377 (1900), pro parte–Yabe in Tokyo Bot. Mag. XVIII. p. 30 (1904)–Shirasawa, Icon. I. tab. LXXVII. fig. 13–23 (1905)–Nakai in Tokyo Bot. Mag. XXII. p. 106 (1908); in Journ. Coll. Sci. Tokyo XXVI. art. 1. p. 281 (1909)–Matsumura, Ind. Pl. Jap. II. pt. 2. p. 446 (1912).

Arbor. Cortex longitudine irregulariter sulcatus sordide cinereo-fuscescens. Rami annotini lucidi lenticellis magnis notati rubescentes, hornotini glabri lenticellis minutis punctulati. Folia alterna annua; petioli primo adpresse setulosi mox glabrescentes; lamina integra late ovata vel rotundata, basi rotundata vel mucronata, apice mucronata vel cuspidata 3–12 cm. longa 1.5–8 cm. lata, nervis lateralibus utrinque 5–8 apice incurvatis, supra viridis parce setulosa mox glabrescens, subtus glauca densius setulosa. Pedunculi 1–3 cm. longi glabri vel minute setulosi. Inflorescentia corymboso-paniculata apice planiuscula glabra vel parce minute setulosa. Calycis tubus ovoideus dense albo-setulosus 1.5 mm. longus, limbi acuti breves. Petala alba late lanceolata caduca 4 mm. longa dorso setulosa. Filamenta petalis fere aequilonga. Antheræ 1 mm. longæ sagittatæ. Styli columnares. Stigmata sub-capitata papillosa. Drupa nigra 6–7 mm. lata. Putamen apice foveolatum.

Nom. Jap. Mizuki.

Nom. Cor. Chin-jin-nam, Mieinnam.

Hab. in Korea tota, Quelpaert & Dagelet.
Distr. China, Kiusiu, Shikoku, Hondo & Yeso.

第3節 くまのみづき節

喬木又ハ灌木、葉ハ對生、花序ハ岐繖、核ハ先端ニ凹入シ、春季芽ノ
伸長セントスル頃劇シク水ヲ吸ヒ上グ、朝鮮ニ次ノ 2 種アリ。

7. てうせんみづき （第貳拾七圖）

小喬木、直立、樹膚ハ柿樹ニ似タリ、若枝ニ光澤アリテ帶紅色ナレト
モ始メハ小サキ剛毛アリ。葉ハ對生、一年生、葉柄ハ長サ 1-3 セメ、無
毛、葉身ハ廣卵形又ハ廣倒卵形又ハ廣橢圓形又ハ橢圓形稀ニ圓形、基脚
ハ急ニ尖リ先ハ長ク尖ル、緣ハ全緣波狀、表面ハ綠色、小サキ剛毛アリ、
裏面ハ白ク小サキ剛毛多シ、長サ 3-14 セメ、幅 1.5-7 セメ、花梗ハ若
枝ノ先端ニ生ジ長サ 1.5-2.5 セメ小サキ剛毛アリ、花序ハ岐繖狀、割ニ
小サシ、蕚筒ハ白キ小剛毛密生シ長サ 1.5 ミリ、蕚齒ハ小サク齒狀、花
瓣ハ白ク長サ 5 ミリ、花絲ハ花瓣トホボ同長、葯ハ簇形、長サ 1.5 ミ
リ。花柱ハ先端ニ膨ミテ根棒狀ヲナス。核果ハ黑シ。

平南、咸南以南、全南、慶南ニ分布シ、朝鮮ノ特產植物ナリ。

8. くまのみづき （第貳拾八、貳拾九圖）

チンヂナム。チンナム（朝鮮ノ土名）

喬木、樹膚ハ灰色縱ニ不規則ニ筋又ハ溝アリ。 枝ハ無毛、光澤アリ、
葉柄ハ長サ 7-30 セメ無毛、葉身ハ橢圓形又ハ廣卵橢圓形又ハ廣卵形、長
サ 8-18 セメ、幅 3-11 セメ、基脚ハ或ハ尖リ或ハ截斷形、或ハ丸ク、先
ハ尖ル、緣ハ波狀ニ屈曲ス、表面ハ綠色小サキ剛毛アリ、裏面ハ白シ、側
脈ハ兩側ニ 4-10 本宛、花梗ハ頂生長サ 3-5 セメ無毛、花序ハ岐繖、大
形ナリ、蕚筒ハ長サ 1.7-2 ミリ、小サキ白キ剛毛密生ス、蕚齒ハ 5 個
短シ、花瓣ハ白ク廣披針形、長サ 5 ミリ、花絲ハ花瓣ト同長、葯ハ橢圓
形又ハ簇形長サ 2 ミリ。花柱ハ柱狀、柱頭ハ頭狀、粒狀ノ突起アリ、核
ハ丸ク凹點ナシ。

忠南、全羅南北、慶南、濟州島、全南諸島、欝陵島ニ自生ス。
（分布）本島、四國、九州、支那。

Cornus Sect. **Amblycaryum** Nakai, comb. nov.

Syn. *Cornus* Subgn. *Kraniopsis* **Rafine**sque, Alsogr. Americ. p. 58 (1838), pro parte.

Cornus Subgn. *Thelycrania* Sect. *Oppositifoliæ* C. A. Meyer in Ann. Sci. Nat. 3 sér. IV. p. 60 (1845), pro parte.

Cornus Sect. *Microcarpium* Subsect. *Amblycaryum* Koehne in Gartenfl. XLV. p. 286 (1896), pro parte; in Mitt. Deutsch. Dendrol. Gesells. XII. p. 33 (1903), pro parte.

Cornus Sect. *Thelycrania* Subsect. *Amblycaryum* Koehne apud Harms in Engler & Prantl, Nat. Pflanzenfam. III. Abt. 8. p. 266 (1897), pro parte.

Cornus Subgn. *Thelycrania* Sect. *Amblycaryum* Wangerin in Engler, Pflanzenr. IV. no. 229, p. (1910), pro parte.

Arbor vel frutex. Folia opposita. Inflorescentia cymoso-paniculata. Putamen apice nondum foveolatum.

7. **Cornus coreana** Wangerin (Tabula nostra XXVII–XXVIII).

Cornus coreana Wangerin in Fedde, Repert. Nov. Sp. VI. p. 99 (1908); in Engler, Pflanzenr. IV. no. 229, p. 76 (1910)–Nakai in Journ. Coll. Sci. Tokyo XXXI. p. 493, tab. III. (1911); Chosen-Shokubutsu I. p. 427, fig. 534 (1914); Veg. Isl. Wangto p. 12 (1914).

Syn. *Cornus macrophylla* (non Wallich) Forbes & Hemsley in Journ. Linn. Soc. XXIII. p. 345 (1888), pro parte–Palibin in Acta Hort. Petrop. XVII. p. 101 (1898) pro parte.

Cornus brachypoda (non C. A. Meyer) Nakai in Journ. Coll. Sci. Tokyo XXVI. Art. 1. p. 281 (1909).

Arborea erecta. Cortex trunci angulato-fissus ut *Diospyros virginiana*. Rami adulti cinerei, annotini lucidi parce rubescentes, hornotini dense setulosi. Folia opposita annua; petioli 1–3 cm. longi glabri; lamina late ovata vel late obovata vel late elliptica vel oblonga rarius sub-rotundata, basi mucronata, apice cuspidata vel acuminata, margine integerrima plus minus repanda, supra viridis minutissime sparse setulosa, infra glauca crebrius setulosa 3–14 cm. longa 1.5–7 cm. lata. Pedunculi 1.5–2.5 cm. longi minutissime setulosi. Inflorescentia corymboso-paniculata potius parva. Calycis tubus dense albo-setulosus

1.5 mm. longus, limbi minuti dentiformes. Petala alba vel albida 5 mm. longa dorso minute setulosa. Filamenta fere petalis aequilonga. Antheræ sagittatæ 1.5 mm. longæ. Styli clavati. Drupa nigra.

Nom. Jap. Chosen-midzuki.

Hab. in Peninsula Koreana.

Planta endemica!

8. **Cornus brachypoda** C. A. Meyer (Tabula nostra XXIX).

Cornus brachypoda C. A. Meyer in Ann. Sci. Nat. 3 sér. IV. p. 74 (1845)–Franchet & Savatier, Enum. Pl. Jap. I. p. 195 (1875)–Koehne, Gartenfl. XLVI. p. 96 (1897); in Mitt. Deutsch. Dendrol. Gesells. XII. p. 44 (1903)–Rehder in Sargent, Trees & Shrubs I. p. 81, Pl. XLI. (1903)–Wangerin in Engler, Pflanzenr. IV. no. 229, p. 64, fig. 14. K–L (1910)–Rehder in Bailey, Stand. Cyclop. II. p. 853 (1914)–Nakai, Chosen-Shokubutsu I. p. 428 (1914); Veg. Isl. Quelpaert. p. 71, no. 991 (1914); Veg. Mt. Chirisan p. 41. no. 356 (1915); Veg. Dagelet Isl. p. 23 n. 274 (1919)–Mori, Enum. Corean Pl. p. 275 (1922)–Makino & Nemoto, Fl. Jap. p. 435 (1925), excl. syn.

Syn. *Cornus alba* (non Linnaeus) Siebold & Zuccarini in Abh. Muench. Akad. IV. 2. p. 194 (1845)–Miquel in Ann. Mus: Bot. Lugd. Bat. II. p. 160 (1865); Prol. Fl. Jap. p. 92 (1866).

Cornus corynotylis Koehne in Gartenflora XLV. p. 286; in Mitt. Deutsch. Dendrol. Gesells. XII. p. 48 (1903).

Cornus macrophylla (non Wallich) Forbes & Hemsley in Journ. Linn. Soc. XXII. p. 345 (1888)–Schneider, Illus. Handb. II. p. 444 (1909), pro parte–Bean, Trees & Shrubs I. p. 390 (1914), pro parte–Rehder in Sargent, Pl. Wils. VI. p. 575 (1916).

Cornus ignorata (non Koch) Shirasawa, Icon. I. t. LXXVII. fig. 1–12 (1905).

Arbor. Cortex trunci longitudine irregulariter striatus vel canaliculatus. Rami glaberrimi lucidi sed triones apice minute strigillosi. Petioli 7–30 mm. longi glabri sed trionis parce strigillosi. Lamina elliptica vel oblonga vel late ovato-oblonga vel latissime ovata 8–18 cm. longa 3–11 cm. lata basi acuta vel truncata vel rotundata apice mucronata vel attenuata vel cuspidata, margine undulata, supra viridis minutissime strigillosa, infra glauca strigillosa, nervis lateralibus utrinque 4–10. Pedunculi terminales 3–5 cm. longi glabri. Inflorescentia corymboso-paniculata subplana minutissime sparsim strigillosa. Calycis tubus 1.7–2 mm. longus dense albo-strigillosus, dentes 5 triangulares breves. Petala alba late lanceolata 5 mm. longa. Filamenta petalis aequilonga. Antheræ oblongæ vel oblongo-sagittatæ 2 mm. longæ. Styli columnares; stigmata capitata papillosa. Drupa globosa atrata.

Nom. Jap. Kumano-mizuki.

Nom. Cor. Chinjinam vel Chin-nam.

Hab. in Korea austr., Quelpaert et Dagelet.

（五）　朝鮮産四照花科植物ノ和名、朝鮮名、學名ノ對稱表

和　　　名	朝　鮮　名	學　　　　名
あをき		*Aucuba japonica* Thunberg.
ごぜんたちばな		*Chamaepericlymenum canadense* Ascherson & Graebner.
やまぼうし こりん	トウメイナム。バクタールナム。シヤンタール。トルナム	*Cynoxylon japonica* var. *typica* Nakai.
小輪やまぼうし	チユンタール	*Cynoxyton japonica* var. *typica* f. *minor* Nakai.
堅實やまぼうし かたみ	カサイタール	*Cynoxylon j aponica* var. *exsucca* Nakai.
小やまぼうし	ソリタール	*Cynoxylon japonica* var. *viridis* Nakai.
さんしゆ		*Macrocarpium officinale* Nakai.
白玉みづき しらたま		*Cornus alba* Linnaeus.
みづき	チンジナム。ミエーインナム	*Cornus controversa* Hemsley.
朝鮮みづき		*Cornus coreana* Wangerin.
くまのみづき	チンジナム。チンナム	*Cornus brachypoda* C. A. Meyer.

附　　錄

朝鮮産ノ五加科及ビ四照花科植物ノ分布

　朝鮮ハ地質學上、生物學上ヨリ考フレバ洪積期ニアリテハ日鮮ヲ連ネタル大陸ヲナシ、海ハ滿洲平原、蒙古ヨリ黑龍江流域ニ及ビシガ如シ。故ニ木本植物モ日鮮兩陸ニ共通ノモノガ多イ。

洪積期ニハ有名ナ氷河ガ來タ爲メ 北歐ト 北米トニハ 大氷河ガ襲來シタ、其故歐洲植物ノ分布ハ東西ニ亞細亞ノ西部ヨリ南歐ニ亙リ、氷河ノ去ルト共ニ北漸シ。北米ノ植物ハ<u>カムチャツカ</u>、<u>アラスカヲ經テ入ル北ノ分子ト</u>、<u>カリフォルニア</u>。墨西哥方面ヨリ進ミシ西南分子ト、<u>カロリナ</u>、<u>フロリダ方面ヨリ入リシ東南分子ト</u>ニューフアウンドランド方面ニ殘サレシ一小區域ヨリ西漸シタ分子トヨリ成ツテ新ナ植物帶ヲ形成シタ。故ニ歐洲ト、朝鮮ヲ含ム東亞トノ共有ノ屬アラバ、其ハ洪積期前ヨリ南歐又ハ東歐ト亞細亞トニ共通ニアツタモノデアルシ又北米ト共通ノモノガアルナラバ夫ハ北米ノ南部ニアツタカ又ハ北地帶ノ植物デナクテハナラヌ。

今、屬ヲ分布表デ表ハスト次ノ樣ニナル。

五 加 科 ノ 屬	東 亞	北 米	南 洋	歐 洲	周極地
Acanthopanax	×				
Eleutherococcus	×				
Kalopanax	×				
Textoria	×				
Oplopanax	×	×	×		
Hedera	×			×	
Panax	×	×			
Aralia	×	×	×		
四照花科ノ屬					
Aucuba	×				
Chamaepericlymenum		×		×	×
Cynoxylon	×	×			
Macrocarpium	×			×	
Cronus	×	×	×	×	

五加科植物デハ *Acanthopanax, Eleutherococcus, Kalopanax, Textoria* ハ東亞ニ分化シタ特産ノ屬デアル、*Panax, Oplopanax, Aralia* ハ北米ト亞細亞ト共通デアリ、特ニ *Aralia* ハ南洋方面迄ニモ分布シテ居ル。之ニ依テ見ルト氷河ノ來ナイ前、即チ、第三紀ニ *Panax, Oplopanax, Aralia* 等ノ屬ハ出來テ居ヲ北米ト東亞トガ連續シタ陸地デアツタ時ノ共通ノ植物デアツタノガ氷河ノ來タ爲メ北米ノモノト東亞ノモノトハ氷

ニ隔テラレ、其後ニ陸モ切レテ、**遂ニ別レタ植物ハ永久ニ別レルコトニ**ナツタノデアル。

Hedera ハ之ニ反シ、西ニ分布シタ植物デ、歐洲ト共通ニナツテ居ル、實際歐洲ノきづた中 *Hedera colchina* ハ大キナ卵形ノ葉ヲ持ツテ居テ一見區別ガ出來ルケレドモ、*Hedera Helix* ハ日本ノきづたニヨク似テ居テ專門ノ學者ト雖モ一寸見誤ル位デアル。唯花序ノ形ガ全然異ナルカラ、花サヘ比較スレバ區別ハ附ク。斯言フ様ニ分化ノ少イモノハ實際上ニ至ツテ少クテ遠隔ノ地ニ久シク獨立シテ生存シテ居ルト植物ハ自然ニ次第ニ異ナル種類ニ變リ去ルノデアル。

四照花科デハ *Aucuba* 丈ケガ東亞特有ノ屬デモアリ又非常ニ他ノ屬ト異ナツタ形ノモノデアリ、少クモ第三紀ノ半以前ニ分化シタノデアラウ。*Chamæpericlymenum* ハ全ク周極植物デアツテ常ニ北地寒冷ノ所又ハ高山ニアル。其中ごぜんたちばなハ恐ラクカムチヤツカ邊ニ殘ツタノガ氷河ノ去ルト共ニ東方、北米ニ分布シタノデアラウ。*Cynoxylon* ハ北米ト共通デアルガ東亞ニアルモノハ皆頭狀花ノ子房ガ相癒着シ、北米ノモノハ相離レテ居ル。ツマリ祖先ノ *Cynoxylon* カラ出タノガ兩大陸デ斯ク變化シテシマツタノデアル。*Macrocarpium* ハ五加科ノ *Hedera* 同樣、歐亞大陸ニ共通ノ分子デアル。*Cornus* ハ非常ニ分布ガ廣ク、南米、濠洲、南阿ヲ除ク全世界ニ分布シテ居ル。此故ニ地質學者ガ化石學上ヨリ云フ所ノ南米、濠洲、南阿ト連續セル陸ガアツテ歐、亞、北米、北阿ニ續ク大陸ヨリ分レテ居タト云フノモ理由ガアル樣デアル。

種ニ就テ言ヘバ分布ハ餘程限定サレテ陸地ノ關係モ細カクナル。 今、分布上植物分子ヲ區別スレバ

1. 固有分子（朝鮮特產植物）。
2. 日鮮分子（日鮮ヲ橫ニ連ヌル分子）。
3. 西部日本分子（南鮮ヨリ入リ込ム日本西部ニ限ラルヽ分子）。
4. 滿鮮、烏蘇利分子（近ク北東ヨリ入リ込ム分子）。
5. 日支分子（日本、朝鮮、中部支那ヲ橫ニ連ヌル分子）。
6. 西比利亞分子（西北ヨリ入リ込ム分子）。
7. アラスカ分子（遠ク北東ヨリ入リ込ム分子）。

ノ七分子トナル。

(I) 五加科植物。

1 ニ當ルモノハ中 *Acanthopanax koreanum*（タンナウコギ）, *Acanthopanax chiisa-nense*（智異山ウコギ）, *Acanthopanax seoulense*（京城ウコギ）, *Acanthopanax rufinerve*（茶色ウコギ）, *Eleutherococcus*（オホエゾウ）

koreanus, Oplopanax elatum, Panax Ginseng, Textoria morbifera ノ
八種ハ固有分子デアルカラ五加科植物ハ 14 種（草本ヲ加ヘテ）中 8 種
即チ正味 5 割ハ固有ノ植物デアル。此事實ハ（1）朝鮮ハ植物帶ノ歴史
ノ古イ地デアルコト。（2）五加科植物ハ比較的近代ニ種ガ分化シタ、コ
トヲ證明シテ居ル。

2.　眞ノ日鮮分子ハ五加科植物ニハナイ。但シ日本、滿鮮、烏蘇利ニ
亙ル舊日鮮大陸ノ分子タルベキ *Aralia elata* ガアル。*Hedera Tobleri*
ハ之ニ匹敵スベキモノデハアルケレドモ元來ガ暖地植物故、朝鮮ノ樣ニ
冬ハ寒クテ乾燥スル所デハ半島ノ南端ニヨリ入ッテ居ナイ。

3.　ハ五加科植物ニハナイ。

4.　此分子ハ西ハ北支那ノ直隷省ヲ、東ニハ日本ノ北海道ヲ、南ニハ
朝鮮ノ智異山ヲ極端トシテ居ル。*Eleutherococcus senticosus* ハ其好例デ
アッテ此地域全體ニ分布シテ居ル。之ニ次デ *Acanthopanax sessiliflorum*
ガアル。之ハ三極タル直隷、北海道、南鮮ヲ除ク地方ニ分布スル植物デ
アル。

5.　之ニハ *Kalopanax pictum* ガアル、一體洪積期ニハ中部支那ハ日
鮮大陸トハ別レテ獨立シテ居タノデアルカラ兩地ニ飛ビ離レテ同一種ノ
アルコトハ種ノ成立ガ古イコトヲ物語ルノデアル。單ニ此一種丈トスレ
バ鳥ガ運ンダトモ考ヘラレルケレドモ *Quercus* ノ樣ナ分布ノ困難ノモ
ノデモ中部支那ト共有種ガアルカラはりぎりモ同一分子ト見做ス方ガ適
當デアラウ。

6,7.　五加科植物ハ比較的暖帶ニ生ズル植物故、周極植物又ハ其レニ
近イ 6,7 ニ該當スルモノハナイ。

以上ヲ圖示スレバ次圖 A ニ示ス通リデアル。

A. 圖、朝鮮產五加科植物分布圖

----- Hedera Tobleri キツダ

—·—·— Eleutherococcus senticosus エゾウコギ

×××××××× Acanthopanax sessiliflorus マンシウウコギ

—·—·— Kalopanax pictum ハリギリ

·········· Aralia elata, [Aralia cordata] タラノキ 草本

此外、朝鮮特產ハ

Acanthopanax chiisanense チイサンウコギ

Acanthopanax koreanum タンナウコギ

Acanthopanax seoulense 京城ウコギ

Acanthopanax rufinerve 茶色ウコギ

Eleutherococcus koreanus オホエゾウコギ

Oplopanax elatum テウセンハリブキ

Textoria morbifera テウセンカクレミノ

Panax Ginseng ニンジン

B. 圖、朝鮮產四照花科植物分布圖

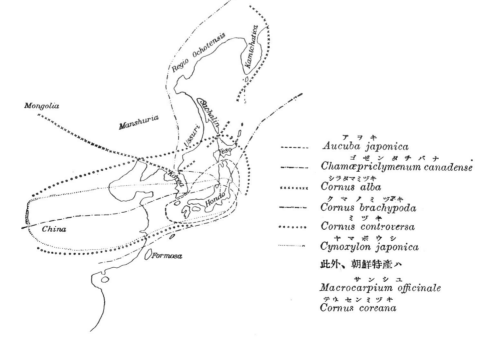

----- Aucuba japonica アヲキ

—— Chamæpriclymenum canadense ゴゼンタチバナ

×××××× Cornus alba シラタマミツキ

—— Cornus brachypoda クマノミツキ

········ Cornus controversa ミツキ

········· Cynoxylon japonica ヤマボウシ

此外、朝鮮特產ハ

Macrocarpium officinale サンシュ

Cornus coreana テウセンミツキ

（II）　四照花科

本科ノ植物ハ五加科植物ヨリモ種ノ分化ノ古キモノニシテ種ノ分布モ概ネ廣イ。

1.　固有ノ分子ハ唯 *Cornus coreana*（テウセンミヅキ）ト *Macrocarpium officinale*（サンシユ）ノ二種デアル。然シ乍ラ八種中デノ二種デアルカラ全體ノ 2 割 5 分ハ固有分子デアルカラ五加科植物ト同様ニ朝鮮植物帶ノ歷史ノ古キコトヲ證明スル、特ニ其固有種ハ *Macrocarpium* ト云フ歐洲迄ニ分布スル僅數ノ種アル屬ノ一種ト *Cornus* 中デハ樹膚ニ於テモ大ニ他種ト異ナル *Cornus coreana*（テウセンミヅキ）デアルカラ近代ニ他種カラ分化シタト云フ樣ナモノデハナイ。

2.　日鮮分子ハ唯 *Aucuba japonica*（アヲキ）一種デアル、其モ暖帶植物故、朝鮮デハ島嶼ヨリ外ニハナイ。

3.　ニ當ルモノハナイ。

4.　ニ當ルモノモナイ。

5.　ニ當ルモノハ *Cynoxylon japonica*（ヤマボウシ）, *Cornus controversa*（ミヅキ）, *Cornus brachypoda*（クマノミヅキ）ノ三種デアル。

6.　ハ *Cornus alba*（シラタマミヅキ）一種デアル。

7.　ハ *Chamaepericlymenum canadense*（ゴゼンタチバナ）ノ一種デアル。

以上ヲ圖示スレバ B 圖ニアル通デアル。

朝鮮內ニ於ケル分布ノ狀ヲ圖示スレバ別揭ノ分布圖ノ樣ニナル。之ニ準ジテ朝鮮ハ樹木分布上 5 區ニ別ツコトガ出來ル。

　　1. 最寒地。　2. 寒地。　3. 中性地。　4. 暖地。　5. 最暖地

1.　ハ *Cornus alba*（テウセンミヅキ）ヲ以テ代表ス。

2.　ハ *Acanthopanax sessiliflorum*（マンシウウコギ）, *Oplopanax elatum*（ハリブキ）, *Eleutherococcus senticosus*（エゾウコギ）ヲ以テ代表ス。

3.　ハ *Cornus coreana*（テウセンミヅキ）, *Cynoxylon japonica*（ヤマボウシ）ヲ以テ代表ス。

4.　ハ *Hedera japonica*（キヅタ）, *Cornus brachypoda*（クマノミヅキ）ヲ以テ代表ス。

5.　ハ *Aucuba japonica*（アヲキ）, *Textoria morbifera*（テウセンカクレミノ）ヲ以テ代表ス。

之ヲ松柏類ニ當テレバ 1 ハてうせんからまつ、にほひねずこ帶、2 ハたうひ、たうしらべ帶、3 ハてうせんごえふ、あかまつ帶、4,5 ハくろまつ帶デアル。

又かし類ニ當テレバ 1,2 ハもんごりなら帶、3 ハこなら、くぬぎ帶。4 ハあかがし帶、5 ハあらかし、うらじろがし帶トナル。

斯クシテ此等ト混淆林ヲナス他ノ樹種ハ林業上、其帶內ニ於テハホボ一樣ニ取扱フコトガ出來ルコトガ判ル。

朝鮮內ニ於ケル五加科植物ノ分布圖

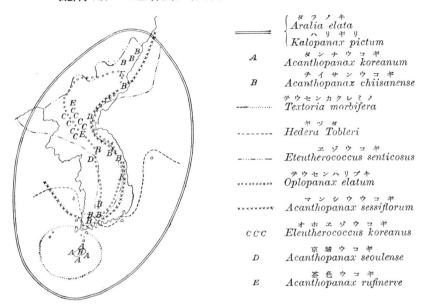

⟹	タラノキ *Aralia elata* ハリギリ *Kalopanax pictum*
A	タンナウコギ *Acanthopanax koreanum*
B	チイサンウコギ *Acanthopanax chiisanense*
—·—·—	テウセンカクレミノ *Textoria morbifera*
—··—··—	キヅタ *Hedera Tobleri*
—···—···—	エゾウコギ *Eleutherococcus senticosus*
··········	テウセンハリブキ *Oplopanax elatum*
××××××××	マンシウウコギ *Acanthopanax sessiflorum*
CCC	オホエゾウコギ *Eleuterococcus koreanus*
D	京城ウコギ *Acanthopanax seoulense*
E	茶色ウコギ *Acanthopanax rufinerve*

朝鮮內ニ於ケル四照花科植物ノ分布圖

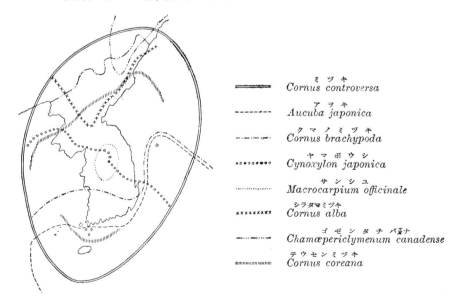

═══	ミヅキ *Cornus controversa*
-------	アヲキ *Aucuba japonica*
—·—·—	クマノミヅキ *Cornus brachypoda*
·•·•·•·	ヤマボウシ *Cynoxylon japonica*
·········	サンシュ *Macrocarpium officinale*
××××××××	シラタマミヅキ *Cornus alba*
—··—··—	ゴゼンタチバナ *Chamæpericlymenum canadense*
▭▭▭▭	テウセンミヅキ *Cornus coreana*

第　壹　圖

た ん な う こ ぎ

Acanthopanax koreanum *Nakai.*

A.　枝ノ一部（自然大）。
B.　花ヲ附クル枝（自然大）。

第 貳 圖

まんしううこぎ

Acanthopanax sessiliflorum *Seemann.*

A. 花ヲ附クル枝（自然大）。

B. 果實ヲ附クル枝（自然大）。

Kanogawa l. del.

Nakazawa K. sculp.

第　參　圖

智異山うこぎ

Acanthopanax chiisanense *Nakai.*

A.　花序ヲ附クル枝（自然大）。

B.　果序ヲ附クル枝（自然大）。

第 參 圖

Yamada T. del.

Nakazawa K. sculp.

第 四 圖

京 城 う こ ぎ

Acanthopanax seoulense *Nakai.*

花序ヲ附クル枝（自然大）。

第　五　圖

茶色うこぎ

Acanthopanax rufinerve *Nakai.*

蕾ヲ附クル枝（自然大）。

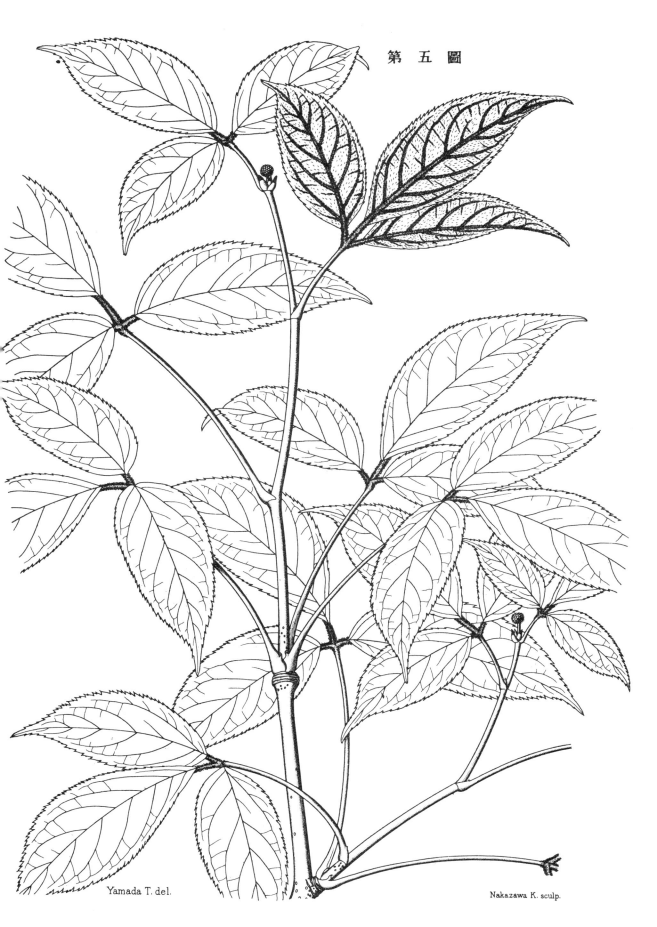

Yamada T. del.

Nakazawa K. sculp.

第 六 圖

えぞうこぎ

Eleutherococcus senticosus *Maximowicz.*

A.　花ヲ附クル枝 （自然大）。

A

Kanogawa I. & Otsuka T. del.

Nakazawa K. sculp.

第　七　圖

お ほ え ぞ う こ ぎ

Eleutherococcus koreanus *Nakai.*

A.　幹ノ一部（自然大）。

B.　花ヲ附クル枝（自然大）。

C. C.　果實ヲ附クル枝（自然大）。

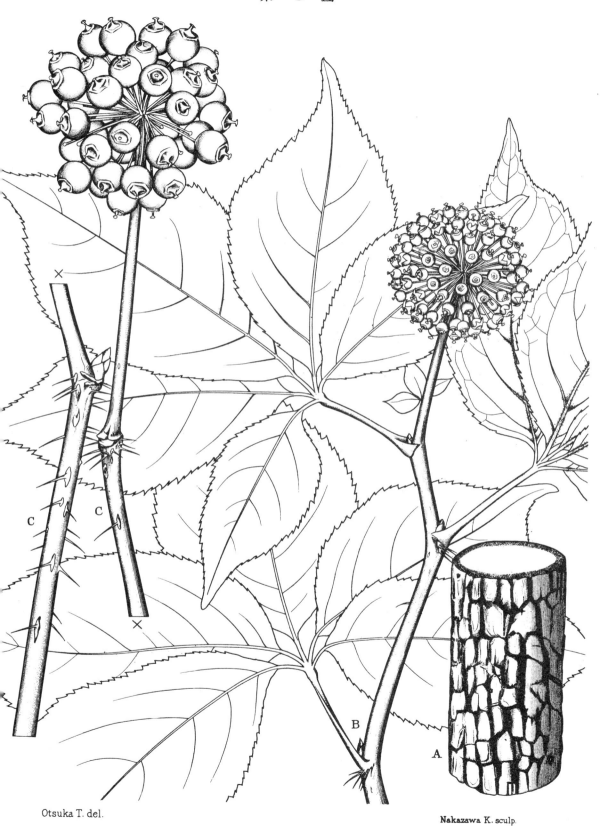

Otsuka T. del.

Nakazawa K. sculp.

第 八 圖

は り ぎ り

Kalopanax pictum *Nakai*.

A. 果實ヲ附クル枝（自然大）。

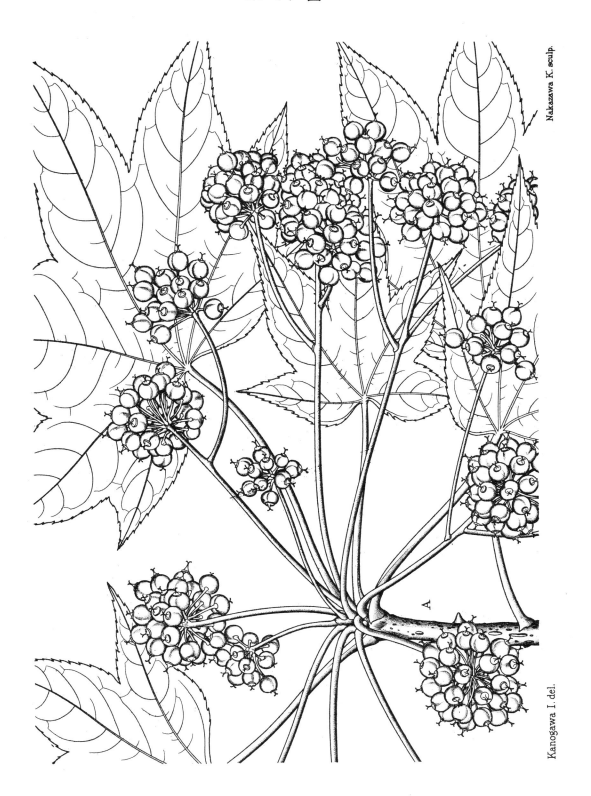

Nakazwa K. sculp.

Kanogawa I. del.

第 九 圖

は り ぎ り

Kalopanax pictum *Nakai.*

缺刻少ナキ葉ヲ有スル若木。

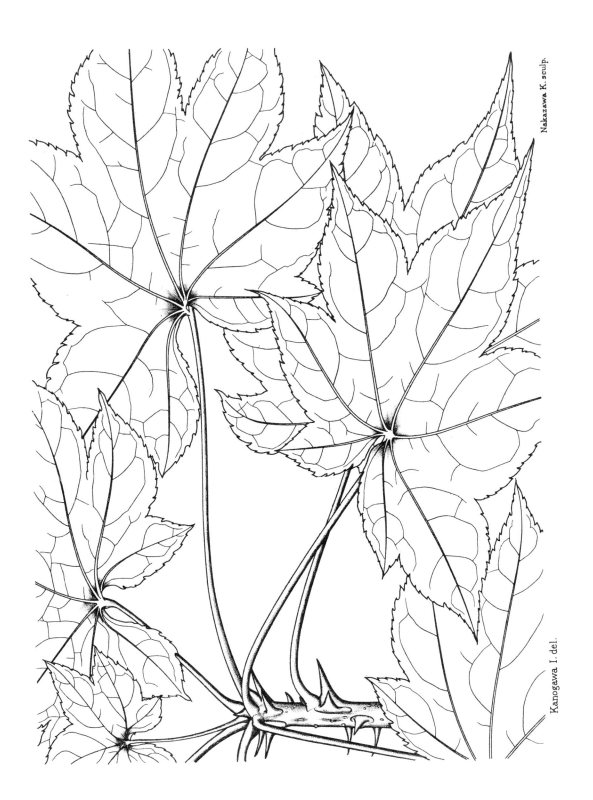

Nakazawa K. sculp.

Kanogawa. I. del.

第　拾　圖

は　り　ぎ　り

Kalopanax pictum *Nakai.*

缺刻深キ葉ヲ有スル若木。

Tamura R.del.

Nakazawa K.sculp.

第 拾 參 圖

てうせんかくれみの

Textoria morbifera *Nakai*.

A.　果實ヲ附クル枝（自然大）。
B.　若枝（自然大）。

Tamura R.del.

Nakazawa K. sculp.

第 拾 四 圖

き　づ　た

Hedera Tobleri *Nakai.*

莖ノ一部（自然大）。

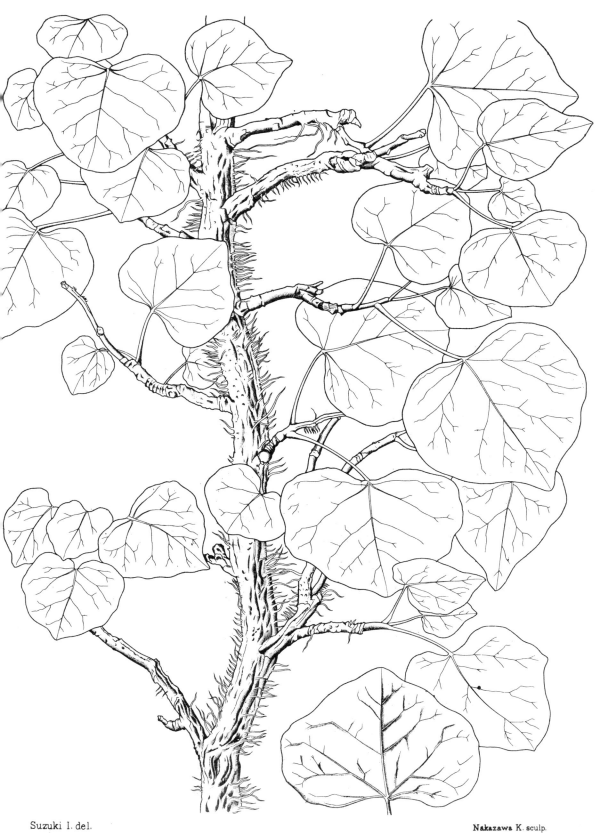

Suzuki I. del.

Nakazawa K. sculp.

第 拾 五 圖

き　づ　た

Hedera Tobleri *Nakai.*

A.　花序ヲ附クル枝（自然大）。

B.　果序ヲ附クル枝（自然大）。

Suzuki I. del.

Nakazawa K. sculp.

第 拾 六 圖

た ら の き

Aralia elata *Seemann.*

A. 花ヲ附クル枝（自然大）。

B. 花軸ノ一部（廓大）。

C. 花（廓大）。

D. 果序ノ一部（自然大）。

E. 莖ノ一部（自然大）。

第 拾 八 圖

ごぜんたちばな

Chamæpericlymenum canadense *Ascherson & Græbner.*

A. 花ヲ附クル植物（自然大）。

B. B. 花瓣ノ廓大圖。

C. 柱頭ノ廓大圖。

Nakai T. & Tamura R. del.

Nakazawa K. sculp.

第拾九圖

やまぼうし

Cynoxylon japonica *Nakai.*
var. typica *Nakai.*

花ヲ附クル枝（自然大）。

上

下

Nakazawa K. sculp.

Yamada T. del.

第 貳 拾 圖

やまぼうし

Cynoxylon japonica *Nakai.*

var. typica *Nakai.*

A. 春期、芽ノ將ニ延ビントスル枝（自然大）。

B. 果實ヲ附クル枝（自然大）。

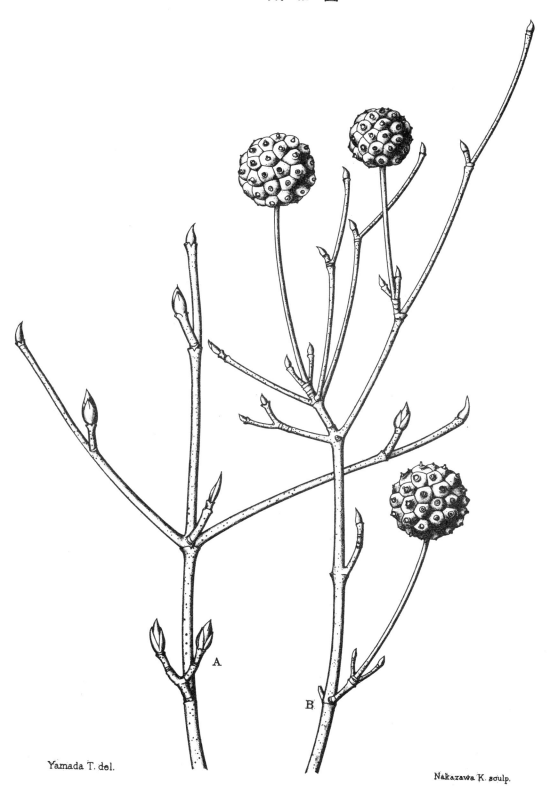

Yamada T. del.

Nakazawa K. sculp.

第貳拾壹圖

小輪やまぼうし

Cynoxylon japonica *Nakai.*
forma minor *Nakai.*

花ヲ附クル枝（自然大）。

Yamada T. del.

下

Nakazawa K. sculp.

第貳拾貳圖

小やまぼうし

Cynoxylon japonica *Nakai.*
var. viridis *Nakai.*

A.　花ヲ附クル枝（自然大）。
B. C.　苞ノ大サノ異ナル花（自然大）。

Yamada T. del.

Nakazawa K. sculp.

第 貳 拾 參 圖

さ ん し ゆ

Macrocarpium officinale *Nakai.*

A. 樹皮（自然大）。
B. 花序ト若芽ヲ有スル枝（自然大）。
C. 果實ヲ附クル枝（自然大）。

Yamada T. del.

Nakazawa K. sculp.

第貳拾四圖

白玉みづき

Cornus alba *Linnæus.*

A.　樹膚ノ一部（自然大）。
B.　花序（自然大）。
C.　果序ヲ附クル枝（自然大）。
D.　花ノ廓大圖。

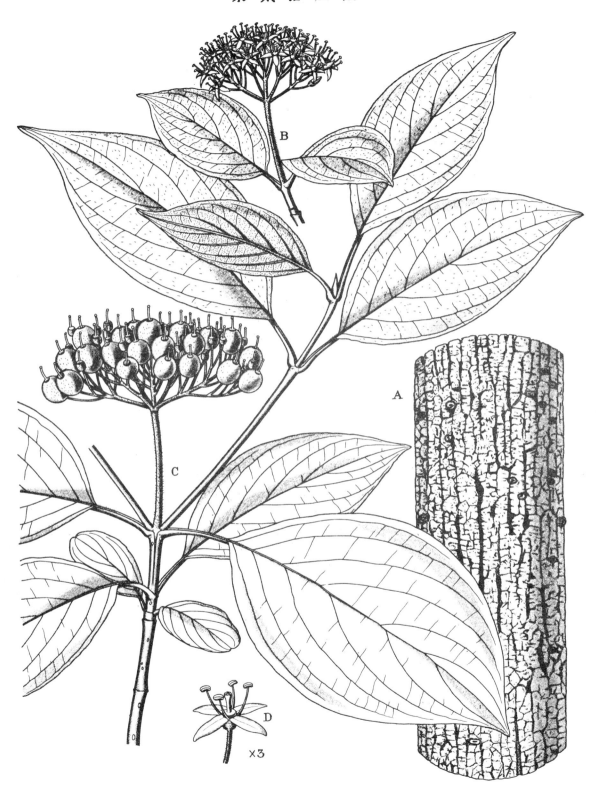

Yamada T. del.

Nakazawa K. sculp.

第貳拾五圖

み　づ　き

Cornus controversa *Hemsley*.

A.　花ヲ附クル枝（自然大）。
B.　花ノ廓大圖。

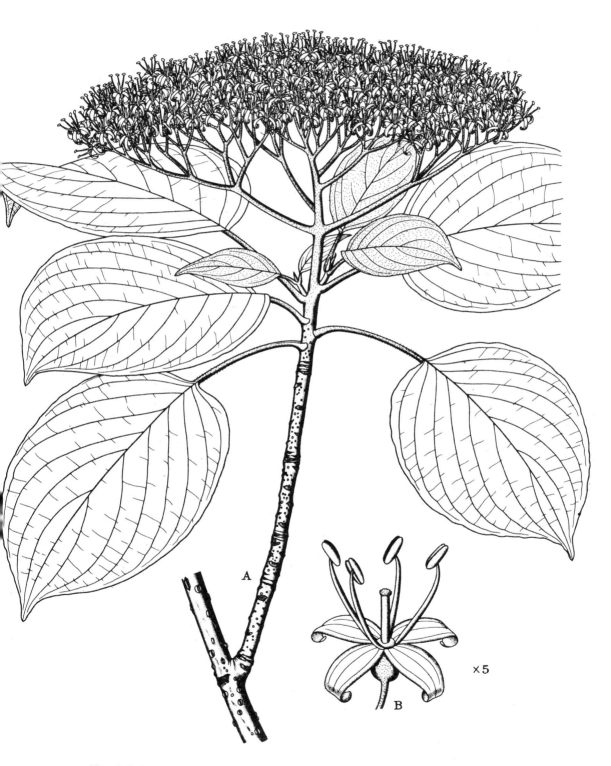

A

B

×5

Yamada T. del.

Nakazawa K. sculp.

第貳拾六圖

み　づ　き

Cornus controversa *Hemsley*.

A.　樹皮（自然大）。

B.　果序ヲ附クル枝（自然大）。

第 貳 拾 六 圖

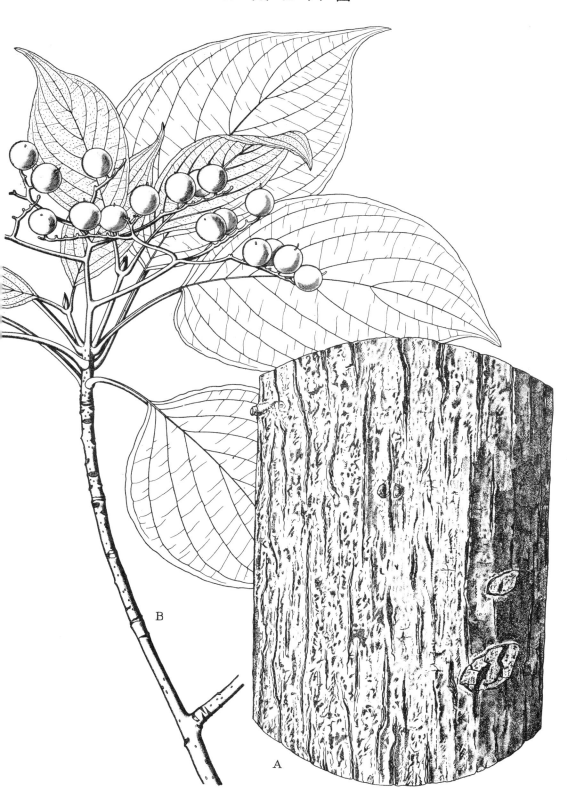

Yamada T. del.

Nakazawa K. sculp.

第貳拾七圖

てうせんみづき

Cornus coreana *Wangerin.*

A. 花序ヲ附クル枝（自然大）。

B. 花ノ廓大圖。

C. 果序ヲ附クル枝(自然大)。

A

B

×3

C

Yamada T. del.

Nakazawa K. sculp.

第貳拾八圖

てうせんみづきノ樹膚。

Cornus coreana *Wangerin.*

(cortex).

第貳拾九圖

くまのみづき

Cornus brachypoda *C. A. Meyer.*

A. 花序ヲ附クル枝（自然大）。
B. 蕾ヲ附クル花序ノ一部（自然大）。
C. 蕾ノ廓大圖。
D. 花ノ廓大圖。

朝鮮森林植物編
17輯

胡頹子科　ELAEAGNACEAE

瓜　木　科　ALANGIACEAE

瑞　香　科　DAPHNACEAE

柞　木　科　FLACOURTIACEAE
　　　　　　THYMELACACEAE

山　茶　科　TERNSTROEMIACEAE
　　　　　　THEACEAE

目次　Contents

胡頹子科

ELAEAGNACEAE

（一） 主要ナル引用書類

著 者 名	書　　　名

M. Adanson

1) *Elæagni* in Familles des plantes II. p. 77–81 (1763).

H. Baillon

2) *Elæagnacées* in Histoires des plantes II. p. 487–497 (1870).

F. T. Bartling

3) *Elæagneæ* in Ordines naturales plantarum p. 113–114 (1830).

C. L. Blume

4) *Elæagneæ* in Bijdragen tot de Flora van Nederlandschen Indie 13 stuck p. 637–639 (1825).

R. Desfontaines

5) *Elæagnus* in Flora Atlantica I. p. 143–144 (1798).

6) *Elæagni* in Voyage dans l'empire de Flore p. 32 (1800).

A. W. Eichler

7) *Elæagnaceæ* in Blutendiagramme II. p. 494–495 (1878).

S. Endlicher

8) *Elæagneæ* in Genera Plantarum p. 333–334 (1836).

9) *Elæagneæ* in Enchiridion Botanicum p. 211–213 (1841).

C. F. Gærtner

10) *Elæagnus* in De Fructibus & seminibus plantarum III. p. 203–204. t. 216 fig. 1 (1805).

Gagnaire fil.

11) *Elæagnus rotundifolia* in Revue Horticole XLII. p. 540 (1871).

E. Gilg

12) *Elæagnaceæ* in Natürlichen Pflanzenfamilien III. Abt. 6. p. 246–251 (1894).

D. Don

13) *Elæagneæ* in Prodromus Floræ Nepalensis p. 67–68 (1825).

L. Dippel

14) *Elæagnaceæ* in Handbuch der Laubholzkunde III. p. 205–217 (1893).

J. St. Hilaire

15) *Elæagni* in Expositions des familles des plantes I. p. 175–177. t. 28 (1805).

A. L. de Jussieu

16) *Elæagni* in Genera Plantarum p. 74–76 (1789).

J. B. de Lamarck & de Candolle

17) *Elæagneæ* in Synopsis Plantarum in Floram Galliam descriptarum p. 189–190 (1806).

J. Lindley

18) *Elæagnus angustifolia* in Botanical Register XIV. no 1156 (1828).

19) *Elæagneæ* in An Introduction to the Botany p. 68. (1830).

	20)	*Elæagnaceæ* in A Natural System of Botany p. 194 (1836).
	21)	*Elæagnus parvifolia* in Botanical Register XXIX no 51 (1843).
H. F. Link	22)	*Elæagneæ* in Handbuch der Botanik I. p. 374-375 (1829).
C. a Linnæus	23)	*Elæagnus* in Genera Plantarum ed. 1. p. 31 (1737).
	24)	*Elæagnus* in Species Plantarum ed. 1. p. 121 (1753).
	25)	*Elæagnus* in Genera Plantarum ed. 5. p. 57 (1754).
J. C. Loudon	26)	*Elæagnaceæ* in Arboretum & Fruticetum Britannicum III. p. 1320-1328 (1838).
T. Makino	27)	*Elæagnus Matsunoana* & *E. montana* in Tokyo Botanical Magazine XXVII. p. 73-74 (1913).
J. Matsumura	28)	*Elæagnaceæ* in Index Plantarum Japonicarum II. pt. 2. p. 390-392 (1912).
A. Matthioli	29)	*Elæagnos* in Medici Senenses Commentarii ed. 3. p. 155 cum tab. (1569).
C. J. Maximowicz	30)	*Elæagnus Oldhami* etc. in Bulletin de l'Académie Impériale des Sciences de Saint Pétersbourg XV. p. 558-561 (1871).
F. A. G. Miquel	31)	*Elæagneæ* in Annales Musei Botanici Lugduno-Batavi III. p. 137-139 (1867).
C. Moench	32)	*Elæagnus* in Methodus ad plantas agri & horti botanici Marburgensis I. p. 638 (1794).
A. Murray	33)	*Elæagnus* in Systema Vegetabilium p. 163-164 (1784).
T. Nakai	34)	*Elæagnaceæ* in Vegetation of Quelpært Island p. 66 (1914).
	35)	*Elæagnus Japoniæ* in Tokyo Botanical Magazine XXX. p. 72-76 (1916).
E. P. Persoon	36)	*Elæagnus* in Synopsis Plantarum I. p. 148 (1805).
J. L. M. Poiret	37)	Chalef in Encyclopédie Méthodique, Supplement. Tome II. p. 186-187 (1809).
A. Richard	38)	Monographie de la famille des élæagnées in Mémoires de la Société d'histoire naturelle de Paris I. p. 375-408. t. 24-25 (1823).
D. F. L. Schlechtendal	39)	*Elæagnaceæ* in Alp. de Candolle, Prodromus Systematis Naturalis Regni Vegetabilis XIV. p. 606-616 (1857).
	40)	*Elæagnacearum* in Candollei prodromo (Vol. XIV)

— 5 —

expositarum adumbratis in Linnæa XXX. p. 304
-386 (1859).

C. K. *Schneider* 41) *Elæagnaceæ* in Illustriertes Handbuch der Laub-
holzkunde II. p. 405-415 (1912).

C. *Servettaz* 42) Note préliminaire sur la Systématique des *Elæag-
nacées* in Bulletin de l'Herbier Boissier 2ᵐᵉ série
Tome VIII. p. 381-394 (1908).

43) Monographie des *Eléagnacées* in Beihefte zum
Botanischen Centralbatt XXV. 2. Abt. p. 1-420
taf. 1. (1909).

E. *Spach* 44) *Elæagneæ* in Histoires naturelles des Végetaux
X p. 453-458 (1841).

C. P. *Thunberg* 45) *Elæagnus* in Flora Japonica p. 66-68 t. 14 (1784).

J. P. *Tournefort* 46) *Elæagnus* in Corollarium institutionum rei Her-
bariæ p. 53-54. t. 489 (1703).

E. P. *Ventenat* 47) *Elæagnoideæ* in Tableau de règne végetale II. p.
232-235 (1799).

A. F. *Vitman* 48) *Elæagnus* in Summa Plantarum I. p. 332-334
(1789).

K. L. *Willdenow* 49) *Elæagnus* in Species Plantarum I. p. 688-690
(1797).

(二) 朝鮮產胡頹子科植物研究ノ歷史

1894 年 W. B. Hemsley 氏ノ支那植物中ニ朝鮮產ノ *Elæagnus macro-phylla* おほばぐみ ト *Elæagnus umbellata* あきぐみトヲ記セシガ始メニ シテ 1900 年 J. Palibin 氏ノ朝鮮植物誌ニハ唯あきぐみノミヲ記セリ。 1909 年 C. Servettaz 氏著ノ胡頹子科植物誌ニハ *Hippophoe rhamnoides* ト *Elæagnus multiflora* たうぐみ ト *Elæagnus macrophylla* おほばぐみ トヲ記セリ。然シ乍ラ *Hippophoe rhamnoides* ハ決シテ朝鮮ニ產セズ。 Servettaz氏ハ他國產ノ標本ヲ朝鮮植物ト混合セシカ又ハあきぐみノ狹葉 品ヲ誤認セシモノナルベシ。又たうぐみモ亦朝鮮ニ產セズ。恐ラク支那 又ハ日本ノ標本ト混合セシモノナラン。1911年拙著朝鮮植物誌ニハあき ぐみトおほばぐみトノミヲ記セシガ 1914 年ノ拙著濟州島植物調査書ニ ハ *Elæagnus glabra* つるぐみ、*Elæagnus macrophylia* おほばぐみ、*Elæ-agnus pungens* なはしろぐみ、*Elæagnus umbellata* あきぐみノ四種ヲ 記セリ。其中 *Elæagnus pungens* ハ Faurie 氏ガ日本採品ヲ濟州島植物

中ニ混入セシモノナリキ。故ニなはしろぐみハ朝鮮植物ヨリ除クベキモ
ノトス。同年版ノ莞島植物調査書ニハつるぐみトおほばぐみトヲ記シ翌
年版ノ智異山植物調査書ニハあきぐみヲ記シタリ。1916 年余ハ日本領
域內ニ知レシぐみ屬植物ノ評論ヲ東京植物學雜誌ニ揭ゲシ中ニハつるぐ
み、なはしろぐみ、おほばぐみ、あきぐみヲ朝鮮產トセシモなはしろぐみ
ハ上記ノ理由ニ依リ當然除クベキモノトス。1918 年余ハ其前年濟州島ニ
テ余自ラ發見セシ次ノ二種ヲ朝鮮植物トシテ記述セリ。*Elæagnus Hisa-*
uchii, E. glabra var. *lanceolata* Nakai 是ナリ。1919 年欝陵島植物調査
報告書ノ出版アリ其中ニハおほばぐみノミ記シアリ。次テ 1922 年ニハ
あかばぐみ *Elæagnus maritima* ガ朝鮮ニアルコトヲ東京植物學雜誌上
ニテ發表セリ。同年森爲三君ノ朝鮮植物名彙出ヅ其中ニハつるぐみ、お
ほばぐみ、あきぐみ、ほそばつるぐみ、なはしろぐみ、おほばつるぐみア
リ。而シテおほばつるぐみノ學名 *Elæagnus Hisauchii* Makino ハ 1908
年ニ Servettaz 氏ノ記セシ *Elæagnus submacrophylla* ニ改ムベクほそば
つるぐみノ學名ハ同氏ノ記セシ *Elæagnus glabra* ssp. *oxyphylla* ヲ變種
名ニ移スベキモノトス。余ノ今回ノ研究ニ依リテ知リ得タル朝鮮產ノぐ
み類ハ次ノ如シ。

1. *Elæagnus crispa* Thunberg var. *typica* Nakai　　あきぐみ。
2. *Elæagnus crispa* Thunberg var. *parvifolia* Nakai　からあきぐみ。
3. *Elæagnus crispa* Thunberg var. *coreana* Nakai　ひろはあきぐみ。
4. *Elæagnus glabra* Thunberg　　　　　つるぐみ。
5. *Elæagnus glabra* Thunberg var. *oxyphylla* Nakai ほそばつるぐみ。
6. *Elæagnus maritima* Koidzumi　　あかばぐみ。
7. *Elæagnus macrophylla* Thunberg　おほばぐみ。
8. *Elæagnus submacrophylla* Servettaz おほばつるぐみ。
9. *Elæagnus Nikaii* Nakai　　　　　おほなはしろぐみぐ。

（三）　朝鮮產胡頹子科植物ノ効用

　ぐみ類ハ小サキ喬木又ハ灌木又ハ半蔓狀ノ植物ニシテ薪トスル他材用
ハナシ。漢法ニ其果實ヲ用フレトモ効用ナシ。唯あきぐみノミハヨク成
熟スレバ口ニスルコトヲ得。其他ノぐみ類ノ果實モモトヨリ食シ得レド
モ種子ノ大ニシテ食フベキ部分ノ少キト澁味多キトニテ僻地ノ兒童ノ間
々食スルニスギズ。

（四） 朝鮮産胡頽子科植物ノ分類

胡 頽 子 科

灌木、又ハ半喬木、直立又ハ外物ニ寄リカヽル。若キ部分ハ鱗片狀ノ
星狀毛ニテ密ニ被ハレ其色ニ依リテ或ハ銀白色或ハ銅色ヲナス。葉ハ一
年生又ハ二年生、互生又ハ對生、有柄、全緣、花ハ腋生、多性、各部ハ
二又ハ四數ヨリ成ル。稀ニ五數。子房ハ上位ナレドモ下位ノ觀ヲナスア
リ。無瓣、蕚筒ハ筒狀、又ハ倒圓錐狀、裂片ハ二個又ハ四個（稀ニ五個）
鑷合狀ニ排列ス。雄蕋ハ四個乃至八個、花被ノ口ニツキ花糸ハ或ハ長ク
或ハ短シ。葯ハ楕圓形又ハ簇形、二室、內開、花柱ハ一個、子房ハ一室、
一個ノ卵子ヲ有ス。花托ハ花被ノ基部ト共ニ果實ノ一部ヲナシ漿質トナ
リ。成熟期ニハ種類ニ依リ紅色、桃色、黃色、橙色等ヲナス。外種皮ハ
薄ク內種皮ハ厚ク且ツ堅シ。種子ニ胚乳ナシ。

世界ニ三屬五十五種アリ。北半球ノ産ナリ。其中朝鮮ニハ一屬六種ア
リ。

Elæagnaceæ Lindley, Nat. Syst. Bot. p. 194 (1836)–Loudon, Arb. &
Frut. Brit. III. p. 1320 (1838)–Schlechtendal in Alp. de Candolle, Prodr.
XIV. p. 606 (1857).–Eichler, Blutendiagr. II. p. 494 (1878)–Bentham
& Hooker, Gen. Pl. II. p. 204 (1880).–Dippel, Handb. Laubholzk. III.
p. 205 (1893)–Gilg in Nat. Pflanzenfam. III. Abt. 6. p. 246 (1894).–
Servettaz in Beihefte Bot. Centralb. XXV. Abt. 2. p. 1. (1909).

Syn. *Elægni* Adanson, Fam. II. p. 77 (1763), pro parte–Durande,
Not. Élem. Bot. p. 259 (1781), pro parte.–Jussieu, Gen. Pl. p. 74 (1789),
pro parte–Desfontaines, Élem. p. 32 (1800), pro parte–J. St. Hilaire, Ex-
posit. I. p. 175. t. 28 (1805), pro parte.

Elæagnoideæ Ventenat, Tab. II. p. 232 (1799), pro parte.

Elæagneæ Lamarck & de Candolle, Syn. Fl. Gall. p. 189 (1806), pro
parte–R. Brown, Prodr. Fl. Nov. Holland. p. 351 (1810) ut *Elæagneis*
et *Elæagnearum*.–Lamarck & de Candolle, Fl. Franc. ed. 3. III. p.
351 (1815), pro parte–Link, Enum. Pl. Hort. Berol. I. p. 111 (1821)–
Dumortier, Comm. Bot. p. 55 (1822)–A. Richard in Mém. Soc. Hist.
Nat. Paris I. p. 399 & 403 (1823)–Lindley, Syn. Brit. Fl. ed. 1. p. 208
(1829)–Link. Handb. I. p. 374 (1829)–Bartling, Ord. Nat. Pl. p. 113

(1830)-Lindley, Introd. p. 68 (1830)-Meissner, Pl. Vasc. Gen. I. p. 329 (1836)-Endlicher, Gen. Pl. p. 333 (1836), Ench. p. 211 (1841)-Spach, Hist. Nat. Vég. X. p. 453 (1841)-Agardh, Theor. p. 177 (1858).

Elæagnidæ Dumortier, Analys. fam. p. 15 & 18 (1822).

Proteaceæ a *Elæagneæ* Reichenbach, Fl. Germ. I. p. 162 (1830).

Frutex vel arboreus erectus vel scandens, trichomis stellatis lepidotis vel velutinis, rami sæpe spinosi. Folia annua vel biennia alterna vel opposita petiolata integra. Flores axillares aut ex basi gemmarum brevium evoluti solitarii vel gemini, polygamo-monoeci 2–4 meri (rarius 5-meri). Ovarium superum sed inferum esse videtur. Petala nulla. Calycis tubus tubulosus vel turbinatus vel obconicus, lobi 2 vel 4 (rarius 5) valvati. Stamina 4–8 fauce perigonii affixa, filamenta evoluta vel nulla, antheræ oblongæ vel sagittatæ biloculares introrsæ persistentes. Styli solitarii glabri vel lepidoti. Stigmata simplicia, capitata vel unilateralia vel bisulcata. Ovarium uniloculare. Ovula 1 basifixa. Basis calycis cum receptaculo adhærens et in fructu accrescens et succosa, ita fructus ruber vel aureus. Exocarpium membranaceum. Testa seminum crustaceum. Semen fere exalbuminosum.

Genera 3 et species 55 in Asia, Europa et America septentrionali incola, quorum genus 1 et species 6 in Korea sponte nascent.

ぐ み 屬

灌木又ハ小喬木、皮ハ固ク不規則ニ裂開ス。若枝ハ星狀ノ鱗片ニテ密ニ被ハレ稀ニ星狀毛ニテ天絨狀トナルアリ。葉ハ一年生又ハ二年生、有柄、托葉ナシ。單葉、全緣ナレドモ緣ハ波狀ニ屈曲又ハ皺曲ス。花ハ腋生、單一又ハ二三個宛枝ノ基部ニ近ク生ズ。有柄、鱗片ニテ被ハレ、多性。蕚片ハ四個稀ニ五個、鑷合狀ニ排列シ、内面ハ白色、淡黃色又ハ黃色又ハ橙色、雄蕋ハ四個稀ニ五個蕚片ト交互ニ出デ蕚筒ノ口ニ附ク。葯ハ二室、内向、花柱ハ一個正直又ハ屈曲、柱頭ハ頭狀又ハ舌狀。果實ハ球形又ハ橢圓形、成熟時ニハ紅色又ハ黃色。

亞細亞、歐羅巴南部、北米ニ亙リ約五十種ヲ產ス。其中六種ハ朝鮮ニ自生ス。

次ノ二亞屬アリ。

第一亞屬。 **落葉ぐみ類。**

葉ハ一年生、花ハ春開キ、果實ハ秋熟ス。あきぐみ之ニ屬ス。

第二亞屬。　**常綠ぐみ類。**

葉ハ二年生、花ハ秋期開キ、果實ハ翌春熟ス。おほばぐみ、つるぐみ等之ニ屬ス。

種ノ區別法次ノ如シ。

1 {
葉ハ一年生、花ハ春期生ジ、果實ハ球形。・・・・・・・・・・・・・・・ 2
葉ハ二年生、花ハ秋期生ズ。・・・・・・・・・・・・・・・・・・・・ 4
}

2 {
葉ハ球形又ハ廣橢圓形。・・・・・・・・・・・・・ひろはあきぐみ
葉ハ披針形又ハ長橢圓形。・・・・・・・・・・・・・・・・・・・ 3
}

3 {
葉ノ表面ニハ星狀ノ鱗片アリ後落ツ。・・・・・・・・・・あきぐみ
葉ノ表面ニハ星狀毛アリ後落ツ。・・・・・・・・・からあきぐみ
}

4 {
葉ハ披針形又ハ帶橢圓披針形、先端尖リ裏面ハ概ネ銅色、果實ハ
　橢圓形又ハ橢圓球形。・・・・・・・・・・・・・・・・つるぐみ
葉ハ圓形又ハ卵圓形又ハ廣橢圓形。・・・・・・・・・・・・・ 5
}

5 {
葉ハ卵橢圓形又ハ廣橢圓形、裏面ハ銅色、枝モ亦銅色。・・・・・・・
　・・・・・・・・・・・・・・・・・・・・・あかばぐみ
葉ハ圓形又ハ廣卵形先端尖ル、裏ハ銀色又ハ褐銀色。・・・・・・ 6
}

6 {
花柱ニハ鱗片多シ。葉ハ橢圓形。・・・・・おほなはしろぐみ
花柱ハ鱗片ナシ。葉ハ丸シ。・・・・・・・・・・・・・・ 7
}

7 {
葉ノ裏面ハ銀白色、枝ハ銀白色又ハ褐色ヲ帶ブ。・・・・おほばぐみ
葉ノ裏面ハ銀白色ナレモド多數ノ銅色ノ點アリ。枝ハ銅色又ハ
　帶紅銅色。・・・・・・・・・・・・・・・・・おほばつるぐみ
}

Elæagnus (non Dodonæus nec Gerarde) [Matthiolus, Med. Senens. Comm. ed. 3. p. 155 cum fig. (1569) ut *Elæagnos*-Dalechamp, Hist. I. p. 111, cum fig. (1587)-Tournefort, Coroll. Instit. Rei Herb. p. 53, t. 489 (1703)-Linnæus, Gen. Pl. ed. 1. p. 31, no. 84 (1737)]; Sp. Pl. ed. 1. p. 121 (1753); Gen. Pl. ed. 5. p. 57, no. 148 (1754)-Adanson, Fam. Pl. II. p. 80 (1763)-Allioni, Fl. Pedemont. p. 226 (1785)-Jussieu, Gen. Pl. p. 75 (1789)-Necker, Elem. Bot. III. p. 111 (1790)-Desfontaines, Fl. Atl. I. p. 143 (1798)-Moench, Method. I. p. 638 (1794)-Ventenat, Tab. II. p. 234 (1799)-Persoon, Syn. Pl. I. p. 148 (1805)-Gærtner fil. Fruct. & Sem. III. p. 203, t. 216, fig. 1. (1805)-J. St. Hilaire, Exposit. Fam. Pl. I. p. 176 (1805)-Lamarck & de Candolle, Fl. Franc. ed. 3. III. p. 354 (1815)-Richard in Mém. Soc. Hist. Nat. Paris I. p. 403

(1823)–Blume, Bijdr. XIII. p. 637–639 (1825)–Lindley in Bot. Regist.
XIV. p. 1156 (1828)–Link, Handb. Bot. II. p. 234 (1829)–Nees, Gen.
Pl. Fl. Germ. III. no. 253 (1835)–Meissner, Gen. Pl. I. p. 329 (1836)–
Endlicher, Gen. Pl. p. 334 (1836)–Loudon, Arb. & Frutic. Brit. III.
p. 1321 (1838)–Spach, Hist. Nat. Vég. X. p. 454 (1841)–Schlechtendal
in Alp. de Candolle, Prodr. XIV. p. 608 (1857); in Linnæa XXX. p.
322 (1859)–Baillon, Hist. Pl. II. p. 495 (1870)–Bentham & Hooker, Gen.
Pl. II. p. 204 (1880)–Dippel, Handb. III. p. 205 (1893)–Kœhne, Deutsch.
Dendr. p. 426 (1894)–Gilg in Nat. Pflanzenfam. III. Abt. 6. p. 249
(1894)–Servettaz in Beihefte Bot. Centralb. XXV. Abt. 2. p. 24 (1909).

Frutex vel arborescens. Cortex dura irregulaiter fissa. Rami juve-
niles trichomis stellato-lepidotis dense vestiti, rarius etiam stellato-velu-
tini. Folia annua aut biennia petiolata exstipullata simplicia integra
vulgo margine crenata vel crispata utrinque trichomis stellato-lepidotis
vestita. Flores axillares solitarii vel gemini pedunculati lepidoti, poly-
gamo-monœci. Calycis lobi 4 (–5) valvati, intus albus vel ochroleucus
vel flavus vel aurantiacus. Stamina 4 (–5) lobis calycis alterna et fauce
affixa bilocularia introrsa. Styli recti vel curvati. Stigmata capitata
vel oblonga. Fructus globosus vel ellipsoideus rubescens vel roseus vel
flavus. Exocarpium membranaceum. Cortex seminum dura. Semina
exalbuminosa vel albumine paupera.

Supra 50 species in Asia, Regio Mediterranea et America septen-
trionali incola; inter eas 6 in Korea sponte nascent.

1 {
Folia annua. Flores vernales. Fructus auctumnales......2.
Folia biennia. Flores auctumnales......................4.
}

2 {
Folia rotundata vel late elliptica. ....*E. crispa* var. *coreana*.
Folia lanceolata vel oblanceolata vel oblongo-elliptica.......3.
}

3 {
Folia supra initio trichomis stellato-lepidotis vestita...*E. crispa*.
Folia supra initio trichomis stellatis pilosa. ....
.... *E. crispa* var. *parvifolia*.
}

4 {
Folia lanceolata vel elliptico-lanceolata attenuata vel acuta, sub-
tus cuprea. Fructus ellipsoideus vel rotundato-ellipsoideus..
.... *E. glabra*.
Folia rotundata vel late ovata apice mucronata. ....5.
}

5 { Folia ovato-elliptica vel late elliptica, subtus cuprea. Rami cuprea. . . . . *E. maritima.*
  { Folia rotundata vel late ovata apice mucronata, subtus argentea vel fuscescenti-argentea. . . . . 6.

6 { Styli lepidoti. Folia elliptica. . . . . *E. Nikaii.*
  { Styli glabri. Folia rotundata. . . . . 7.

7 { Folia subtus argentea. Rami argentea vel fuscescentes. . . . . *E. macrophylla.*
  { Folia subtus argentea sed lepidis cupreis magnis creberrime punctulata. Ramuli cuprei vel rubro-cuprei. . . *E. submacrophylla.*

1. **あきぐみ** （第一圖）

灌木高サハ五米突ヲ出ヅルコト稀ナリ。分岐多シ。若枝ハ銀白色又ハ帶褐色ノ鱗片ニテ密ニ被ハル。葉ハ一年生、葉柄ハ長サ四乃至七ミリ、葉身ハ倒披針形、表面ハ始メ銀白色ノ鱗片アレドモ後落チ綠色トナル。裏面ハ銀白色、先端ニ向ヒ次第ニ細マリ鈍頭、基脚ハ楔形又ハ銳尖、長サ三十乃至七十ミリ幅ハ十三乃至二十五ミリ。花ハ一個乃至三個宛腋生シ五・六兩月中ニ開キ北地ニアリテハ七月滿洲ニ至レバ八月ニ開クコトサヘアリ。小花梗ハ長サ四乃至七ミリ。蕚筒ハ長サ六乃至七ミリ外面ハ銀白色、內面ハ淡黃色ナレドモ後橙黃色トナル。雌雄異花同株、葯ハ長サ一ミリ半、花柱ニハ少シノ星狀毛アリ。果實ハ球形九月十月ノ候成熟シ食シ得。

平南、平北、咸南、咸北ヲ除ク朝鮮半島ノ殆ンド全部並ニ朝鮮群島、濟州島ニ生ズレドモ鬱陵島ニハナシ。

（分布） 北海道、本島、四國、九州、對馬、南滿洲、山東半島。

一種葉ノ表面ニハ始メ星狀毛アリテ鱗片ナキアリ。鱗片ヨリモ早ク落ツルヲ以テ葉ハ早クヨリ綠色ヲ呈ス。之ヲ**からあきぐみ**ト云ヒ、平南以南、濟州島ニ迄產シ、九州、對馬、支那（山西、陝西、河南、湖北、甘肅、四川等）、ネパール、ヒマラヤ地方、アフガニスタン迄分布ス。

又一種、葉ハ廣橢圓形又ハ橢圓形ヲナシ特ニ若キ側枝ニアリテハ圓形ヲナスアリ。之ヲ**ひろはあきぐみ**（第二圖）ト云ヒ、黃海、京畿、慶北等ニ產ス。

Elæagnus Subgn. **Vernales** Nakai in Tokyo Bot. Mag. XXX. p. 72

(1916).

Syn. *Elæagnus* Sect. *Dcciduæ* Servettaz in Beihefte Bot. Centralb. XXV. Abt. 2. p. 24. in clave specierum (1909).

Folia annua stellulis lepidotis vel hirsutis vestita. Florens per menses Aprilium ad Augustum. Fructus per menses Augustum ad Novembrem maturans.

Elæognus Subgn. *Vernales* Sect. **Lepidotæ** Nakai in Tokyo Bot. Mag. XXX. p. 72 (1916).

Folia trichomis stellato-lepidotis vestita, nunquam stellulato-velutina.

1. Elæagnus crispa Thunberg var. typica Nakai.
(Tabula nostra I.)

Elæagnus crispa Thunberg var. typica Nakai, comb. nov.

Syn. *Elæagnus crispa* Thunberg Jap. mss. ex Murray, Syst. Veg. p. 163 (1784)–Thunberg, Fl. Jap. p. 66 (1784)–Vitman, Summa Pl. I. p. 332 (1789)–Willdenow, Sp. Pl. I. p. 689 (1797)–Persoon, Syn. Pl. I. p. 148 (1805)–Poiret, Suppl. Encycl. II. p. 186 (1809)–Richard in Mém. Soc. Nat. Hist. Paris I. p. 406 (1823)–Blume, Bijdr. p. 639 (1825)–Schlechtendal in Alp. de Candolle, Prodr. XIV. p. 614 (1857); in Linnæa XXX. p. 378 (1859).

Elæagnus umbellata Thunberg Jap. mss. ex Murray, l. c. p. 164–Thunberg, l. c. t. 44.–Willdenow, l. c. p. 690–Persoon, l. c.–Poiret, l.c . p. 187–Richard, l. c. p. 405–Sprengel, Syst. Veg. I. p. 489 (1825)–A. Gray in Narratives Capt. Perry's Exped. II. appendix p. 318 (1857)–Schlechtendal in Alp. de Candolle, l. c.; in Linnæa XXX. p. 377–Miquel in Ann. Mus. Bot. Lugd. Bat. III. p. 138 (1867); Prol. p. 302 (1867)–Maximowicz in Bull. Acad. Sc. St. Pétersb. sér. 3. XV. p. 378 (1870), p ro parte; in Mél. Biol. VII. p. 560 (1870), pro parte–Franchet & Savatier, Enum. Pl. Jap. I. p. 408 (1875)–Matsumura, Nippon Shokubutsumeii p. 71, no. 843 (1884); Cat. Pl. Herb. Coll. Sci. Imp. Univ. p. 168 (1886); Shokubutsu Mei-I. p. 111, no. 1202 (1895)–Gilg in Nat. Pflanzenfam. III. Abt. 6. p. 251 (1894), pro parte–Palibin in Acta Hort. Petrop. XVIII. pt. 2. p. 40 (1900)–Yabe in Tokyo Bot. Mag. XVIII. p. 28 (1904)–Shirasawa, Icon. II. t. 54 (1908)–Nakai in Journ. Coll. Sci.

Tokyo XXXI. p. 179 (1911), pro parte-Matsumura, Ind. Pl. Jap. II. pt. 2. p. 392 (1912), pro parte-Yabe, Enum. Pl. S. Manch. p. 96 (1913) –Nakai, Veg. Isl. Quelp. p. 66 (1914), pro parte; Veg. Mt. Chirisan p. 40 (1915); in Tokyo Bot. Mag. XXX. p. 76 (1916), pro parte–Mori, Enum. Cor. Pl. p. 260 (1922), pro parte–Makino & Nemoto, Fl. Jap. p. 506 (1925), pro parte.

Elæagnus umbellata ssp. *eu-umbellata* Servettaz in Bull. Herb. Boiss. 2 sér. VIII. p. 383 (1908); in Beihefte Bot. Centralb. XXV. 2 Abt. p. 52 (1909).

Elæagnus umbellata var. *typica* Schneider, Illus. Handb. Laubholzk. II. p. 411, fig. 279 x–z, fig. 280 f–i 1 (1909).

Frutex ramosus 5 m. vix superans. Ramuli argenteo- rarius fusco-lepidoti. Folia annua, petioli 4–7 mm. longi, lamina oblanceolata vel lanceolata vel oblongo-elliptica supra leviter argenteo-lepidota demum glabrescens subtus dense argenteo-lepidota apice angustato-acutiuscula vel obtusa basi cuneata vel acuminata 30–70 mm. longa 13–25 mm. lata. Flores per menses Maium ad Junium (in regionibus borealibus Julium) axillari-solitarii aut gemini argentei, pedunculi 4–7 mm. longi, calycis tubus 6–7 mm. longus extus argenteo-lepidotus intus primo ochroleucus demum aurantiacus, antheræ sagittatæ 1.5 mm. longæ, styli parce stellato-pilosi. Fructus globosus per menses Septembrem ad Octobrem maturans edulis, rubescens.

Hab. in totis regionibus peninsulæ Koreanæ, in Archipelago Koreano nec non in Quelpært.

Distr. Shangtung, Tsusima, Kiusiu, Shikoku, Hondo & Yeso.

Elæagnus crispa var. **parvifolia** Nakai, comb. nov.

Syn. *Elæagnus umbellata* (non Thunberg) D. Don, Prodr. Fl. Nepal. p. 68 (1825)–Hooker fil. Fl Brit. Ind. V. p. 201 (1870)–Maximowicz in Bull. Acad. Sci. St. Pétersb. XV. p. 378 (1870), pro parte; in Mél. Biol. VII. p. 560 (1870), pro parte–Hance in Britten, Journ. Bot. XX. p. 38 (1882)–Forbes & Hemsley in Journ. Linn. Soc. XXVI. p. 404 (1894), pro parte–Gilg in Nat. Pflanzenfam. III. Abt. 6. p. 251 (1894), pro parte–Diels in Bot. Jahrb. XXXVI. Beiblatt LXXXII. p. 79 (1905) –Pampanini in Nouv. Giorn. Bot. Ital. n. sér. XVIII. p. 675 (1910)–

Nakai, Veg. Isl. Quelp. p. 66 (1914), pro parte–Rehder in Sargent, Pl. Wils. II. p. 410 (1915).

Elæagnus parvifolia Wallich, Cat. no. 4026 (1829), nom. nud.–Royle, Illus. p. 323 t. 81. fig. 1 (1839)–Lindley in Bot. Regist. XXIX. p. 51. (1843)–Schlechtendal in Alp. de Candolle, Prodr. XIV. p. 612 (1857); in Linnæa XXX. p. 365 (1859).

Elæagnus umbellata ssp. *parvifolia* Servettaz in Bull. Herb. Boiss. 2 sér. VIII. p. 383 (1908); in Beihefte Bot. Centralb. XXV. Abt. 2. p. 55, fig. 9, 6–20 (1909).

Elæagnus umbellata var. *parvifolia* Schneider, Illus. Handb. Laubholzk. II. p. 411, fig. 280, d–e (1909).

Elæagnus corcanus Léveillé in Fedde, Repert. Sp. Nov. XII. p. 101 (1913).

Folia supra primo stellato-pilosa haud lepidota, mox glabrescentia.

Hab. in partibus mediis et australibus peninsulæ Koreanæ, nec non in Quelpært.

Distr. Kiusiu, Tsusima, China (Shansi, Honan, Shensi, Hupeh, Kansu, Szechuan), Himalaya, Nepal, Afganistan.

Elæagnus crispa var. **coreana** Nakai, var. nov. (Tabula nostra II.).

Syn. *Elæagnus crispa* (non Thunberg) Dippel, Handb. III. p. 208, fig. 110 (1893).

Folia elliptica vel subrotunda obtusa vel apice angustato-obtusa, supra primo trichomis stellato-lepidotis atque stellato-ciliatis intermixtis.

Hab. in Korea media.

2. つ る ぐ み

小喬木、枝ハ長ク多クハ他ノ喬木ニ倚リテ登攀ス。小枝ニハ銅色ノ鱗片密生ス。葉ハ二年生、葉柄ハ長サ五乃至七ミリ銅色ノ鱗片アリ。葉身ハ始メ表面ニ疎ニ銅色ノ鱗片生ズレドモ後落チ綠色ニシテ光澤アリ。裏面ハ銅色ノ鱗片ニテ密ニ被ハル。橢圓形又ハ長橢圓形、緣ハ全緣ナレドモ波狀ニ屈曲ス基脚ハ尖リ先端ハ急ニ尖リ又ハ長ク尖ル。花ハ秋期開キ腋生ニシテ下垂ス。花梗ノ長サ二ミリ許、萼筒ハ長サ五ミリ萼片ハ長サ三ミリ許、花柱ハ無毛、果實ハ橢圓形長サ十乃至十五ミリ、四・五月ノ候成熟ス。

濟州島、莞島、甫吉島、接島（珍島郡）ニ生ズ。

（分布）　本島、四國、九州、壹岐、對馬、琉球。

一種葉ハ披針形ニシテ兩端尖ルアリ。之ヲ **ほそばつるぐみ**（第參圖）ト云ヒ、濟州島ニ產シ、支那ニ分布ス。

3.　**おほばぐみ**　（第四圖）

小喬木、枝ハ廣ク擴ガリ往々他ノ喬木ニ倚リテ高ク縋フ。幹ノ直徑ハ十五セメニ達スルアリ。皮ハ堅シ。若枝ハ銀白色又ハ帶褐色。葉ハ二年生、葉柄ハ長サ五乃至二十五ミリ銀色又ハ帶褐色ノ鱗片ニシ被ハル。葉身ハ圓形又ハ廣卵形又ハ帶卵圓形、基脚ハ或ハ丸ク或ハ急ニ尖ル。先端ハ或ハ尖リ或ハ丸シ。長サ二十五乃至百五ミリ幅十七乃至八十二ミリ、裏面ハ銀色ノ鱗片ニテ被ハレ表面ハ始メ少許ノ鱗片アレドモ後之ヲ失ヒ綠色トナル。花ハ九・十兩月ニ開キ花梗ハ長サ三乃至四ミリ、萼筒ハ廣ク長サ四ミリ許、萼片ハ長サ四ミリ許、外面ハ銀白色、葯ハ長サ一ミリ半、花柱ハ長ク無毛、果實ハ橢圓形ニシテ長サ十五乃至十七ミリ、四・五月ニ熟ス。

欝陵島、濟州島、莞島、大黑山島、佐治島、珍島、全南ノ南部、慶南（東萊郡機張面竹島、巨濟島、統營郡彌勒峯、南海島）ニ產ス。

（分布）　本島、四國、九州、壹岐、對馬、琉球。

4.　**おほなはしろぐみ**　（第五圖）

常綠ノ灌木莖ハ伸長シテ伏臥又ハ外物ニ倚ル。若枝ハ銅色ノ鱗片密生ス。葉柄ハ長サ十乃至十八ミリ、褐色ノ鱗片アリ。葉身ハ橢圓形又ハ帶卵橢圓形又ハ殆ンド丸シ、長サ二セメ半乃至十二セメ（通例六乃至十セメ）幅一セメ八乃至五セメ七（通例三乃至五セメ）表面ハ始メ帶褐色ノ鱗片ニテ密ニ被ハルレドモ後無毛トナリ光澤アル綠色トナル。裏面ハ始メハ淡褐色ノ鱗片ニテ被ハルレドモ後ハ銀白色地ニ褐點アリ。花ハ一乃至三個宛腋生シ下垂ス。花梗ハ長サ三乃至四ミリ帶褐色、萼筒ハ廣ク長サ五乃至六ミリ、內面ハ無毛、裂片ハ廣卵形長サ四ミリ內面ニ鱗片アリ。花柱ニハ鱗片生ズ。果梗ハ長サ六乃至八ミリ、果實ハ長サ十七ミリ許、橢圓形ニシテ紅熟シ鱗片多シ。

慶南、統營郡統營彌勒山ニ生ジ稀品ナリ。

（分布）　長門國萩。

5.　**おほばつるぐみ**　（第六圖）

小喬木、枝ハ廣ク擴ガル。若枝ハ淡銅色ノ鱗片ニテ密ニ被ハル。葉ハ

二年生、葉柄ハ長サ五乃至十三ミリ太ク、銅色ノ鱗片アリ。葉身ハ或ハ
丸ク或ハ廣卵形、表面ハ始メ少シク鱗片アレドモ後之ヲ失ヒ深緑色トナ
ル。葉裏ハ銀白色ノ鱗片ト褐色ノ鱗片ト相半シテ生ズ。基脚ハ截形又ハ
圓ク先端ハ尖リ長サ二十乃至七十ミリ幅十三乃至四十三ミリ、花ハ腋生
ノ芽ノ基部ヨリ生ジ恰モ繖形花序ノ觀アリ。花梗ハ長サ四ミリ、子房ハ
長橢圓形又ハ紡錘狀長サ三ミリ、蕚筒ハ長サ五ミリ、蕚片ハ廣卵形長サ
三ミリ半、葯ハ狹長橢圓形長サ一ミリ半、花柱ハ無毛、果實ハ橢圓形。
　濟州島ニ產ス。
　（分布）　本島。

6. あかばぐみ （第七圖）

　小喬木、他ノ喬木ニ倚リテ高ク登ル。若枝ニハ銅色ノ鱗片密生ス。葉
ハ二年生、葉柄ハ長サ五乃至十四ミリ銅色ノ鱗片アリ。葉身ハ長橢圓形
又ハ橢圓形、基脚ハ尖リ先端ハ急ニ長ク尖ル。表面ハ綠色、裏面ニハ銅
色ノ鱗片密生シ緣ハ波狀ニ屈曲ス。長サ十五乃至百ミリ幅八乃至五十五
ミリ、花ハ秋期開キ腋生ノ短枝ノ基ニ生ズ。花梗ハ長サ二ミリ銅色ノ鱗
片アリ。蕚筒ハ長サ四ミリ蕚片ハ長サ三ミリ三角形、葯ハ橢圓形ニシテ
長サ一ミリ許、花柱ニ毛ナシ。果實ハ橢圓形。
　濟州島、大黑山島、莞島ニ產ス。
　（分布）　九州、本島、琉球。

Elæagnus Subgn. **Auctumnales** Nakai in Tokyo Bot. Mag. XXX.
p. 72 (1916).

　Syn. *Elæagnus* Sect. *Sempervirentes* Servettaz in Beihefte Bot. Cent-
ralb. XXV. Abt. 2. p. 24, in clave specierum (1909).

　Folia biennia stellulis lepidotis vestita. Florens ex Septembri ad
Decembrem. Fructus per menses Aprilii ad Junium maturans.

2. **Elæagnus glabra** Thunberg.

　Elæagnus glabra Thunberg, Jap. mss. ex Murray, Syst. Veg. p. 164
(1784)–Thunberg, Fl. Jap. p. 67 (1784)–Vitman, Summa Pl. I. p. 333
(1789)–Willdenow, Sp. Pl. I. p. 690 (1797)–Persoon, Syn. Pl. p. 148
(1805)–Poiret, Suppl. Encycl. I. p. 187 (1809)–Richard. in Mém. Soc.
Hist. Nat. I. p. 405 (1823)–Blume, Bijdr. p. 639 (1825)–Sprengel, Syst

I. p. 489 (1825)–Schlechtendal in **Alp.** de Candolle, Prodr. XIV. p. 614
(1857); in Linnæa XXX. p. 382 (1859)–Miquel in Ann. Mus. Bot. Lugd.
Bat. III. p. 138 (1867); Prol. Fl. Jap. p. 302 (1867)–Maximowicz in
Bull. Acad. St. Pétersb. XV. p. 379 (1870); in Mél. Biol. VII. p. 561
(1870)–Franchet & Savatier, Enum. Pl. Jap. I. p. 409 (1875)–Matsu-
mura, Nippon Shokubutsumeii p. 71. no. 839 (1884); Cat. Pl. Herb.
Coll. Sci. Imp. Univ. p. 168 (1886)–Kœhne, Deutsch. Dendrol. p. 428
(1892)–Dippel, Handb. Laubholzk. p. 213, fig. 115 (1893)–Gilg in Nat.
Pflanzenfam. III. Abt. 6. p. 251 (1894)–Matsumura, Shokubutsu Mei-I
p. 111, no. 1199 (1895)–Matsumura & Hayata in Journ, Coll. Sci. Tokyo
XXII. p. 356 (1906)–Servettaz in Bull. Herb. Boiss. 2 ser. VIII. p. 386
(1908); in Beihefte Bot. Centralb. XXV. 2 Abt. p. 73 (1909)–Schneider,
Illus. Handb. II. p. 412 fig. 281 i–l, 282 b–c (1909)–Matsumura, Ind.
Pl. Jap. II. pt. 2. p. 390 (1912)–Nakai, Veg. Isl. Quelp. p. 66 (1914);
Veg. Wangto p. 11 (1914); in Tokyo Bot. Mag. XXX. p. 74 (1916)–
Mori, Enum. Corean Pl. p. 259 (1922)–Makino & Nemoto, Fl. Jap. p.
504 (1925).

Arborescens alte scandens sæpe caulis 10–15 cm. diametiens. Rami
et ramuli dense cupreo-lepidoti. Folia biennia; petioli 5–7 mm. longi
cupreo-lepidoti supra sulcati; lamina supra primo parce cupreo-lepidota
sed demum glabrescens viridis lucida, infra dense cupreo-lepidota, ellip-
tica vel oblonga, margine integra repanda, basi acuta, apice mucronata
vel cuspidata. Flores auctumnales gemini penduli; pedunculi 2 mm.
longi; calycis tubus 5 mm. longus, limbi 3 mm. longi; styli glabri.
Fructus ellipsoideus 10–15 mm. longus ex Aprilio ad Maium maturans.

Hab. in Quelpært et Archipelago Koreano.

Distr. Hondo, Shikoku, Kiusiu, Liukiu.

Elæagnus glabra var. **oxyphylla** Nakai, comb. nov.

(Tabula nostra III).

Syn. *Elæagnus glabra* ssp. *oxyphylla* Servettaz in Bull. Herb. Boiss.
2 sér. VIII. p. 386 (1908); in Beihefte Bot. Centralb. XXV. 2 Abt.
p. (1909).

Elæagnus glabra var. *lanceolata* Nakai in Tokyo Bot. Mag. XXXII.
p. 223 (1918).

Folia lanceolata. Styli glabri.

Hab. in Quelpært.

Distr. China.

3. **Elæagnus macrophylla** Thunberg.
(Tabula nostra IV)

Elæagnus macrophylla Thunberg in Nova Acta Reg. Soc. Sci. Upsal. IV. p. 32, nom., p. 38 (1783); Fl. Jap. p. 67 (1784)–Vitman, Summa Pl. I. p. 333 (1789)–Willdenow, Sp. Pl. I. p. 690 (1797)–Persoon, Syn. I. p. 148 (1805)–Poiret, Suppl. Encyclop. I. p. 187 (1809)–Richard in Mém. Soc. Nat. Hist. I. p. 405 (1823)–A. Gray, Narratives Capt. Perry's Exped. II. append. p. 318 (1857)–Schlechtendal in Alph. de Candolle, Prodr. XIV. p. 614 (1857); in Linnæa XXX. p. 380 (1859)–A. Gray in Mém. Americ. Acad. Arts & Sci. New ser. VI. p. 404 (1859)–Miquel in Ann. Mus. Bot. Lugd. Bat. III. p. 137 (1867); Prol. p. ?01 (1867)–Maximowicz in Bull. Acad. St. Pétersb. XV. p. 378 (1870); in Mél. Biol. VII. p. 560 (1870)–Franchet & Savatier, Enum. Pl. Jap. I. p. 408 (1875)–Matsumura, Nippon Shokubutsu Meii p. 71, no. 837 (1884); Cat. Pl. Herb. Sci. Coll. Imp. Univ. Tokyo p. 168 (1886)–Kœhne, Deutsch. Dendrol. p. 428 (1892)–Dippel, Handb. Laubholzk. III. p. 210, fig. 112 (1893)–Gilg in Nat. Pflanzenfam. III. Abt. 6. p. 251 (1894)–Matsumura, Shokubutsu Mei-I. p. 111. no. 1200 (1895), excl. syn.–Yabe in Tokyo Bot. Mag. XVIII. p. 28 (1904)–Servettaz in Bull. Herb. Boiss. 2 sér. VIII. p. 385 (1908); in Beihefte Bot. Centralb. XXV. 2 Abt. p. 67 (1909)–Schneider, Illus. Handb. II. p. 415 fig. 281, a–c, fig. 282. g–h (1909)–Nakai in Journ. Coll. Sci. Tokyo XXXII. p. 179 (1911); Veg. Isl. Quelpært. p. 66. no. 925 (1914); Veg. Isl. Wangto p. 11 (1914); in Tokyo Bot. Mag. XXX. p. 75 (1916); Veg. Dagelet Isl. p. 22, no. 244 (1919)–Mori, Enum. Corean Pl. p. 259 (1922)–Makino & Nemoto, Fl. Jap. p. 504 (1925).

Arborescens alte scandens. Caulis sæpe 15 cm. diametiens, cortex dura. Rami allii argenteo-lepidoti, allii fuscescentes. Folia biennia; petioli 5–25 mm. longi argenteo-vel fusco-lepidoti; lamina rotunda vel late ovata vel ovato-rotundata, basi rotundata vel mucronata rarius truncata, apice acuta vel mucronata rarius rotundata, 25–105 mm. longa 17–82 mm. lata, infra argenteo-lepidota, supra primo paree lepidota sed demum glabrescens. Flores auctumnales ex Septembri ad Novembrem patentes, pedunculi 3–4 mm. longi, calycis tubus inflatus subquadrangularis 4 mm. longus, limbus 4 mm. longus, extus argenteus. Antheræ 1.5 mm. longæ. Styli elongati glabri. Fructus magnus 15–17 mm. longus ellipsoideus ex Aprilio maturans.

Hab. in Dagelet, Quelpært, Archipelago Koreano & peninsulæ australe parte.

Distr. Hondo, Shikoku, Kiusiu, Tsusima & Liukiu.

4. **Elæagnus Nikaii** NAKAI.
(Tabula nostra V)

Elæagnus Nikaii Nakai in Tokyo Bot. Mag. XXXII. p. 224 (1918).

Frutex sempervirens. Rami elongati accumbentes vel scandentes. Rami juveniles lepidibus stellulatis cupreis dense vestiti. Petioli 10–18 mm. longi lepidibus fuscis obtecti. Lamina foliorum elliptica vel ovato-elliptica vel fere rotundata, 2.5–12 cm. (vulgo 6–10 cm.) longa, 1.8–5.7 cm. (vulgo 3–5 cm.) lata, supra primo lepidibus fuscescentibus dense vestita demum glabrescentia viridia lucidaque, subtus primo lepidibus fuscescentibus vestita, sed demum albescentia et lepidibus fuscis punctulata. Flores axillares 1–3 penduli; pedicelli 3–4 mm. longi fuscescentes; calycis tubus dilatatus 5–6 mm. longus intus glaber, lobis late ovatis 4 mm. longis intus lepidotis. Styli lepidoti. Fructus ellipsoideus 17 mm. longus ruber lepidotus, pedicello 6–8 mm. longo.

Hab.

Prov. Keinan: in monte Mirokuhō districtus Tōei; ubi rara.

Distr. Hondo occid.

5. **Elæagnus submacrophylla** Servettaz.
(Tabula nostra VI)

Elæagnus submacrophylla Servettaz in Bull. Herb. Boiss. 2 sér. XIII. p. 387 (1908) in clave; in Beihefte Bot. Centralb. XXV. 2 Abt. p. 84 (1909)–Schneider, Illus. Handb. II. p. 413 in nota sub E. pungens

(1909).

Syn. *Elæagnus Hisauchii* Makino fide Hisauchi in litt. ex Nakai in Tokyo Bot. Mag. XXXII. p. 223 (1918)–Makino & Nemoto, Fl. Jap. p. 504 (1925).

Arborescens alte scandens, rami et ramuli fuscescenti-cupreo-lepidoti. Folia biennia; petioli 5–13 mm. longi supra sulcati cupreo-lepidoti potius robusti; lamina rotundata vel late ovata supra lepidis argenteis medio cupreis sparsim lepidota sed glabrescens et nitida, infra argenteo-lepidota sed lepidis cupreis magnis sparsim punctata, basi truncata vel rotundata, apice mucronata vel acuta 20–70 mm. longa 13–43 mm. lata. Flores e basi gemmarum axillarium evoluti umbellatim esse videntur. Pedicelli 4 mm. longi argenteo atque cupreo-lepidoti. Ovaria oblonga vel subfusiformia 3 mm. longa. Tubus calycis fere 5 mm. longus infundibularis, limbis late ovatis 3.5 mm. longis, extus argenteo- atque cupreolepidotus. Antheræ lineari-oblongæ 1.5 mm. longæ. Styli glabri recti. Fructus in plantis Coreanis ignotus sed in Japonicis ellipsoideus.

Hab. in Quelpært.

Distr. Hondo.

6. **Elæagnus maritima** Koidzumi.

(Tabula nostra VII)

Elæagnus maritima Koidzumi in Tokyo Bot. Mag. XXXI. p. 133 (1917) –Nakai in Tokyo Bot. Mag. XXXVI. p. 69 (1922)–Makino & Nemoto, Fl. Jap. p. 504 (1925).

Syn. *Elæagnus pungens* ssp. *eupungens β. rotundifolia* Servettaz in Beihefte Bot. Centralb. XXV. 2 Abt. p. 80 (1909).

Elæagnus liukiuensis Rehder in Journ. Arnold Arboret. I. p. 181 (1920); excl. syn.

Arborescens, caulis alte scandens. Rami et ramuli cupreo-lepidoti. Folia biennia; petioli 5–14 mm. longi cupreo-lepidoti supra sulcati; lamina oblonga vel elliptica basi acuta apice subito attenuata, supra viridis initio cupreo-lepidota sed glabrescens, subtus dense cupreo-lepidota margine integra sed repanda 15–100 mm. longa 8–55 mm. lata. Flores auctumnales ex ramulis axillaribus abbreviatis evoluti, ita subumbellatim videntur; pedicelli 2 mm. longi cupreo-lepidoti; ovaria oblonga cupreo-lepidota 2 mm. longa; tubus perigonii 4 mm. longus, limbi 3 mm. longi triangulares; antheræ oblongæ 1 mm. longæ; styli subrecti glabri. Fructus in speciminibus Koreanis ignotus sed in Japonicis ellipsoideus 10-15 mm. longus.

Hab. in Quelpært et Archipelago Koreano.

Distr. Kiusiu, Liukiu et Hondo.

（五） 朝鮮產胡頹子科植物ノ和名、朝鮮名、 學名ノ對稱表

和　　名	朝　　鮮　　名	學　　名
あきぐみ	ポリスウナム。ムルポナム。ポルレ。ポルラナム。ムクポクナム。ポルノナム	*Elæagnus crispa* Thunberg var. *typica* Nakai
からあきぐみ	ポルレ	*Elæagnus crispa* Thunberg var. *parvifolia* Nakai
ひろはあきぐみ		*Elæagnus crispa* Thunberg var. *coreana* Nakai
つるぐみ	ポルノナム。カシポルックナム	*Elæagnus glabra* Thunberg
ほそばつるぐみ		*Elæagnus glabra* Thunberg var. *oxyphylla* Nakai
おほばぐみ	ポンポルトン。ポンポルトウックナム。ポルックナム。ポルノナム	*Elæagnus macrophylla* Thunberg
おほなはしろぐみ		*Elæagnus Nikaii* Nakai
おほばつるぐみ		*Elæagnus submacrophylla* Servettaz
あかばぐみ		*Elæagnus maritima* Koidzumi

瓜木科

ALANGIACEAE

（一） 主要ナル引用書類

著者名	書名
M. Adanson	1) *Onagræ* in 'Familles des plantes' II p. 81–85 (1763).
H. Baillon	2) *Combretacées série des Alangiers* in 'Histoire des plantes' IV. p. 268–271, fig. 245–252 (1877), p. 283 (1877).
F. T. Bartling	3) *Alangieæ* in 'Ordines naturales plantarum' p. 424 (1830).
G. Bentham & J. D. Hooker	4) *Cornaceæ* in 'Genera Plantarum' p. 947–952 (1867).
A. P. de Candolle	5) *Alangieæ* in 'Prodromus systematis naturalis regni vegetabilis' III. p. 203–204 (1828).
G. Don	6) *Alangieæ* in 'A General History of Dichlamydeous plants' II. p. 806 (1832).
S. Endlicher	7) *Alangieæ* in 'Genera Plantarum p. 1184 (1840).
H. Harms	8) *Cornaceæ* in Engler & Prantl, Die Natürlichen Pflanzenfamilien III Abt. 8. p. 250–270 (1897).
J. St. Hilaire	9) *Alangium* in 'Expositions des Familles des Plantes' II. p. 60 (1805).
A. L. de Jussieu	10) *Alangium* in 'Genera Plantarum' p. 322 (1789).
J. B. de Lamarck	11) *Angolam, Alangium* in 'Encyclopédie Méthodique I. p. 174–175 (1783).
J. Lindley	12) *Alangieæ* in 'An Introduction to the Botany' p. 67–68 (1830).
	13) *Alangiaceæ* in 'A Natural System of Botany' p. 39 (1836).
	14) *Marlea begonifolia* in 'Botanical Register' XXIV. t. 61 (1838).
J. de Loureiro	15) *Stylidium* in 'Flora Cochinchinensis' p. 220–221 (1790).
	16) *Stylidium* in 'Flora Cochinchinensis' ed. 2. p. 272–273 (1793).
W. Roxburgh	17) *Marlea begonifolia* in 'Hortus Bengalensis' p. 28 (1814).
	18) *Marlea & M. begonifolia* in 'Plants of the coast of Coromandel' III. p. 80–81. t. 283 (1819).
	19) *Marlea & M. begonifolia* in 'Flora Indica' ed. 2. p. 261–262 (1832).

| *E. P. Ventenant* | 20) | *Alangium* in 'Tableau du règne végétale' III. p. 319–320 (1799). |

E. P. Ventenant   20) *Alangium* in 'Tableau du règne végétale' III. p. 319–320 (1799).

W. Wangerin   21) *Alangiaceæ* in Engler, Das Pflanzenreich IV. 220 b, (1910).

R. Wight & G. A. W. Arnott

22) *Alangieæ* in 'Prodromus Floræ Peninsulæ Indiæ orientalis' I. p. 325–326 (1831).

（二）　朝鮮產瓜木科植物研究ノ歷史

1888 年 W. B. Hemsley 氏ノ支那植物目錄ニ *Marlea platanifolia* ヲ記セリ。此名ハもみぢうりのきノ學名ナレドモ同氏ノ見シ標本ハ R. Oldham 氏ガ朝鮮群島ニテ採收セルうりのきナリ。

1898 年 J. Palibin 氏ノ朝鮮植物目錄ニモ同樣ニ誤報セリ。

1909 年余ガ日本產みづき科ノ植物論ヲ東京植物學雜誌ニ揭ゲシ時ニハ未ダ朝鮮產ノ標本ヲ確メ得ザリシ故 Hemsley, Palibin 兩氏ノモノニツキテハ疑ヲ存シ置キタリ。同年朝鮮植物誌第一部ガ東京帝國大學紀要ニテ出版サレシモ其中ニハ同樣ノ疑問ヲ存シ置ケリ。

1911 年朝鮮植物誌第二部ノ出デシ時ハ余自身ノ採品ニ基キテうりのきヲ報ゼリ。次デ 1914 年拙著朝鮮植物第一卷中ニモうりのき一種ヲ圖解シ置ケリ。同年出版ノ濟州島植物調查書、1915 年版ノ智異山植物調查書、1918 年版ノ金剛山植物調查書、1919 年版ノ欝陵島植物調查書、1922 年版ノ森爲三氏ノ朝鮮植物名彙等ハ何レモうりのき一種ヲ報ゼリ。然ルニ南鮮ニハ特ニ毛多キ一變種アリ。故ニ朝鮮產ヲ二變種ニ區別スル要アリ。

1. *Marlea macrophylla* Siebold & Zuccarini var. *trilobata* Nakai うりのき。
2. *Marlea macrophylla* var. *velutina* Nakai びろうどうりのき。

（三）　朝鮮產瓜木科植物ノ効用

劣等ノ薪トナル外何ノ用モナシ。

（四） 朝鮮産瓜木科植物ノ分類

瓜　木　科

灌木又ハ喬木、葉ハ互生、一年生又ハ二年生、有柄、單葉、分叉ナキモノト掌狀ニ分叉スルトアリ鋸齒ナシ。岐繖花序ハ腋生、花ハ有柄各部ハ四數乃至十數ヨリ成ル。子房下位、蔓齒ハ四個乃至十個又ハ蔓齒ナシ。花瓣ハ四個乃至十個狹長、花時外反シ白色、淡黃色又ハ淡紅色。雄蕋ハ花瓣ト同數又ハ二倍乃至四倍ノ數アリ。花絲ハ葯ヨリ長キモノト短キモノトアリ無毛又ハ有毛、葯ハ基脚ニテツク、細長ク、無毛又ハ有毛、二室、葯間ハヨク發達ス。花柱ハ一個無毛又ハ有毛、柱頭ハ頭狀又ハ分叉ス。花托ハ輪狀、子房ハ一（又ハ二三）室、卵子ハ各室ニ一個宛アリテ下垂ス。珠孔ハ上向且ツ外向、果實ハ核果卵形又ハ球形又ハ長橢圓形、煉瓦紅色、黃色又ハ黑色、種子ニ胚乳アリ。幼根ハ上向、子葉ハ廣シ。

　亞細亞、馬來地方、阿弗利加ニ亙リ二屬二十四種アリ。其中一屬一種ハ朝鮮ニ産ス。

Alangiaceæ Lindley, Nat. Syst. Bot. p. 39 (1836)–Agardh, Theor. 308 (1858)–Wangerin in Pflanzenr. IV. 220 b. (1910).

Syn. *Onagræ* Adanson, Fam. II. p. 81 (1763), pro parte.

　Myrti Jussieu, Gen. Pl. p. 322 (1789), pro parte.

　Myrtoideæ Ventenat, Tab. Règ. Vég. III. p. 317 (1799), pro parte.

　Myrteæ J. St. Hilaire, Expos. Fam. Nat. II. p. 159 (1805), pro parte.

　Alangieæ A. P. de Candolle, Prodr. III. p. 303 (1828)–Bartling, Ord. Nat. Pl. p. 424 (1830)–Lindley, Introd. Bot. p. 67 (1830)–Wight & Arnott, Prodr. I. p. 325 (1831)–G. Don, Gen. Hist. II. p. 806 (1832)–Endlicher, Gen. Pl. p. 1184 (1836)–Spach, Hist. Nat. Veg. XIII. p. 259 (1846).

　Onagraceæ Trib. II. *Circeæ* Subdiv. III. *Alangieæ* Reichenbach, Handb. Nat. Pflanzensyst. p. 248 (1837).

　Hamamelineæ-Alangieæ Brongniart, Enum. Gen. Pl. Cult. **Mus. Hist.** Nat. Paris 1843. p. XXIX & 110 (1843).

　Cornaceæ Bentham & Hooker, Gen. Pl. I. p. 947 (1867).

　Combretacées-Alangieæ Baillon, Hist. Pl. IV. 283 (1877).

　Cornaceæ trib. *Alangioideæ* Harms in Nat. Pflanzenfam. III. **Abt.**

8. p. 260 (1897).

Frutex vel arborescens. Folia alterna annua vel biennia petiolata simplicia indivisa vel palmatifida integra. Cymus axillaris. Flores pedicellati 4–10 meri. Ovarium inferum. Calycis dentes 4–10 vel calyx edentatus. Petala 4–10 angusta sub anthesin sæpe reflexa, alba, ochroleuca vel rubicunda. Stamina petalis isomera vel 2-4 plo plura, filamenta antheras superantia vel eis breviora glabra vel hirsuta, antheræ basifixæ subulatæ glabræ vel hirsutæ biloculares, connectivum bene evolutum. Styli 1 glabri vel pilosi. Stigma lobatum vel subcapitatum. Discus annulare. Ovarium 1–2 (3) loculare. Ovula in loculis solitaria ab apice pendula, micropyle supera et extera, integmentis 2. Fructus drupaceus ovoideus vel globosus vel oblongo-ellipsoideus, maturitate lateritius vel flavidus vel niger. Endocarpium crustaceum vel lignosum. Semen albuminosum. Cotyledones foliacei. Radicula supera.

Genera 2, species 24 in Asia, Malesia et Africa incola, quorum genus 1 species 1 in Korea sponte nascit.

う り の き 屬

灌木又ハ小喬木、葉ハ一年生又ハ二年生、花ハ兩性、蕚片ト花瓣トハ四個乃至八個、雄蕋ハ花瓣ト同數、花絲ハ離生又ハ基部ノミ癒合ス。花絲ハ細長シ。子房ハ二室稀ニ三室、各室ニ一個ノ卵子ヲ藏ス。果實ハ核果。

亞細亞、馬來ニ亘リ二十餘種アリ。其中二種ハ朝鮮ニ産ス。

本屬ヲ *Alangium* 屬ト混ズル學者多ケレドモ左ノ區別アリ。

雄蕋ハ花瓣ノ二倍乃至四倍ノ數アリ。花絲ハ細長ク葯ノ數倍ノ長サアリ。花托ヨリ離レ基ニ凹腺ナシ。花托ハ低シ。子房ハ一室。……………………………………………………………… *Alangium* 屬

雄蕋ハ花瓣ト同數、花絲ハ葯ヨリ短クヨク發達セル花托ニ包マレ、且基部ニ凹腺アリ。子房ハ二乃至三室……………………う り の き 屬

う り の き （第八圖）

灌木又ハ小喬木、枝ハ丸ク始メヨリ毛ナキカ又ハ褐色ノ毛アリ。葉ハ一年生、葉柄ハ丸ク長サ二乃至十セメ多少毛アリ。葉身ハ幅廣ク概形ハ丸キカ又ハ五角形、先端三乃至五又シ表面ハ綠色微毛散生シ裏面ハ少ク

モ葉脈上ニハ毛アリ。長サ五乃至二十四セメ幅四乃至二十八セメ、岐繖花序ハ花少ク腋生又ハ腋上生、微毛アルモノト無毛ノモノトアリ。花ハ小花梗ト關節ス。蕚筒ハ無毛不顯著乍ラ八稜アリ。蕚緣ハ截形又ハ波狀緣ニ微毛アリ。花瓣ハ八個鑷合狀ニ排列シ細長ク先端ニ次第ニ太マリ長サ二十五乃至二十八ミリ緣ニ微毛アリ花時外反ス。帶黃色。雄蕋ハ八個花瓣ト互生シ葯ハ無毛長サ十四乃至十五ミリ、花絲ハ絹毛アリ長サ十乃至十一ミリ、花托ハ輪狀、花柱ハ花瓣ト同長細ク且ツ毛ナシ。柱頭ハ扁キ頭狀、核果ハホボ丸ク成熟スレバ碧黑色長サ八ミリ許。

半島ノ各地、濟州島、群島、鬱陵島ニ產シ、滿洲日本ニ分布ス。

一種、若枝、葉柄、葉裏ニ褐絨毛ノ生ズルアリ。之ヲ**びろうどうりのき**ト云フ。通例灌木性ナリ。忠南、全北、全南、慶南ノ各地ニ分布シ朝鮮ノ特產ナリ。

うりのきガ支那ニモアル事ヲ Harms, Hemsley, Wangerin, Rehder 等ノ諸氏ハ記セドモ支那產ノモノハ葉ハ全然無毛。花ハ帶紅色、核果ハ橢圓形ナリ。余ハ之ヲうりのきト區別シテ**たううりのき** Marlea sinica Nakai ト呼ブ。

もみぢうりのき

一名、ほそばうりのき （第九圖）

灌木、枝ハうりのきニ比シテ細キヲ常トス。若枝ニハ短キ微毛アリ。葉柄ハ長サ十七乃至六十七ミリ微毛アリ。葉身ハ殆ンド半迄五（稀ニ三）叉ス。裂片ハ全緣、卵形又ハ橢圓形ニシテ先ハ短キ尾狀ニ突出ス。葉ノ表面ハ綠色ナレドモ裏面ハ白綠色ニシテ微毛アリ。特ニ主脈ノ分岐點ニハ密毛アリ。葉ノ長サハ六セメ乃至十二セメ幅ハ五セメ半乃至十二セメ、花梗ハ腋生ニシテ二乃至三個ノ花ヲ附ケ殆ンド無毛ナリ。花ハ垂レ小花梗ト關節ス。蕚筒ハ倒卵形、蕚緣ハ短ク截形、花瓣ハ五個淡黃色又ハ黃白色細長ク長サ約二十二ミリ無毛、背面ニ三個アリテ花時先端外ニ反ル、腹面ノ二個ハ花時半迄外ニ卷ク。雄蕋ハ花瓣ヨリモ短シ。花柱ハ無毛、花瓣トホボ同長、柱頭ハ低キ半球形、果實ハ長圓形、成熟スレバ帶煉瓦色黑色トナル。

巨濟島一運面玉女峯ノ樹林中ニテ見出セリ。朝鮮ニハ寧ロ稀品ニ屬ス。

（分布）北九州、周防、伊豫。

Marlea Roxburgh, Hort. Bengal. p. 28 (1814), nom. nud.; Pl. Coro-
mandel III. p. 80 t. 283 (1819); Fl. Ind. ed. 2. II. p. 261 (1832)–Lindley
in Bot. Regist. XXIV. p. 61 (1838)–Endlicher, Gen. Pl. p. 1184 (1840)–
Bentham & Hooker, Gen. Pl. I. p. 949 (1867).

Syn. *Stylidium* (non Swartz) Loureiro, Fl. Coch. p. 220 (1790); ed.
2. p. 272 (1793).

Alangium Sect. *Marlea* Baillon, Hist. Pl. IV. p. 270 (1877)–Harms
in Nat. Pflanzenfam. III. Abt. 8. p. 261 (1897).

Karangolum O. Kuntze, Rev. I. p. 272 (1891), pro parte.

Alangium (non Lamarck) Wangerin in Pflanzenr. IV. 220 b. (1910),
partim.

Frutex vel arborescens. Folia annua vel biennia. Flores hermaph-
roditi. Sepala et petala 4–8. Stamina petalis isomera. Filamenta libera
vel basi coalita, angusta sed antheris breviora. Ovarium 2–3 loculare.
Ovula in loculis 1. Fructus drupaceus.

Circ. 20 species in Asia et Malesia incola, quarum 2 in Korea spon-
tanea.

Genus Alangio affine sed exquo sequenti modo distinctum.

Stamina petalis 2–4 plo plura; filamenta filiformia antheris multoties
longiora e disco humile libera basi non foveolata. Ovarium 1-
loculare. ......*Alangivm* (Lamarck, Encyclop. I. p. 174, 1783).
Stamina petalis isomera; antheræ sæpe par paria connatæ; filamenta
dilatata antheris breviora basi disco bene evoluto amplectentia foveo-
lata. Ovaria 2–3 locularia..............................*Marlea.*

Marlea macrophylla Siebold & Zuccarini var. trilobata Nakai.
(Tab. nostra VIII)

Marlea macrophylla Siebold & Zuccarini var. trilobata (Miquel) Nakai,
comb. nov.

Syn. *Marlea macrophylla* Siebold & Zuccarini in Abh. Muench. Akad.
IV. Abt. 2. p. 135 no. 96 (1843).

Marlea platanifolia var. *trilobata* Miquel in Ann. Mus. Bot. Lugd.
Bat. II. p. 159 (1865); Prol. Fl. Jap. p. 91 (1866).

Marlea platanifolia (non Siebold & Zuccarini) Franchet & Savatier,

Enum. Pl. Jap. I. p. 195 (1875), pro parte–Matsumura, Nippon Shoku-butsumeii p. 119 no. 1397 (1884); Shokubutsu Mei-I. p. 182. no. 1972 (1895)–Palibin in Acta Hort. Petrop. XVIII. p. 101 (1898).

Marlea begoniæfolia (non Roxburgh) Matsumura, Cat. Pl. Herb. Coll. Sci. Imp. Univ. p. 86 (1886).

Kalangolum platanifolium O. Kuntze, Rev. I. p. 273 (1891), pro parte.

Alangium platanifolium Harms in Nat. Pflanzenfam. III. Abt. 8. p. 261 (1897); pro parte–Nakai in Journ. Coll. Sci. Tokyo XXVI. art. 1. p. 279 (1909).

Marlea platanifolia var. *macrophylla* Makino in Tokyo Bot. Mag. XX. p. 86 (1905)–Nakai in Tokyo Bot. Mag. XXIII. p. 45 (1909); in Journ. Coll. Sci. Tokyo XXXI. p. 494 (1911); Chosen Shokubutsu I. p. 376 fig. 477 (1914); Veg. Isl. Quelp. p. 67. no. 934 (1914); Veg. Mt. Chirisan p. 40. no. 335 (1915); Veg. Diamond Mts. p. 180 (1918); Veg. Dagelet Isl. p. 23 no. 245 (1919)–Mori, Enum. Corean Pl. p. 261 (1922)–Nakai in Reports Nat. Monument, Bot. VII. p. 75 (1927).

Alangium platanifolium var. *macrophyllum* Wangerin in Engler, Pflanzenr. IV. 220 b. p. 22 fig. 6. A–E. (1910)–Matsumura, Ind. Pl. Jap. II. pt. 2. p. 399 (1912)–Makino & Nemoto, Fl. Jap. p. 496 (1925).

Frutex vel arborescens, ramuli teretes ab initio glabri vel fuscescenti-pilosi. Folia annua, petioli. teretes 2–10 cm. longi plus minus pilosi; lamina dilatata ambitu rotundata vel quinquangularis 3–5 fida 5–24 cm. longa 4–28 cm. lata, supra viridis parce pilosella infra saltem supra venas primarias pilosa. Cymus oliganthus axillaris vel supra axillaris pilosus vel fere glaber. Flores cum pedicellis articulati; calycis tubus glaber obscure 8–costatus, limbus truncatus vel undulatus margine pilosus; petala ochroleuca 8, valvata, angusta, ad apicem sensim dilatata, 25–28 mm. longa, margine pilosella sub anthesin reflexa. Stamina 8 petalis alterna; antheræ glabræ 14–15 mm. longæ; filamenta sericea 10–11 mm. longa. Discus annularis integer vel 8–sulcatus. Styli petalis æquilongi ad basin angustati glabri. Stigmata depresso-capitatum. Drupa sub-rotundata maturitate azureo-niger 8 mm. longa.

Hab. in Korea tota nec non Quelpært et Dagelet.

Distr. Manshuria anstr. et Japonia.

Marlea macrophylla Siebold & Zuccarini var. **velutina** Nakai, var. nov.

Frutex. Ramuli, petioli et folia subtus dense fusco-velutina.

Hab. in australibus partibus peninsulæ Koreanæ.

Marlea platanifolia Siebold & Zuccarini var. **typica** Makino.
(Tabula nostra IX)

Marlea platanifolia Siebold & Zuccarini var. typica Makino in Tokyo Bot. Mag. XX. p. 86 (1905).

Syn. *Marlea platanifolia* Siebold & Zuccarini in Abh. Muench. Akad. IV. Abt. 2. p. 134 no. 95 (1843)–Miquel in Ann. Mus. Bot. Lugd. Bat. II. p. 159 (1865), excl. var.; Prol. p. 91 (1866), excl. var.–Franchet & Savatier, Enum. Pl. Jap. I. p. 195 (1875), partim.–Nakai in Reports Nat. Monum. Bot. VII. p. 75 (1927).

Kalangolum platanifolium O. Kuntze, Rev. Gen. Pl. I. p. 273 (1891), partim.

Alangium platanifolium Harms in Engler & Prantl, Nat. Pflanzen- fam. III. Abt. 8. p. 261 (1867), partim.

Alangium platanifolium var. *β. genuinum* Wangerin in Engler, Pflanzenr. 41 Heft. p. 22 fig. 6. F. G. (1910)–Matsumura, Ind. Pl. Jap. II. pt. 2. p. 399 (1912)–Makino & Nemoto, Fl. Jap. p. 495 (1925).

Frutex. Rami potius graciles. Ramuli adpresse pilosuli teretes. Petioli teretes 17–67 mm. longi adpresse pilosuli. Lamina foliorum ad medium 5 (3) fida, lobi integerrimi ovati vel oblongi subcaudato-attenuati, supra viridia sparsissime pilosella, infra pallida pilosa præcipue in axillis venarum primariarum dense flosculosa 6–12 cm. longa 5.5–12 cm. lata. Pedunculi axillares 2–3 flores subglabri. Flores nutantes cum pedicello articulati. Calycis tubus obovoideus, limbus brevissimus truncatus. Petala 5 flavidula vel ochroleuca circ. 22 mm. longa subulata glabra, 3 dorsalia apice reflexa, 2 ventralia ad medium revoluta. Stamina petalis breviora. Styli glabri petalis fere æquilongi. Stigma depresso-hemi- sphæricum. Fructus oblongo-rotundatus maturitate lateritio-niger.

Hab. in monte Gyokujyohō insulæ Kyosaitō, prov. Keinan.

Distr. Kiusiu, Shikoku & Hondo occid.

Marlea platanifolia grows only in the northern part of Kiusiu, western end of Hondo, and western part of Shikoku. It is a shrub not taller than eight feet, branches are slender, leaves always cleft like *Acer Mono*. When these two species *Marlea platanifolia* and *Marlea macrophylla* grow in the same spot, the latter becomes small tree and has always broader leaves and more stout branches. In herbarium, they are often confounded. However, Siebold made the distinction of these two plants after he recognised their difference in their native place. The Chinese plant is distinct from the Japanese, for it has glabrous leaves, pinkish flowers, and oblong pyrenæ. I shall call it as

Marlea sinica Nakai, sp. nov.

Syn. *Marlea platanifolia* (non Siebold & Zuccarini) Forbes & Hemsley in Journ. Linn. Soc. XXIII. p. 344 (1888).

Alangium platanifolium Harms in Nat. Pflanzenfam. III. Abt. 8. p. 261 (1897), pro parte; in Bot. Jahrb. XXIX. p. 505 (1900)–Rehder in Sargent, Pl. Wils. II. p. 554 (1916).

Alangium platanifolium var. *genuinum* Wangerin in Engler, Pflanzenr. IV. 220 b. p. 22 (1910), pro parte.

Hab. in China: Hupeh, Kiangsi, Szechuan.

（五）　朝鮮產瓜木科植物ノ和名、朝鮮名、學名ノ對稱表

和　　　名	朝　鮮　名	學　　　　　名
うりのき		*Marlea macrophylla* Siebold & Zuccarini var. *trilobata* Nakai.
びろうどうりのき		〃　　　　〃　Siebold & Zuccarini var. *velutina* Nakai.
もみぢうりのき		*Marlea platanifolia* Siebold & Zuccarini var. *typica* Makino.

瑞 香 科

DAPHNACEAE

〔一〕 主要ナル引用書類

著 者 名	書 名
J. Amman	1) *Chamæjasme radice Mandragoræ* etc. in Stirpium rariorum in imperio rutheno sponte provenientium Icones et Descriptiones p. 16-18 t. II. (1739).
M. Adanson	2) *Thymelæœ* in Familles des plantes II. p. 278-285 (1763).
H. Baillon	3) *Thymelæacées* in Histoire des plantes VI. p. 100-136 (1877).
F. T. Bartling	4) *Thymelæœ* in Ordines naturales plantarum p. 114-115 (1830).
R. Brown	5) *Thymelæœ* in Prodromus Floræ Novæ Hollandiæ p. 358-363 (1810).
G. Bentham & J. D. Hooker	6) *Thymelæaceœ* in Genera Plantarum III. p. 186-201 (1880).
H. Boerhaave	7) *Thymelæa* in Index alter plantarum II. p. 213 (1720).
O. Brunfels	8) *Thymelæa* in Herbarium, Tomus III. p. 147 (1537).
R. Desfontaines	9) *Daphne* in Flora Atlantica I. p. 329 (1798); *Stellera* in p. 330; *Passerina* in p. 330-332.
P. Dioscorides	10) *Thymelæa* in De Medica Materia (interprete Virgilio) liber IV. Caput CXLXIII. fol. 281-282 (1518).
R. Dodonaeus	11) *Thymelæa* in Nievve Herball p. 369 cum fig. (1578).
M. Durande	12) Les Thymelées in Notions élémentaires botanique p. 259 (1781).
A. W. Eichler	13) *Thymelæaceœ* in Blütendiagramme II. p. 491-493 (1878).
S. Endlicher	14) *Thymeleœ* in Prodromus Floræ Norfolkicæ p. 46-48 (1833).
	15) *Daphnoideœ* in Genera Plantarum p. 329-332 (1836).
	16) *Wikstroemia australis* in Iconographia generum plantarum t. 22 (1838).
	17) *Daphnoideœ* in Enchiridion botanicum p. 208-209 (1841).
R. Fortune	18) Note upon *Daphne Fortunei*, a new species intro-

duced from China, in Journal of Horticultural Society of London II. p. 34-35, t. I. (1847).

J. *Gœrtner*   19)   *Thymelœa* in De Fructibus & Seminibus Plantarum I. p. 188 t. 39. fig. 4 (1788).

J. *Gerarde*   20)   *Thymelœa* in The Herball p. 1217-1218 cum fig. (1597).

E. *Gilg*   21)   *Thymelœaceœ* in Engler & Prantl, Die Natürlichen Pflanzenfamilien III. 6 a, p. 216-245 (1894).

P. D. *Giseke*   22)   *Vespreculœ* in Prælectiones ordinis Plantarum p. 414 (1792).

A. *Gray*   23)   New or little-known Polynesian *Thymeleœ* in Journal of Botany III. p. 302-306 (1865).

W. B. *Hemsley*   24)   *Thymelœaceœ* in Journal of the Linnaean Society XXVI. p. 395-396 (1891), p. 397-402 (1894).

J. St. *Hilaire*   25)   *Daphnaceœ* in Exposition des familles naturelles I. p. 180-184, t. 30 (1805).

J. D. *Hooker*   26)   *Thymelœaceœ* in Flora of British India V. p. 192-201 (1886).

A. L. *de Jussieu*   27)   *Thymelœœ* in Genera Plantarum p. 76-78 (1789).

K. v. *Keissler*   28)   Die Arten der Gattung *Daphne* aus der Section *Daphnanthes* in Engler, Botanische Jahrbücher XXV. p. 29-125, Tafel I.-IV. (1898).

A. *Keller*   29)   Genre *Daphne* in Atti de Reale Istituto Veneto di Scienze, lettre ad Arti, Tomus LVIIII. pt. 2, p. 552-578 (1899).

V. *Komarov*   30)   *Thymelœaceœ* in Acta Horti Petropolitani XXV. fasc. 1. p. 79-82 (1905).

O. *Kuntze*   31)   *Thymelœaceœ* in Revisio Generum Plantarum II. p. 582-585 (1891).

J. B. *de Lamarck & A. P. de Candolle*

   32)   *Thymeleœ* in Synopsis Plantarum in Floram Galliam Descriptarum p. 190-191 (1806).

J. *Lindley*   33)   *Thymelœœ* in An Introdution to the Botany p. 75-76 (1830); *Aquilarineœ* in p. 77.

   34)   *Thymelaceœ* in A Natural System of Botany p. 194-195 (1836); *Aquilariaceœ* in p. 196-197.

   35)   *Daphne Fortunei* et *Edgeworthia chrysantha* in the Journal of Horticultural Society of London I. p. 147-149 (New plants, etc., from the society's garden) (1846).

H. F. Link	36)	*Thymelinæ* in Enumeratio Plantarum Horti Botanici Berolinensis I. p. 356-358 (1821).
	37)	*Thymelaeæ* in Handbuch der Botanik I. p. 375-382 (1829).
C. a Linnæus	38)	*Daphne* in Genera Plantarum ed. 1. p. 110 (1737).
	39)	*Stellera* in Amœnitates Academicæ p. 399-400 (Nova Genera Plantarum) (1749).
	40)	*Daphne* in Species Plantarum p. 356 (1753).
	41)	*Daphne* in Genera Plantarum ed. 5. p. 167 (1754).
	42)	*Capura* in Mantissa Plantarum II. p. 149 & 225 (1771).
A. Matthiolus	42)	*Chamelæa* & Thymelæa in Medici Senenses Commentarii p. 546-547 cum fig. (1554).
C. J. Maximowicz	44)	*Thymelæaceæ* in Mémoires présents a l'Académie impériale des Sciences de St. Pétersbourg par divers savants Tome IX. p. 237-238 (1859).
	45)	*Wikstrœmia* in Bulletin de l'Académie Impériale des sciences de Saint-Pétersbourg XXXI. p. 97-101 (1886).
	46)	*Wikstroemia* in Mélanges Biologiques, Tome XII. p. 537-542 (1886).
C. F. Meissner	47)	Ueber die ostindischen *Thymelaeen* in Denkschriften der königlichen baierischen botanischen gesellschaft zu Regensburg III. p. 270-274 (1841).
	48)	*Thymelæaceæ* in Alph. de Candolle, Prodromus systematis naturalis regni vegetabilis XIV. pt. 2. p. 493-605 (1857).
C. A. Meyer	49)	Remarques sur les genres de *Daphnacées* sans écailles périgynes, et exposition des caractères de ces genres in Annales des sciences naturelles 2 sér. XX. p. 45-53 (1843).
F A. G. Miquel	50)	*Thymeleæ* in Annales Musei Botanici Lugduno-Batavi III. p. 133-135 (1867).
C. Moench	51)	*Thymeleæ* in Methodus plantas horti Botanici et agri Marburgensis I. p. 635 (1794).
E. P. Persoon	52)	*Thymelœæ* in Synopsis Plantarum I. p. 434-438 (1805).
J. Ray	53)	*Thymelæa* in Historia Plantarum II. p. 1588-1590 (1688).
A. Richard	54)	*Thymeleæ* in Demonstrations Botanique p. X.

(1808),

E. Spach	55)	*Thymeleæ* in Histoire naturelle des végétaux X. p. 434-452 (1841).
C. P. Thunberg	56)	*Magnolia tomentosa* in Transaction of the Linnæan Society II. p. 336 (1794); *Queria trichotoma* in p. 329.
	57)	*Rubia spicis ternis* in Flora Japonica p. 357 (1784).
Tragus	58)	De *Chamelaea* in Stirpium Historia Commentariorum (interprete D. Kybero). III. p. 959-960 fig. (1852).
E. P. Ventenat	59)	*Daphnoideæ* in Tableau du règne végétale II. p. 235-241 (1799).
J. E. Wikstroem	60)	Dissertatio botanica de *Daphne* ed. 2. p. 1-40 (1820).

（二） 朝鮮産瑞香科植物研究ノ歷史

1905 年始メテ V. Komarov 氏ハ北朝鮮ニ *Daphne kamtschatica* ノアルコトヲ Acta Horti Petropolitani 第二十五卷第七十九頁ニ記セリ、又草本トシテハ *Diarthron linifolium, Stellera Chamæjasme* ノアルヲ報ゼリ。

1911 年余ノ朝鮮植物誌ニモ之ヲ載セタリ。

1914 年余ノ濟州島植物調査書ニハ *Daphne kiusiana* Miquel ヲ記ス。

1920 年余ハ東京植物學雜誌ニ朝鮮中部ニ特産スル一新種 *Stellera rosea* Nakai ヲ記述セリ。

1922 年余ハ東京植物學雜誌ニ朝鮮産ノ *Daphne Genkwa* Siebold & Zuccarini ト *Wikstroemia trichotoma* Makino トヲ記ス。

（三） 朝鮮産瑞香科植物ノ効用

きがんび、こせうのきノ皮ハ製紙ノ原料トナレドモ朝鮮ニ於ケル産額至ツテ少キ故利用スルニ足ラズ。

てうじざくらハ古來山東半島ヨリ日本ニ移シ又支那ヨリ歐洲ニ移シテ其花ヲ賞ス、朝鮮ニハ平南、黄海、忠南、全南、ニ亘ル黄海沿岸地方ニ多ク生ジ園藝植物トシテ採ルニ足ル。

いもかんびノ根ハ漢藥ニ用キラル。

嘗テ曾根統監ノ注意ニ依リ濟州島ニみつまたヲ試植セシモ失敗ニ終レリ。

(四)　朝鮮產瑞香料植物ノ分類

瑞　香　科

草本、灌木又ハ小喬木、葉ハ對生、互生又ハ輪生、一年生又ハ二年生、全緣、有柄又ハ無柄、羽狀脈ヲ有ス。花序ハ頂生又ハ腋生、無柄又ハ有柄、花ハ穗狀、總狀、頭狀。複總狀又ハ獨生、無柄又ハ有柄、兩全又ハ多性、整正、苞ハ永存性又ハ脫落性、無瓣ナレドモ徃々花瓣樣ノ鱗片ヲ蕚筒ノ口ヨリ生ズ、花被ハ筒狀又ハ壺狀、裂片ハ四個乃至五個相重ナル。雄蕋ハ花被ノ裂片ト同數又ハ二倍、無柄、葯ハ二室、花托ハ輪狀、子房ハ無柄又ハ短キ柄アリ、一乃至二室、花柱ハ或ハ短ク或ハ細長シ、卵子ハ各室ニ一個、下垂ス、果實ハ漿果又ハ核果、種皮ハ固キモノト薄キモノトアリ、胚乳ハ或ハ多ク或ハ全クナシ、胚ハ直、幼根ハ上向、子葉ハ多肉。

熱帶又ハ溫帶ニ亙リテ三十四屬四百五十餘種アリ、其中四屬七種ハ朝鮮ニ自生ス、屬ノ區別法左ノ如シ。

1 ｛一年生又ハ多年生ノ草本。‥‥‥‥‥‥‥‥‥‥‥‥‥‥ 2
　　灌木。‥‥‥‥‥‥‥‥‥‥‥‥‥‥‥‥‥‥‥‥‥‥ 3

2 ｛半寄生ノ一年生草本、莖ハ纖弱、花ハ穗狀。‥‥‥‥こごめあま屬
　　多年生ノ草本、根ハ徃々塊狀トナル、花ハ頭狀。‥‥いもがんぴ屬

3 ｛花ハ總狀花序又ハ複總狀花序又ハ穗狀花序又ハ頭狀花序ヲナス、
　　　花托ハ全クナシ、果實ハ乾果。‥‥‥‥‥‥‥‥‥がんぴ屬
　　花ハ頭狀花序ヲナス、花托ハ輪狀、果實ハ漿果樣核果。‥‥‥‥
　　　‥‥‥‥‥‥‥‥‥‥‥‥‥‥‥‥‥‥‥ぢんちやうげ屬

次ノ三種ハ草本故本書ヨリ除ク。

こごめあま（北鮮產）、いもがんぴ（北鮮產）、べにばないもがんぴ（中鮮產）。

Daphnaceæ J. St. Hilaire, Expos. I. p. 180 (1805)–C. A. Meyer in Ann. Sci. Nat. 2 sér. XX. p. 45 (1843).

Syn. *Vespreculœ* Linnæus, Phil. Bot. p. 33 (1751), pro parte–Giseke, Prælect. p. 414 (1792), pro parte.

Thymelœæ Adanson, Fam. II. p. 278 (1763), pro parte–Jussieu,

Gen. Pl. p. 76 (1789)–Lamarck & de Candolle, Syn. p. 190 (1806)–R. Brown, Prodr. p. 358 (1810)–Dumortier, Comm. Bot. p. 54 (1822)–Link, Handb. I. p. 375 (1829)–Bartling, Ord. Nat. Pl. p. 114 (1830)–Lindley, Introd. p. 75 (1830)–Agardh, Theor. p. 176 (1858).

Thymeleæ Durande, Not. Élem. Bot. p. 259 (1781)–Persoon, Syn. Pl. I. p. 435 (1805)–Richard, Demonst. Bot. p. X., (1808)–Mirbel, Elém. p. 873 (1815)–Endlicher, Prodr. Fl. Norf. p. 46 (1833)–Spach, Hist. X. p. 434 (1841).

Daphnoideæ Ventenat, Tab. II. p. 235 (1799)–Endlicher, Gen. Pl. p. 329 (1806); Ench. Bot. p. 208 (1841).

Aquilarineæ R. Brown, Cong. p. 25 (1818)–A. P. de Candolle, Prodr. II. p. 59 (1825)–Lindley, Introd. p. 77 (1830).

Thymelinæ Link, Enum. Pl. Hort. Bot. Berol. I. p. 356 (1821).

Thymelæaceæ Reichenbach, Consp. Reg. Veg. p. 82 (1828)–Meissner in Alp. de Candolle, Prodr. XIV. pt. 2. (1857)–J. D. Hooker, Fl. Brit. Ind. V. p. 192 (1886)–Eichler, Blutendiagr. II. p. 491 (1878)–Bentham & Hooker, Gen. Pl. III. p. 186 (1880)–Gilg in Nat. Pflanzenfam. III. 6 a p. 216 (1894)–Schneider, Illus. Handb. II. p. 393 (1909).

Thymelæeæ Lindley, Nat. Syst. Bot. p. 194 (1836)–Loudon, Arb. & Frutic. Brit. III. p. 1306 (1836).

Aquilariaceæ Lindley, l.c. p. 196 (1836).

Herbæ, frutices vel arbores. Folia opposita, alterna vel verticillata annua vel biennia integra petiolata vel sessilia exstipullata penninervia. Inflorescentia terminalis vel axillaris sessilis vel pedunculata. Flores spicati vel racemosi vel paniculati vel capitati vel solitarii sessiles vel pedicellati, hermaphroditi vel polygamo-dioici regulares. Bracteæ persistentes vel deciduæ. Apetala sed squamis petaloideis saepe in fauce perigonii evolutis. Perigonium tubulosum vel urceolatum, lobis 4–5 imbricatis. Stamina lobis perigonii isomera vel dupla vulgo sessilia tubo perigonii affixa; antheræ biloculares. Discus hypogynus annularis. Ovarium sessile vel breve stipitatum 1–2 loculare. Styli breves vel filiformes. Ovula in loculis 1, anatropa pendula, raphe ventrali. Fructus baccatus vel drupaceus. Testa seminum crustacea vel membranacea. Albumen carnosum vel O. Embryo rectus, radicula supera, cotyledones carnosæ.

Genera 34, species ultra 450 in regionibus tropicis et temperatis expansæ, quarum genera 4 species 7 in Korea spontanea.

1 { Herba annua vel perennia. ....2.
{ Frutex. ....3.

2 { Herba annua semiparasitica gracilis. Flores spicati........
  { ....*Diarthron.*
  { Herba perennis, radix saepe incrassata polyceps. Flores capitati.
  { ....*Stellera.*

3 { Flores racemosi, paniculati, spicati vel capitati. Discus nullus.
  { Achenia plus minus inflata. ....*Diplomorpha.*
  { Flores capitati. Discus annularis. Fructus drupaceus vel
  { baccatus. ....*Daphne.*

Species herbaceæ.

Diarthron linifolium Turczaninow in Bull. Soc. Imp. Nat. Mosc. (1832). p. 204.

Hab. in Korea sept.

Stellera Chamæjasme Linnæus, Sp. Pl. ed. 1. p. 554 (1753).

Hab. in Korea sept.

Stellera rosea Nakai in Tokyo Bot. Mag. XXXIV. p. 147 (1920).

Hab. in Korea merid.

第 一 屬　が　ん　ぴ　屬

半灌木、灌木又ハ小喬木、葉ハ對生稀ニ互生無毛又ハ有毛、花序ハ頂生又ハ頂ニ近キ腋生、頭狀、穗狀、總狀又ハ圓錐花叢、花ハ雌雄同株無瓣、花被ハ漏斗狀又ハ圓筒狀永存性、裂片ハ四個乃至五個、雄蕊ハ八個又ハ十個二列花被ノ筒部ニ附キ殆ンド花糸ナシ、葯ハ橢圓形、二室、花托ハナシ、子房ハ無柄又ハ短柄アリ、無毛又ハ有毛、一室ニテ一卵子アリ、花柱ハ短ク、柱頭ハ頭狀、果實ハ乾果ニシテ裂開セズ。種皮ハ厚シ、胚乳少シ、子葉ハ多肉。

亞細亞ノ東部、南部ニ約二十種アリ。其中一種ハ朝鮮群島ニ產ス。

1. き が ん び （第 十 圖）

高サ一米突内外ノ小灌木、幹ノ中部ヨリ分岐シ毛ナク、枝ノ皮ハ帶紅色、葉ハ對生、短カキ葉柄ヲ具ヘ、卵形又ハ廣卵形又ハ帶卵長橢圓形、表面ハ綠色、裏面ハ淡綠色、全緣、基脚ハ丸キカ又ハ尖リ稀ニ截形、先ハ尖ル長サ十五乃至六十ミリ幅ハ八乃至三十七ミリ。花序ハ若枝ノ先端ニ總狀花序ヲナシ纖弱ナリ、花被ハ黄色長サ七乃至八ミリ、筒部ノ徑ハ 1.2 乃至 1.3 ミリ、裂片ハ四個長サ一ミリ、雄蕋ハ八個二列、葯ハ黄色一ミリ以内、子房ハ有柄倒卵形、柱頭ハ無柄頭狀、果實ハ帶卵長橢圓形ニシテ兩端尖リ長サ五乃至六ミリ幅二ミリ半乃至三ミリ。

珍島ノ最高峯尖察山並ニ南海島花房寺ノ山ニ生ズ。

（分布）、對馬、九州、本島ノ西部。

Gn. I. **Diplomorpha** Meissner in Denkschr. Bot. Gesells. Regensb. III. p. 289 (1841), in nota sub *Wikstrœmia canescens*-C. A. Meyer in Bull. Acad. St. Pétersb. IV. no. 4. (1843).-Endlicher, Gen. Pl. suppl. IV. pt. 2. p. 66 (1847).

Syn. *Wikstrœmia* Sect. *Diplomorpha* Meissner in Alp. de Candolle, Prodr. XIV. p. 546 (1857)-Bentham & Hooker, Gen. Pl. III. p. 193 (1880)-Gilg in Nat. Pflanzenfam. III. 6 a p. 235 (1894).

Wikstrœmia (non Sprengel, nec Schrader, nec Endlicher) Baillon, Hist. Pl. VI. p. 132 (1877), pro parte.

Daphne (non Linnæus) Loureiro, Fl. Coch. ed. 2. p. 291 (1793).

Suffrutices, frutices vel arborescens. Folia opposita rarius alterna glabra vel sericea. Inflorescentia terminalis vel subterminali-axillares, capitata vel spicata aut racemosa aut paniculata. Flores monoeci apetali; perigonium hypocrateriforme vel tubulosum persistens, lobis 4 vel 5; stamina 8 vel 10 biserialia tubo perigonii affixa subsessilia, antheræ oblongæ biloculares; discus nullus, ovarium sessile vel brevistipitatum glabrum vel pilosum 1-loculare 1-ovulatum; styli breves; stigmata capitata. Fructus siccatus indehiscens 1-spermus basi a basi perianthii rupsa claudatus. Testa seminum crustacea. Albumen paucum. Cotyledones carnosæ.

Species circ. 20 in Asia orientali et australi incola, quarum 1 in Archipelago Koreano sponte nascit.

1. **Diplomorpha trichotoma** Nakai.
(Tab. nostra X.)

Diplomorpha trichotoma Nakai, comb. nov.

Syn. *Rubia spicis ternis* Thunberg, Fl. Jap. p. 357 (1784).

Queria trichotoma Thunberg in Trans. Linn. Soc. II. p. 329 (1794)–Willdenow, Sp. Pl. I. p. 494 (1797)–Poiret in Lamarck, Encyclop. VI. p. 33 (1804)–Thunberg, Icon. Pl. Jap. V. t. 1. (1805)–Persoon, Syn. Pl. I. p. 112 (1805)–Dietrig, Vollst. Lex. Gärtn. & Bot. VIII. p. 38 (1808)–Thunberg, Pl. Jap. Nov. Sp. p. 5 (1824).

Stellera japonica Siebold in Verh. Batav. Genoop. XII. p. 22 (1830)–Meissner in Alp. de Candolle, Prodr. XIV. p. 550 (1857).

Passerina japonica Siebold & Zuccarini in Abh. Münch. Akad. IV. Abt. 3. p. 200 no. 695 (1846)–Walpers, Ann. I. p. 583 (1849).

Diplomorpha ? japonica Endlicher, Gen. Pl. Suppl. IV. pt. 2. p. 66 (1847).

Wickstroemia japonica Miquel in Ann. Mus. Bot. Lugd. Bat. III. p. 134 (1867); Prol. Fl. Jap. p. 298 (1867); Cat. Mus. Bot. Lugd. Bat. p. 78 (1870)–Matsumura, Nippon Shokubutsumeii p. 207 no. 2381 (1884); Cat. Pl. Herb. Coll. Sci. Imp. Univ. p. 167 (1886).

Wikstrœmia japonica Miquel apud Franchet & Savatier, Enum. Pl. Jap. I. p. 405 (1875)–Maximowicz in Bull. Acad. St. Pétersb. XXXI. p. 100 (1886); in Mél. Biol. XII. p. 541 (1886)–Matsumura, Shokubutsu Mei–I. p. 317 no. 3356 (1895)–Yabe in Tokyo Bot. Mag. XVIII. p. 28 (1904)–Matsumura, Ind. Pl. Jap. II. pt. 2. p. 390 (1912)–Lecomte, Not. Syst. III. p. 130 (1915).

Wikstrœmia trichotoma Makino in Tokyo Bot. Mag. XXV. p. 84 (1901)–Nakai in Tokyo Bot. Mag. XXXVI. p. 125 (1922)–Makino & Nemoto, Fl. Jap. p. 510 (1925).

Frutex circ. 1 m. altus ex medio ramosus glaber; cortex ramorum rubescens. Folia opposita brevissime petiolata; lamina ovata vel late ovata vel ovato-oblonga, supra viridis, infra pallida vel glaucescens integra basi obtusa vel acuta rarius truncata apice acuta 15–60 mm. longa 8–37 mm. lata. Inflorescentia in apice ramulorum decussato-racemosa vel cum pedicellis abbreviatis fere spiciformis gracilis. Perigonium flavum 7–8 mm. longum, tubo 1.2–1.3 mm. latum, lobis 4, 1 mm. longis. Stamina 8, 2-serialia; antheræ flavæ vix 1 mm. longæ. Discus nullus. Ovaria stipitata obovata. Stigma sessile capitatum. Fructus ovato-oblongus utrinque acutiusculus 5–6 mm. longus 2.5–2 mm. latus.

Hab. in monte Sensatsusan insulæ Chintō et in monte Kabōji insulæ Nankaitō·

Distr. Tsusima, Kiusiu & Hondo occid.

第二屬 ぢんちようげ屬

灌木、枝ハ單一又ハ分岐アリ、無毛又ハ有毛、葉ハ一年生又ハ二年生、羽狀脈アリ、互生又ハ對生、全緣。花ハ頭狀又ハ繖形花序ヲナシ各花ニ二個ノ苞アリ。兩全又ハ多性、花被ハ漏斗狀又ハ筒形鐘狀、裂片ハ四個、雄蕋ハ八個、二列ニ生ジ無柄。花托ハ輪狀、子房ハ無柄一室、柱頭ハ頭狀。果實ハ漿果、白色、紅色又ハ深紅色、往々水質乏シキモノアリ、球形又ハ橢圓形。種皮ハ固シ、胚乳ハ殆ンドナシ。

亞細亞、馬來群島、歐洲ニ亙リテ約五十種ヲ產ス。其中三種ハ朝鮮ニモ自生ス、次ノ如ク區別シ得。

1 { 常綠、葉ハ厚ク互生、光澤アリ。花ハ枝ノ先端ニ頭狀花序ヲナシ苞ニ包マル、漿果ハ朱紅色水質乏シ。‥‥‥‥‥‥こせうのき
落葉性。‥‥‥‥‥‥‥‥‥‥‥‥‥‥‥‥‥‥‥‥‥‥ 2

2 { 葉ハ對生、有毛、橢圓披針形、花ハ葉ニ先チテ開キ淡紅色、漿果ハ白色。‥‥‥‥‥‥‥‥‥‥‥‥‥‥ ちやうじざくら
葉ハ互生、橢圓倒披針形、花ハ綠色、漿果ハ紅色。‥‥‥‥‥‥‥‥‥‥‥‥‥‥‥‥‥ からふとなにはづ

2. こせうのき （第拾壹圖）

高サ一米突許ノ灌木、枝ハ丸ク若キハ光澤ニ富ム。葉ハ二年生、表面ハ光澤アリ、倒披針形、葉柄ハ長サ二乃至五ミリ、葉身ハ長サ二セメ半乃至八セメ（內地產ニテハ十二セメニ達スルモアリ）。苞ハ總苞狀ニ相重ナリ外方ノモノ程長ク長サ五乃至八ミリ披針形ニシテ著シク尖ル花ニ先チテ落ツ、花梗ハ長サ二ミリ、花ハ約半ミリ許ノ小花梗ヲ具ヘ相集マリテ頭狀ヲナス。花被ノ筒部ハ長サ七ミリ許、裂片ハ四個廣卵形長サ三ミリ。子房ハ無毛、卵形、花托ハ輪狀、花柱ハナク、柱頭ハ頭狀、果實ハ

帶卵球形紅朱色長サ八ミリ許。

　濟州島並ニ巨濟島ニ產ス。

　（分布）　對馬、九州、壹岐、四國、本島ノ暖地。

3. **ちゃうぢざくら** （第拾貳圖）

　灌木、一年生ノ幹ハ分枝セザレドモ二年以後ハ分岐ス。枝ニ毛アリ、葉ハ一年生、披針形又ハ披針長橢圓形、兩端尖リ兩面ニ微毛アリ。表面ハ綠色、裏面ハ淡綠色、長サ十五乃至五十ミリ、幅ハ五乃至十五ミリ、花ハ葉ニ先チテ生ジ一年生ノ枝ノ先ニ二個乃至六個宛繖形狀ニ出ヅ、花被ハ外面ニ絹毛アリ、筒部ハ長サ五乃至十ミリ、裂片ハ四個、廣倒心臟形又ハ倒卵形、淡紅色長サ六乃至九ミリ。雄蕊ハ八個、二列ニ生ズ。花托ハ輪狀、子房ハ橢圓形有毛、柱頭ハ扁球形短柄アリ、漿果ハ球形、乳白色、半透明長サ七乃至八ミリ。

　平南、黃海、全南ノ海ニ近キ地方及ビ島ニ生ズ。

　（分布）　山東半島、浙江、湖北。

4. **からふとなにはづ** （第拾參圖）

　高サ三十乃至四十センチノ小灌木、幹ハ單一又ハ分枝ス。枝ハ丸ク毛ナシ。葉ハ一年生、葉柄ハ長サ三乃至七ミリ、葉身ハ倒披針形、長サ四十五乃至八十五ミリ先ハ尖リ或ハ丸ク、基脚ハ葉柄ニ向ヒテ楔形狀ニ細マル、全緣、無毛、未ダ花ヲ見ズ。果實ハ球形直徑七ミリ許、紅色。

　咸北ノ樹林並ニ濟州島ノ高所ニ生ズ。

　（分布）　烏蘇利、樺太、カムチヤツカ。

Gn. II. **Daphne** [Plinius, Nat. Hist. ed. 4. liber XIV. cap. 30 (1473)-Linnæus, Syst. Nat. (1735), nom.; Gen. Pl. ed. 1. p. 110 no. 311 (1737)]; Sp. Pl. p. 356 (1753); Gen. Pl. ed. 5. p. 167, no. 436 (1754)-Jussieu, Gen. Pl. p. 77 (1789)-Necker, Elem. Bot. II. p. 178 (1790)-Desfontaines, Fl. Atl. I. p. 329 (1798)-Ventenat, Tab. II. p. 238 (1799)-Persoon, Syn. I. p. 434 (1805)-J. St. Hilaire, Expos. Fam. Nat. I. p. 181 (1805)-Lamarck & de Candolle, Syn. p. 190 (1806)-R. Brown, Prodr. Fl. Nov. Holland. p. 362 (1810)-Link, Handb. I. p. 376 (1829)-Endlicher, Gen. Pl. p. 330 no. 2092 (1836)-Loudon, Arb. & Frutic. Brit. III. p. 1306 (1838)-Spach, Hist. Vég. X. p. 438 (1841)-Meissner in Alp. de Candolle, Prodr. XIV. p. 530 (1857)-J. D. Hooker,

Fl. Brit. Ind. V. p. 193 (1886)-Bentham & Hooker, Gen. Pl. III. p. 190 (1880)-Baillon, Hist. Pl. VI. p. 131 (1877)-Gilg in Nat. Planzenfam. III. 6 a. p. 237 (1894)-Schneider, Illus. Handb. II. p. 394 (1909).

Syn. *Thymelœa* [Discorides, liber IV. capt. CLXIII. fol. 281. dextr. (interprete Virgilio) (1518)-Brunfels, Herb. III. p. 147 (1537)-Matthiolus, Med. Senens. Comm. p. 546 cum fig. (1554)-Dodonæus, Niuv. Herb. p. 369 (1578)-Gerarde, Hist. Pl. p. 1217 cum fig. (1597)-Bauhinus, Pinax p. 462 (1632)-Ray, Hist. Pl. p. 1588 (1688)-Boerhaave, Ind. Pl. II. p. 213 (1720)]-Gærtner, Fruct. & Sem. Pl. I. p. 188 (1788)-Moench, Method. p. 635 (1794).

Chamclœa Tragus, Stirp. III. p. 959 (1552)-Matthiolus, l.c.

Mezereon Tragus, l.c.

Laureola Dalechamp, Hist. Gen. Pl. p. 213 cum fig. (1587).

Frutex; caulis simplex vel ramosus, glaber vel pilosus. Folia annua vel biennia, penninervia, alterna vel opposita, integra. Flores capitati vel subumbellati interdum bracteati hermaphroditi vel polygamo-dioici; perigonium hypocrateriforme vel tubuloso-campanulatum lobis 4. Stamina 8, 2-serialia, sessilia. Discus annularis. Ovarium sessila 1-loculare; stigma capitatum. Drupa alba, rubra vel coccinea, succosa vel exsuccosa globosa vel oblonga. Testa seminum crustacea. Albumen subnullum.

Species circ. 50 in Asia, Malesia et in Europa incola, quarum 3 in Korea sponte nascent.

1 { Sempervirens. Folia alterna lucida. Flores in apice ramuli capitati involucrati. Drupa rubra...........*D. kiusiana.*

Folia decidua..2.

2 { Folia opposita hirtella oblongo-lanceolata. Flores præcoses lilacini. Drupa alba......................*D. Genkwa.*

Folia alterna oblongo-oblanceolata. Flores virides. Drupa coccinea..................................*D. kamtschatica.*

2. **Daphne kiusiana** Miquel.
(Tab. nostra XI.)

Daphne kiusiana Miquel in Ann. Mus. Bot. Lugd. Bat. III. p. 134

(1867); Prol. Fl. Jap. p. 298 (1867); Cat. p. 78 (1870)–Franchet & Savatier, Enum. Pl. Jap. I. p. 405 (1895)–Matsumura, Nippon Shokubutsumeii p. 64 no. 755 (1884); Cat. Pl. Herb Coll. Sci. Imp. Univ. p. 167 (1886)–Yabe in Tokyo Bot. Mag. XVIII. p. 28 (1904)–Nakai, Veg. Isl. Quelp. p. 66 no. 923 (1914); in Tokyo Bot. Mag. XXXII. p. 231 (1918)–Makino & Nemoto, Fl. Jap. p. 507 (1925).

Syn. *Daphne odora* β. Thunberg in Nova Acta Reg. Soc. Sci. Upsal. IV. p. 34 (1783).

Daphne odora Thunberg, Fl. Jap. p. 159 (1784), pro parte–Matsumura, Shokubutsu Mei–I. p. 101 no. 1088 (1895).

Daphne sinensis (non Lamarck) Maximowicz in Bull. Akad. St. Pétersb. XXXI. p. 101 (1886); in Mél. Biol. XII. p. 542 (1886).

Daphne cannabina (non Loureiro, nec Wallich) Makino in Tokyo Bot. Mag. XI. p. [3] (1897)–Matsumura, Ind. Pl. Jap. II. pt. 2. p. 387 (1912).

Daphne odora var. *kiusiana Keissler* in Bot. Jahrb. XXV. p. 89 (1898).

Frutex vix 1 m. altus ramis teretibus junioribus rubescentibus lucidis. Folia biennia, supra lucida oblanceolata; petioli 2–5 mm. longi; lamina 2.5–8 cm. longa (in speciminibus Japonicis sæpe usque 12 cm. longa). Bracteæ involucrantes imbricatæ exteriores longiores 5–10 mm. longæ falcatæ lanceolatæ acuminatissimæ sub anthesin deciduæ. Pedunculi 2 mm. longi sericei. Flores capitati vel in sensu stricta umbellati nam flores pedicellos 0.5 mm. longos portantes; perigonii tubus circ. 7 mm. longus, lobis 4 late ovatis 3 mm. longis. Discus annularis. Ovarium ovoideum glabrum; stigma sessile capitellatum. Fructus ovoideo-sphæricus ruber 8 mm. longus.

Hab. in Quelpaert et insl. Kyosaitō.

Distr. Tsusima, Kiusiu, Iki, Shikoku & Hondo.

3. **Daphne Genkwa** Siebold & Zuccarini.
(Tab. nostra XII.)

Daphne Genkwa Siebold & Zuccarini, Fl. Jap. I. p. 137 t. 75 (1841); in Abh. Muench. Akad. IV. Abt. 3. p. 199 (1846)–Meissner in Alph.

de Candolle, Prodr. XIV. p. **531 (1857)**–Miquel in Ann. Mus. Bot. Lugd. Bat. III. p. 133 (1867); Prol. Fl. Jap. p. 297 (1867)–Franchet & Savatier, Enum. Pl. Jap. I. p. 404 (1875)–Maximowicz in Bull. Acad. St. Pétersb. XXVII. p. 532 (1881); in Mél. Biol. XI. p. 310 (1881)–Matsumura, Nippon Shokubutsumeii p. 63 no. 753 (1884); Cat. Pl. Herb. Sci. Coll. Imp. Univ. p. 101. no. 1086 (1895)–Gilg & Loesner in Bot. Jahrb. XXXIV. Beibl. LXXV. p. 53 (1904)–Schneider, Illus. Handb. II. p. 403. fig. 274 m–n (1909)–Pampanini in Nuov. Giorn. Bot. Ital. n. ser. XVII. p. 674 (1910)–Matsumura, Ind. Pl. Jap. II. pt. 2. p. 388 (1912)–Rehder in Sargent, Pl. Wils. II. p. 538 (1916)–Yabe, Prelim. Report Fl. Tsing-tau p. 85 (1919)–Loesner in Beihefte Bot. Centralb. XXXVII. 2 Abt. p. 160 no. 703 (1920)–Makino & Nemoto, Fl. Jap. p. 507 (1925).

Syn. *Daphne Fortunei* Lindley in Journ. Hort. Soc. London I. p. 147 (1846)–Fortune in Journ. Hort. Soc. London II. p. 34 t. 1 (1847)–Lamaire in Flores des Serres III. t. 208 (1847)–Meissner. l.c.

Daphne Genkwa var. *Fortunei* Franchet in Nouv. Arch. Mus. Paris 2 sér. VII. p. 69 (1884)–Schneider, l.c.

Frutex; caulis annuus simplex, post 2 annos ramosus, ramuli pilosi. Folia annua lanceolata vel lanceolato-oblonga utrinque acuminata utrinque parce pilosella, supra viridia infra pallida, 15–50 mm. longa 5–15 mm. lata. Flores proecosi in apice ramulorum hornotinorum sericei 2–6 umbellati; perigonium extus sericeum, tubo 5–10 mm. longo, lobis 4 late obovata vel obovata lilacinis 6–9 mm. longis; stamina 8, 2-serialia; discus annularis; ovarium oblongum pilosum, stigma depresso-capitatum breve stipitatum. Drupa candida globosa 7–8 mm. longa.

Hab. in partibus occidentalibus et australibus peninsulæ Koreanæ secus mare Hoang-Hai.

Distr. China (Shangtung, Chekiang, Hupeh).

Daphne Fortunei, this name was given to a young plant with showy flowers. The size of flowers differs in individual plants; flowers become smaller as the plant gets older. Flowers of any size can be seen between *Daphne Genkwa* and *Daphne Fortunei*.

4. **Daphne kamtschatica** Maximowicz.
(Tab. nostra XIII.)

Daphne kamtschatica Maximowicz in Mém. prés. Acad. Imp. Sci. St. Pétersb. div. sav. IX. p. 237 no. 644 (1859); in Gartenflora XXXVI. p. 34 (1886)–Fr. Schmidt in Mém. Acad. Imp. Sci. St. Pétersb. VII. sér. XII. no. 2. p. 170 no. 374 (1868)–Miyabe & Miyake, Fl. Saghal. p. 400 no. 494 (1915)–Kudo, Fl. North Sach. p. 182. no. 408 (1924).

Syn. *Daphne kamczatika* Maximowicz apud Komarov in Acta Hort. Petrop. XXV. fasc. 1. p. 79 (1905); Fl. Mansh. III. p. 79 (1907).

Daphne kamtschatika Maximowicz apud Schneider, Illus. Handb. II. p. 403 (1909).

Frutex 30–40 cm. altus simplex vel ramosus; rami teretes glabri. Folia annua; petioli 3–7 mm. longi; lamina integerrima glaberrima oblanceolata 45–85 mm. longa 13–30 mm. lata apice acuta vel obtusiuscula. Flores mihi ignoti. Fructus globosus diametro 7 mm. ruber.

Hab. in Quelpaert et Korea sept.

Distr. Kamtschatica, Sachalin & Ussuri.

（五）　朝鮮産瑞香科植物ノ和名、朝鮮名、學名ノ對稱表

和　　　名	朝鮮名	學　　　　　　　名
きがんぴ	ナ　シ	*Diplomorpha trichotoma* Nakai.
こせうのき	ナ　シ	*Daphne kiusiana* Miquel.
ちやうじざくら	ナ　シ	*Daphne Genkwa* Siebold & Zuccarini.
からふとなにはづ	ナ　シ	*Daphne kamtschatica* Maximowicz.

FLACOURTIACEAE
THYMELACACEAE

(一) 主要ナル引用書類

著 者 名	書 名
H. Baillon	1) *Bixacées-Flacourtieæ* in Histoire des plantes IV. p. 302-306 (1873).
F. T. Bartling	2) *Flacourtianeæ* in Ordines naturales plantarum p. 278-280 (1830).
J. J. Bennett	3) *Xylosma* in T. Horsfield, Plantæ Javanicæ rariores p. 191 (1836-52).
G. Bentham & J. D. Hooker	4) *Bixineæ* in Genera Plantarum I. p. 122-130 (1862).
D. Clos	5) Monographie de la Famille des *Flacourtianées* in Annales des sciences naturelles, 4 sér. botanique, Tome IV. p. 362-386 (1855).
	6) Revision des genres et des espèces appartenant a la famille des *Flacourtianées* in Annales des sciences naturelles, 4 sér. botanique, Tome VIII. p. 209-274 (1857).
A. P. de Candolle	7) *Flacourtianeæ* in Prodromus systematis naturalis regni vegetabilis I. p. 255-259 (1824).
G. Don	8) *Flacourtianeæ* in A General History of Dichlamydeous plants I. p. 290-293 (1831).
A. W. Eichler	9) *Bixaccæ-Flacourtieæ* in Martius, Flora Brasiliensis XIII. pt. 1. p. 443-445 (1871).
	10) *Bixaceæ* in Blütendiagramme II. p. 233-236 (1878).
G. Forster	11) *Xylosma* in Florulæ insularum Australium Prodromus p. 72 (1786).
J. R. Forster & G. Forster	12) *Myroxylon* in Characteres generum plantarum p. 125-126 t. 63 (1776).
A. Gray	13) *Xylosma suaveolens* & *X. orbiculatum* in Atlas. Botany. Phanerogamia I. Pl. 4 (1857).
C. N. Hellenius	14) Beskrifning pâ et nytt Ôrlestâgte isrám West-Indien, kalladt *Hisingera*, in Kongligar Vetenskaps Academiens nya Handlingar Tom. XIII. p. 32-35. Tab. II. (Hisingera nitida) (1792).
H. Karsten	15) *Craepalorumum heterophyllum*, *C. obovatum*, in Floræ Columbiæ I. p. 123-124 t. LXI (1858-1861); *C. rubicundum* in p. 125-126 t. LXII.
O. Kuntze	16) *Bixaceæ* in Revisio generum plantarum I. p.

43-45 (1891).

J. Lindley 　　　　　　17) *Flacourtiaceæ* in An introduction to the botany
　　　　　　　　　　　　　　p. 21 (1830).

　　　　　　　　　　　·18) *Flacourtiaceæ* in A natural system of Botany p.
　　　　　　　　　　　　　　70 (1836).

C. J. Maximowicz 　19) *Idesia* in Bulletin de l'Académie Impériale des
　　　　　　　　　　　　　　sciences de St. Pétersbourg X. p. 485 (Diagnoses
　　　　　　　　　　　　　　breves plantarum novarum Japonicæ et Mand-
　　　　　　　　　　　　　　shuriæ. Decas prima) (1866).

M. F. Spach 　　　　 20) *Flacourtianeæ* in Histoire naturelle des végétaux
　　　　　　　　　　　　　　II. p. 131-138 (1838).

P. F. de Siebold & J. G. Zuccarini
　　　　　　　　　　　21) *Hisingera* in Flora Japonica p. 167-170 t. 88 (1841).

O. Warburg 　　　　 22) *Flacourtiaceæ* in Engler & Prantl, Die natürlichen
　　　　　　　　　　　　　　Pflanzenfamilien III. Abt. 6 a. p. 1-56 (1894).

(二)　朝鮮產柞木科植物研究ノ歷史ト其効用

1914 年版ノ濟州島植物調査書ニくすどいげトいいぎりトヲ載セシニ
始マリ 1922 年森爲三氏ノ朝鮮植物名彙ニモ同種ヲ載ス。

くすどいげハ大木トナラズ薪トスル外用ナシ、刺多キ樹故森林內ニア
ル邪魔物ナリ。いいぎりハ大木トナレドモ材ハ良カラズ、其紅キ南天紅
ノ如キ果實ハ賞美スルニ足ル。全南、濟州島ノ如キ暖地ニハ庭園樹トシ
テ植ユルモヨシ。

(三)　朝鮮產柞木科植物ノ分類

柞　木　科

灌木又ハ喬木、葉ハ互生單葉、有柄、有鋸齒又ハ全緣、羽狀脈又ハ掌
狀脈アリ。一年生又ハ二年生、托葉アルモノトナキモノトアリ、花ハ腋
生又ハ頂生、集團シ又ハ總狀、又ハ圓錐花叢又ハ繖房花序ヲナス、兩全
又ハ雌雄同株又ハ異株、萼片ハ二個乃至六個覆瓦狀又ハ鑷合狀ニ排列ス。
花瓣ハ離生往々之ヲ缺グ、萼片ト同數又ハ夫レヨリ多シ、花托ノ形狀ハ
種類ニ依リ異ル、雄蕋ハ多數稀ニ萼片ト同數、葯ハ二室、葯間ハヨク發
育スルアリ。或ハ丸ク或ハ三角形或ハ附屬物アリ、子房ハ一個上位又ハ
半上位又ハ下位一室、胎坐ハ周壁ニアリテ二個乃至八個、卵子ハ多數、果

實ハ漿果又ハ乾燥シ黒色、黄色又ハ紅色、稀ニ蒴、種子ハ多數、胚乳アリ。幼根ハ上向、子葉ハ幅廣シ。

七十屬八百餘種アリテ主トシテ熱帶地方ノ産ナリ、就中二屬二種ハ朝鮮ニ産ス。

1
{
葉ハ二年生羽狀脈アリ。總狀花序ハ腋生。漿果ハ黒色。‥‥‥‥
‥‥‥‥‥‥‥‥‥‥‥‥‥‥‥‥‥‥‥‥‥‥くすどいげ屬

葉ハ一年生掌狀脈アリ。花序ハ頂生、總狀又ハ圓錐、漿果ハ紅色
液汁ナシ。‥‥‥‥‥‥‥‥‥‥‥‥‥‥‥‥いいぎり屬
}

Flacourtiaceæ Lindley, Introd. Bot. p. 21 (1830); Nat. Syst. Bot. p. 70 (1836)–Agardh, Theor. p. 277 (1858)–Warburg in Nat. Pflanzenfam. III. 6 a p. 1 (1894).

Syn. *Flacourtianeæ* Richard in Mém. Mus. I. p. 366 (1815)–A. P. de Candolle, Prodr. I. p. 255 (1825)–Bartling, Ord. Nat. Pl. p. 278 (1830)–G. Don, Gen. Hist. Dichlamy. Pl. I. p. 290 (1831)–Spach, Hist. Vég. VI. p. 131 (1838)–Clos in Ann. Sci. Nat. 4 sér. VIII. p. 209 (1857).

Bixaceæ-Flacourtianeæ Endlicher, Gen. Pl. p. 921 (1836–40).

Flacourtianées Clos in Ann. Sci. Nat. 4 sér. IV. p. 362 (1855).

Bixineæ-Flacourtieæ Bentham & Hooker, Gen. Pl. I. p. 123 (1862).

Bixaceæ-Flacourtieæ Eichler in Martius, Fl. Brasil. III. pt. 1. p. 426 (1871).

Bixacées-Flacoutieæ Baillon, Hist. Pl. IV. p. 302 (1873).

Frutices vel arbores. Folia alterna simplicia petiolata serrata vel integra penninervia vel subpalmatinervia, annua vel biennia, stipullata vel exstipullata. Flores axillares vel terminales, glomerati vel racemosi vel paniculati vel corymbosi. Flores hermaphroditi vel dioici vel monœci; sepala 2-6 imbricata vel valvata, petala $+\infty-$ libera sepalis isomera vel numerosa; disci forma varia; stamina numerosa rarius sepalis isomera, antheræ biloculares, connectivum saepe bene evolutum rotundatum vel triangulare vel appendiculatum; ovarium 1 superum vel semisuperum vel inferum 1-loculare; placenta parietalia 2-8; ovula numerosa. Fructus baccatus vel exsuccus, niger vel ruber vel flavus, vel rarius capsularis. Semina vulgo numerosa albuminosa, radicula infera, cotyledones latæ.

Genera 70, species ultra 800 præcipue in regionibus tropicis incola, quarum genera 2 species 2 in Korea spontanea.

Folia biennia penninervia.   Inflorescentia axillaris racemosa. Bacca nigra succosa. . . . . *Xylosma*

Folia annua subpalmatinervia.   Inflorescentia terminalis racemosa vel paniculata.   Bacca coccinea exsucca. . . . . *Idesia.*

第一屬 くすどいげ屬

灌木又ハ小喬木、雌雄異株、分岐多シ、刺アルモノ多シ、葉ハ二年生、互生、有柄、單一、羽狀脈ト鋸齒アリ。托葉ナシ、花序ハ腋生總狀又ハ集團。蕚ハ五乃至七叉シ覆瓦狀ニ排列ス、花瓣ナシ、雄蕋ハ多數、葯ハ二室、基脚ニテ附ク、花托ハ輪狀、子房ハ一室、雄花ニハナシ。胎坐ハ周壁二個乃至六個。花柱ハ短ク或ハナシ、柱頭ハ小裂ス、果實ハ漿果、種皮ハ固ク、胚乳多シ、子葉ハ幅廣シ。

ポリネシア、馬來地方、東亞、西印度、南米ニ亙リテ約五十種アリ、其中一種ハ朝鮮ニアリ。

(1) くすどいげ （第拾四圖）

分枝多キ小喬木、小枝ハ刺ニ化スルモノ多シ、葉ハ長サ二乃至七ミリノ葉柄ヲ具ヘ葉身ハ若枝ニテハ廣卵形又ハ約心臟形長サ十乃至二十七ミリ幅八乃至二十三ミリ、基脚ハ心臟形又ハ截形、先端ハ尖リ鋸齒多シ、花枝ノ葉ハ長橢圓形又ハ帶卵披針形基脚ハ尖リ長サ五十乃至八十ミリ、幅ハ十五乃至四十ミリ、丸キ鋸齒アリ。總狀花序ハ腋生、蕚片ハ四個、雄蕋ハ多數、漿果ハ黑色幅五ミリ丸シ。

濟州島、甫吉島、巨文島ニ産ス。

（分布）、本島、四國、九州、對馬、琉球、臺灣、フヰリッピン、支那東南部、印度支那。

Gn. I. **Xylosma** (Nom. conservandum!) Forster, Fl. Ins. Austral. Prodr. p. 72 (1786); nom. nud.–Willdenow, Sp. Pl. IV. p. 834 (1804)–Persoon, Syn. Pl. II. p. 629 (1807)–Poiret in Lamarck, Encyclop. IX. p. 817 (1808)–Sprengel, Syst. Veg. II. p. 608 (1825)–Bennett in Horsfield, Pl. Jav. Rar. II. p. 191 (1840)–Endlicher, Gen. Pl. suppl. I. p. 1421. no. 5081/1 (1840)–Clos in Ann. Sci. Nat. 4 sér. VIII. p. 227 (1857)–

Bentham & Hooker, Gen. Pl. I. pt. 1. p. 128 (1862)–Eichler in Martius, Fl. Brasil. XIII. pt. 1. p. 446 (1871)–Baillon, Hist. Pl. IV. p. 303 (1873).

Syn. *Myroxylon* [non Linnæus fil., Suppl. p. 34 (1781)] J.ᴙR. & G. Forster, Charact. p. 125, t. 63 (1776)–Jussieu, Gen. Pl. p. 444 (1789)–Vitman, Summa Pl. V. p. 454 (1791)–O. Kuntze, Rev. Gen. Pl. I. p.44 (1891)–Warburg in Engler & Prantl, Nat. Pflanzenfam. III. 6 a. p. 39 (1894).

Apactis Thunburg, Nova Gen. Pl. II. p. 66 (1783); Fl. Jap. p. 191 (1784)–Murray, Syst. Veg. p. 442 (1784)–Vitman, Summa Pl. III. p. 160 (1789)–Willdenow, Sp. Pl. II. p. 845 (1799)–Dietrig, Vollst. Lex. I. p. 620 (1802)–Persoon, Syn. Pl. II. p. 2 (1805)–Poiret, Suppl. Encycl. Méthod. I. p. 404 (1810).

Hisingera Hellenius in Kongl. Vetensk. Acad. nya Handl. XIII. p. 32, t. II. (1792)–Willdenow, Sp. Pl. IV. p. 835 (1805)–Persoon, Syn. Pl. II. p. 629 (1807)–Sprengel, Syst. Veg. III. p. 906 (1826)–Siebold & Zuccarini, Fl. Jap. I. p. 167 (1841)–Endlicher, Gen. Pl. II. p. 1115 no. 5815 (1840)–Clos in Ann. Sci. Nat. 4 sér. VIII. p. 220 (1857).

Craepaloprumnon Karsten, Fl. Columb. I. p. 123 (1858–61).

Frutex vel arborescens dioicus saepe spinosus. Folia biennia alterna petiolata simplicia penninervia serrata exstipullata. Inflorescentia racemosa vel glomerata axillaris. Calyx 5–7 lobatus imbricatus. Petala O. Stamina numerosa, antheræ biloculares basifixæ, Discus annularis. Ovarium 1-loculare in flore masculo destitutum. Placenta 2–6 parietalia. Styli abbreviati vel nulli. Stigma lobatum. Fructus baccatus. Cortex seminum dura. Albumen copiosum. Cotyledones latæ.

Species circa 50 in Polynesia, Malesia, Asia orient., India occid. et in America austr. incola, quarum unica in Quelpaert et in insula Hokitsuto spontanea.

1. **Xylosma Apactis** Koidzumi.
(Tab. nostra XIV.)

Xylosma Apactis Koidzumi in Tokyo Bot. Mag. XXXIX. p: 316 (1925).

Syn. *Apactis japonica* Thunberg, Nova Gen. Pl. II. p. 66 (1783); Fl. Jap. p. 191 (1784)–Murray, Syst. Veg. p. 442 (1784)–Vitman,

Summa Pl. III. p. 160 (1789)–Willdenow, Sp. Pl. II. p. 845 (1799)–
Dietrig, Vollst. Lex. I. p. 620 (1802)–Persoon, Syn. Pl. II. p. 2 (1805)–
Poiret, Suppl. Encyclop. Méthod. I. p. 404 (1810)–Sprengel, Syst.
Veg. II. p. 460 (1825).

Croton congestum Loureiro, Fl. Cochinch. p. 582 (1790), excl. descrip.
fruct.

Hisingera racemosa (non Presl) Siebold & Zuccarini, Fl. Jap. I. p.
169 t. 88 & t. 100 fig. III. (1841)–Clos in Ann. Sci. Nat. 4 sér. VIII.
p. 223 (1857).

Flacourtia japonica Walpers, Repert. I. p. 205 (1842).

Hisingera japonica Siebold & Zuccarini in Abh. Muench. Acad.
IV. 2. p. 168 (1845).

Flacourtia chinensis Clos in Ann. Sci. Nat. 4 sér. VIII. p. 219
(1857)–Walpers, Ann. VII. p. 228 (1868).

Xylosma japonica (Walpers) A. Gray in Mem. Americ. Acad. Arts
& Sci. New ser. VI. p. 381 (1863)–Hance in Seemann, Journ. Bot.
VIII. p. 275 (1870), in Trimen, Journ. Bot. XVI. p. 8 (1878).

Xylosma racemosa Miquel in Ann. Mus. Bot. Lugd. Bat. II. p. 155
(1865); Prol. Fl. Jap. p. 87 (1866)–Franchet & Savatier, Enum. Pl.
Jap. I. p. 43 (1875)–Matsumura, Nippon Shokubutsumeii p. 207 no.
1389 (1884); Cat. Pl. Herb. Sci. Coll. Imp. Univ. p. 18 (1886)–Forbes
& Hemsley in Journ. Linn. Soc. XXIII. p. 57 (1886)–Matsumura,
Ind. Pl. Jap. II. pt. 2. p. 382 (1912).

Myroxylon racemosum O. Kuntze, Rev. Gen. Pl. I. p. 441 (1891)–
Matsumura, Shokubutsu Mei–I. p. 192, no. 2085 (1895)–Yabe in Tokyo
Bot. Mag. XVIII. p. 27 (1904).

Myroxylon japonicum Makino in Tokyo Bot. Mag. XVIII. p. 53
(1904)–Nakai, Veg. Isl. Quelp. p. 66 no. 922 (1914)–Mori, Enum.
Corean Pl. p. 258 (1922)–Makino & Nemoto, Fl. Jap. p. 520 (1925)
ut M. japonica.

Xylosma congestum Merrill in Philippin Journ. Sci. XV. p. 247
(1919).

Arborescens ramosissima, ramulus saepe spinosus glaber. Folia
biennia; petioli 2–7 mm. longi; lamina trionum late ovata vel sub-

cordata 10–27 mm. longa 8–23 mm. lata basi cordata vel subtruncata apice acuta creberrime serrulata, ramorum floriferorum oblonga vel ovato-lanceolata basi acuta apice attenuata 50–80 mm. longa 15–40 mm. lata obtuse serrulata. Racemus axillaris. Flores in nostris speciminibus ignoti. Fructus baccatus niger 5 mm. latus globosus, stylo persistente coronatus.

Hab. in Quelpaert, insula Hokitsutô et insula Kyobuntô.

Distr. Hondo, Shikoku, Kiusiu, Tsusima, Formosa, China, Philippin & Indochina.

(2) い い ぎ り 屬

雌雄異株ノ喬木、葉ハ一年生單葉、長キ葉柄ヲ有シ鋸齒アリ、托葉ハ早ク落ツ、花序ハ總狀又ハ圓錐花叢、下垂ス、苞ハ早ク落ツ、蕚片ハ五個覆瓦狀ニ排列シ、花冠ナシ。雄蕋ハ多數、二列ニ列ビ花絲ハ細ク長ク毛アリ、葯ハ二室內向基ニテ附ク、子房ハ雄花ニテハ退化シ又ハ消滅ス、雌花ニテハ丸ク無葯雄蕋又ハ退化セル多數ノ雄蕋ニテ圍マル。一室、胎坐ハ周壁、五個、柱頭ハ無柄、五個。果實ハ丸ク紅熟シ種子多シ。種皮ハ固ク、胚乳アリ、幼根ハ下向。

一種アリテ東亞ニ產ス。

い い ぎ り （第十五圖）

喬木、皮ハ灰色。葉ハ一年生、葉柄ハ長サ三乃至十五セメ屢々平タキ腺ヲ具フ、葉身ハ心臟形卵形又ハ廣卵形長サ四乃至十五セメ幅二セメ半乃至十三セメ緣ニハヤヽ內曲セル鋸齒アリ、表面ハ綠色裏面ハ淡白ク、主脈ノ分岐點ニ密毛生ズ。基脚ハ心臟形、先端ハ尖ル、葉柄ト共ニ主脈ハ紅色ナルヲ常トス花序ハ長サ二十セメニ達シ下垂ス。雄花ハ總狀花序ヲナシ雌花ハ圓錐花叢ヲナス。（雄花）蕚片五個長橢圓形、綠色又ハ黃綠色長サ五乃至七ミリ、雄蕋多數蕚片トホボ同長、花絲ハ央以下ニ毛アリ、葯ハ黃色球形、子房ハ退化ス。（雌花）蕚片五個、覆瓦狀排列、微毛アリ長橢圓形長サ三乃至四ミリ、雄蕋ハ退化スレドモ葯アルヲ常トス、子房ハ球形、花柱ハ短ク、五叉シ先端ハ柱頭トナル、果實ハ漿質ナラズ直徑一セメ、球形、緋紅色。

全南（海南郡、莞島郡、寶城郡）、濟州島。

（分布）本島、四國、九州、琉球、臺灣。

支那産ニシテ本種ト鑑定サレシモノハ花黄色ニシテ果實小サシ之ヲ**た
らいいぎり**（新稱）*Idesia polycarpa* var. **latifolia** Diels ト云フ。

Gn. II. **Idesia** Maximowicz in Bull. Acad. Sci. Pétersb. X. p. 485
(1866); in Mél. Biol. VI. p. 19 (1866)–Bentham & Hooker, Gen. Pl.
I. addenda p. 972 (1865)–Warburg in Nat. Pflanzenfam. III. 6 a. p.
45 (1894)–Schneider, Illus. Handb. II. p. 360 (1909).

Syn. *Polycarpa* Linden ex Carrière in Rev. Hort. XL. p. 330 (1868).

Arbor dioica. Folia decidua simplicia longe petiolata serrata, stipulæ
caducæ. Inflorescentia racemosa vel paniculata pendulina, bracteæ
caducæ. Calycis lobi 5 imbricati. Petala nulla. Stamina numerosa
2-serialia, filamenta elongata linearia ciliata, antheræ biloculares in-
trorsae basifixae. Ovarium in fl. masculo abortivum, in fl. foemineo
rotundum cum staminibus abortivis multis circumdatum, 1-loculare;
placenta parietalia 5. Stigmata sessilia 5. Fructus sphæricus pseudo-
baccatus in maturitate exsuccus polyspermus. Semina testa dura
albuminosa. Radicula infera.

Species unica in Japonia, Korea, Formosa et in China indigena.

2. **Idesia polycarpa** Maximowicz.

(Tabula nostra XV.)

Idesia polycarpa Maximowicz in Bull. Acad. St. Pétersb. X. p. 485
(1866); in Mél. Biol. VI. p. 19 (1866)–Carrière in Rev. Hort. XLIV.
p. 174, fig. 19–20 (1872)–Lavallée, Arb. Segr. p. 17 (1877)–Franchet
& Savatier, Enum. Pl. Jap. I. p. 45 (1875)–Matsumura, Nippon Sho-
kubutsumeii p. 95 no. 1126 (1884); Cat. p. 19 (1886)–J. D. Hooker in
Bot. Mag. CXI. tab. 6794 (1885)–Lavallée, 1con. Arb. Segr. p. 41. t. 13
(1885)–Carrière in Rev. Hort. LX. p. 63, fig. 111–113 (1888)–Warburg
in Nat. Pflanzenfam. III. 6 a p. 45 (1893), pro parte–Matsumura,
Shokubutsu Mei-I. p. 149 no. 1612 (1895); in Tokyo Bot. Mag. XII.
p. 67 (1898)–Ito & Matsumura in Journ. Coll. Sci. Tokyo XII. p. 42
(1899)–Shirasawa, Icon. I. t. 76 (1900)–Matsumura & Hayata in Journ.
Coll. Sci. Tokyo XXII. p. 32 (1906)–Hayata in Journ. Coll. Sci. Tokyo.
XXV. art. 19. p. 54 (1908)–Schneider, Illus. Handb. II. p. 360 fig.

241. g. & 242 (1909)–Matsumura, Ind. Pl. Jap. II. pt. 2. p. 382 (1912)–
Nakai, Veg. Isl. Quelp. p. 66, no. 921 (1914)–Mori, Enum. Corean
Pl. p. 258 (1922)–Makino & Nemoto, Fl. Jap. p. 520 (1925).

Syn. *Polycarpa Maximowiczii* Linden ex Carrière in Rev. Hort.
XL. p. 330. fig. 36 (1868).

Arbor; cortex cinereus. Folia annua; petioli rubescentes 3–15 cm.
longi sæpe cum glandulis discoideis; lamina cordato-ovata vel late
ovata 4–15 cm. longa 2.5–13 cm. lata subincurvato-serrata, supra viridis,
infra glaucescens in axillis venarum primarium barbata, basi cordata,
apice acuminata vel mucronata. Inflorescentia usque 20 cm. longa
ciliata pendula vel nutans; mascula racemosa, calyx 5-fidus lobis
oblongis virescentibus 5–7 mm. longis, stamina numerosa sepalis fere
aequilonga, filamenta infra medium pilosa, antheræ flavæ subrotundatæ,
ovarium abortivum; fœminea paniculata, sepala 5 imbricata oblonga
3–4 mm. longa, stamina abortiva glabra, ovarium globosum, styli
breves 5-fidi apice stigmatosi. Bacca globosa coccinea exsucca diametro
1 cm.

Hab. in extrema australi parte peninsulæ Koreanæ et in Quelpaert.
Distr, Japonia, Liukiu, Formosa.

The Chinese specimens which I have seen have fruits almost half
in size of the Japanese. Flowers are yellow, but not yellowish green
as of the Japanese. It is *Idesia polycarpa* var. *latifolia* Diels.

（四）　朝鮮産柞木科植物ノ和名、朝鮮名、學名ノ對稱

和　　　名	朝　鮮　名	學　　　　　名
くすどいげ いいぎり		*Xylosmu Apactis* Koidzumi *Idesia polycarpa* Maximowicz

山 茶 科

TERNSTROEMIACEAE
THEACEAE

（一） 主要ナル引用書類

著 者 名	書　　名
M. Adanson	1) *Malvœ* in Familles des plantes II. p. 390–401 (1763); *Cisti* in p. 434–450; *Mokof* in p. 501.
M. F. Aublet	2) *Taonabo* in Histoire des plantes de la Guiane française I. p. 569–572, Pl. 227–228 (1775).
H. Baillon	3) *Ternstrœmiacées* in Histoire des plantes IV. p. 227–264 (1874).
F. T. Bartling	4) *Camelliaceœ* in Ordines naturales plantarum p. 334–335 (1830).
C. L. Blume	5) *Ternstroemiaceœ* in Bijdragen tot de Flora van Nederlandsch-Indië p. 124–131 (1825); *Caplandria* in p. 178–179.
Bosc.	6) *Thé, Thea* in Nouveau Dictionnaire d'histoire naturelle XXII. p. 116–127 (1804).
J. Breyne	7) *The sinensium, sive Tsia japonensibus* in Exoticarum aliarumque minus cognitarum plantarum centuria, p. 111–115 cum fig. (1678); de frutice Thee in l. c. Appendix p. IX–XVII (1678).
J. Cambessedes	8) Mémoires sur les familles des *Ternstroemiacées* et des *Guttifères* in Mémoires du Muséum d'histoire naturelle XVI. p. 369–429 Pl. 16–19 (1828).
A. P. de Candolle	9) Mémoires sur la famille des *Ternstroemiacées*, et en particulier sur le genre *Saurauja* in Mémoire de la société de physique et d'histoire naturelle, Genève, 2 sér. V. 1. p. 1–38. tab. 1. (1822).
	10) *Ternstroemiaceœ* in Prodromus systematis naturalis regni vegetabilis I. p. 523–528 (1824); *Camellieœ*, l. c. p. 529–530.
M. Catesby	11) *Steuartia* in Natural History of Carolina, Florida, and the Bahama Islands II. appendix p. 113, t. 13 (1754); *Alcea Floridana* in l. c. I. p. 44 t. 44 (1731).
A. J. Cavanilles	12) *Steuartia* in Dissertatio Botanica V. p. 303 t. CLIX fig. 2 (1778); *Camellia* l. c. VI. p. 305–307 t. CLX; *Gordonia*, l. c. p. 307–308 t. CLXI. (1778).
H. I. N. Crantz	13) *Camellia tsubakki* in Institutiones Rei Herbariæ II. p. 172 (1766).

| G. *Don* | 14) | *Ternstroemiaceæ* in A general history of Dichlamydeous plants I. p. 563-579 (1831). |

G. Don   14) *Ternstroemiaceæ* in A general history of Dichlamydeous plants I. p. 563-579 (1831).

Duhamel du Monceau   15) *Stewartia* in Traité des Arbres & Arbustes, Tome II. p. 283-284, Pl. 78 (1755).

A. W. Eichler   16) *Ternstroemiaceæ* in Blütendiagramme II. p. 244-249 (1878).

J. Ellis   17) *Gordonia* in Philosophical Transaction LX. p. 518-523 Pl. XI. (1770).

S. Endlicher   18) *Ternstroemiaceæ* in Genera Plantarum p. 1017-1024 (1840).

    19) *Ternstroemiaceæ* in Supplementum IV. p. 66-68 (1847).

W. Fawcett & A. B. Rendle   20) Notes on Jamaica Plants in the Journal of Botany British and foreign XL. p. 361-363 (1922).

P. D. Giseke   21) *Columniferæ* in C. v. Linné, Prælectiones in Ordines naturales plantarum p. 451-493 (1792).

W. Griffith   22) *Erythrochiton* in Notulæ ad Plantas Asiaticas IV. p. 565-567 (1854).

C. L. L'Heritier   23) *Stuartia pentagyna* in Stirpes Novæ II. p. 155-156 t. 74 (1785); *Gordonia* in p. 156.

J. St. Hilaire   24) *Hesperideæ* Sect. III. in Exposition des familles naturelles II. p. 57-58 (1805); *Stewartia* in p. 94; *Eurya* in Supplementum p. 369.

W. J. Hooker   25) *Lacathea florida* in Salisbury, The Paradisus Londinensis I. no. 54. p. 1-2. tab. LXI (1805).

A. L. de Jussieu   26) *Aurantia* III. in Genera Plantarum p. 262 (1789).

E. Kœmpfer   27) *Mukopf* in Amœnitatum Exoticarum p. 774 cum fig. (1712); *Tsubakki* in p. 850; *Tsubaki* in p. 850 cum fig.; *Jamma Tsubakki* p. 850-851; *Dsisi* in p. 852; *Sasanqua* in p. 853; *Tsubakki* in p. 853; *Thea* in p. 605-631 tab. in p. 606.

    28) *The Tea* in Histoire du Japon I. t. 38 & 39, II. appendix p. 1-19 (1729).

J. Kochs   29) Ueber die Gattung *Thea* und den chinesischen *Thee* in Engler's Botanische Jahrbücher XXVII. p. 578-635 (1900).

P. W. Korthals   30) Bijidrage tot de Kennis der *Ternstroemiaceæ* in Verhandlingen over de Natuurlijke Geschiedenis der Nederlandsche overzeesche berittingen p. 93 -149 t. 16-19 (1840).

O. Kuntze	31)	*Ternstroemiaceæ* in Revisio generum plantarum I. p. 61–64 (1891).
J. Lindley	32)	*Ternstroemiaceæ* in An Introduction to the botany p. 43–44 (1830).
	33)	*Ternstroemiaceæ* in A natural system of botany p. 39–40 (1836).
C. a Linœnus	34)	*Thea & Camellia* in Regnum Vegetabilium (1735); *Lasianthus* l. c.
	35)	*Thea* in Genera Plantarum ed. 1. p. 154 (1737); *Camellia* in p. 208 (1737).
	36)	*Hypericum floribus pentagynis* in Hortus Cliffor-tianus p. 380 (1737).
	37)	*Thea* in Genera Plantarum ed. 5. p. 232 (1754); *Camellia* in p. 311 (1754).
	38)	*Stewartia* in Acta Societatis regiæ Scientiarum Up-saliensis ad annum 1741. p. 79–80, t. II. (1746).
C. a Linnæus fil.	39)	Supplementum plantarum systematis vegetabilium p. 39, no. 1397 (1781).
Loiseleur Deslongchamps	40)	*Stuartia* in Traité des Arbres & Arbustes I. p. 15–16. t. 6. (1801).
M. H. Marshall	41)	*Franklinia* in Catalogue alphabetique des Arbres & Arbrisseux p. 74–76 (1788); *Stewartia* p. 237–238.
C. F. Meissner	42)	*Ternstroemiceæ* in Plantarum vascularium genera I. p. 40–41 (1836); II. p. 29–30 (1843).
H. Melchior	43)	*Theaceæ* in A. Fngler, die natürlichen Pflanzen-familien 2 Aufl. Band XXI. p. 109–154 (1925).
T. Nakai	44)	*Theaceæ* in Chosen Shokubutsu I. p. 164–167 (1914).
	45)	*Theaceæ* in Report on the vegetation of the Island Quelpært p. 64 (1914).
M. L. Noisette	46)	*Ternstroemia* in Manual complet du Jardinier IV. p. 286–287 (1826); *Thea* in p. 287; *Camellia* in p. 287–291.
C. H. Persoon	47)	*Eurya* in Synopsis Plantarum II. p. 5 (1807); *Ste-wartia* in p. 66; *Thea & Ternstrœmia* in p. 75.
L. Pierre.	48)	*Ternstroemiacées* in Flore Forrestière de la Cochin-chineII. fasc. 8. *Thea chinensis-Archystœa Vahlii* (1887).
L. Plukenet	49)	*Alcea floridana* in Amaltheum Botanicum p. 7. t. 352 fig. 3 (1705).

R. A. Salisbury

50) **Thea & Camellia** in Prodromus stirpium in horto ad Chapel Allerton vigentium p. 370 (1796).

J. A. Scopolus

51) *Hoferia & Dupinia* in Introductio ad Historiam naturalem p. 194-195 (1777).

B. Seemann

52) Synopsis of Genera *Camellia* and *Thea* in Transaction of the Linnæan Society XXII. p. 337-352 tab. 60 & 62 (1859).

M. M. Spach

53) *Ternstroemiaceæ* in Histoire naturelle des végétaux IV. p. 58-82 (1834); *Camelliaceæ* l. c. p. 83-99 (1834).

C. Stuart.

54) A Basis for Tea selection in Annales du Jardin Botanique de Buitenzorg 3e sér. I. p. 193-320 Pl. 22-3I (1919).

O. Swartz

55) *Eroteum* in Nova Genera et Species Plantarum seu Prodromus descriptionum vegetabilium maximam partem incognitorum quæ sub itinere in Indiam occidentalem p. 85 (1788).

56) *Freziera* in Flora Indiæ occidentalis Tomus II. p. 971-975 (1800).

Ig. v. Szyszylowicz

57) *Theaceæ* in Engler & Prantl, Die natürlichen Pflanzenfamilien III. Abt. 6. p. 175-192 (1893).

T. A. Sprague

58) Notes on *Theaceæ* in The Journal of Botany British and foreign LXI. p. 17-19 (1923); LXI. p. 83-85 (1923).

R. Sweet

59) *Gordonia, Stuartia, Camellia* in Hortus suburbanus Londinensis p. 157 (1818).

C. P. Thunberg

60) *Eurya* in Dissertatio de novis generibus plantarum III. p. 67-68 (1783); *Cleyera* p. 68-69.

61) *Cleyera* in Flora Japonica p. 12 (1784); *Cleyera japonica* in p. 224; *Thea* in p. 225-227; *Camellia* in p. 272-274.

N. Turczaninow

62) *Tristylium* in Bulletin de la société impériale des Naturalistes de Moscou XXXI. p. 247-248 (1858).

E. P. Ventenat

63) *Camellia* in Tableau du règne végélal II. p. 447-448 (1799); *Thea* in p. 158.

R. Wight G. A. W. Arnott

64) *Ternstroemiaceæ* in Prodromus Floræ peninsulæ Indiæ orientalis I. p. 85-87 (1831).

R. Yatabe

65) *Ternstroemiaceæ* in Nippon Shokubutsu Hen I. p. 253-267 (1900).

（二）　朝鮮産山茶科植物研究ノ歴史

1886 年 Hemsley 氏ノ支那植物目錄中ニハ朝鮮ニ *Eurya chinensis* R. Brown ト *Stuartia monadelpha* Maximowicz ト *Camellia japonica* Linné トアルコトヲ報ズ。

1898 年ノ Palibin 氏ノ朝鮮植物誌ニハ更ニ之ニ *Eurya japonica* Thunberg ヲ加ヘタリ。

1909 年ノ拙著、朝鮮植物誌ニモ同樣四種ヲ載ス。

1914 年ノ拙著、朝鮮植物第一卷ニモ同ジク此四種ヲ載セタリ。

同年版ノ拙著濟州島植物調查書ニハ更ニ *Freziera ochnacea* ト *Taonabo japonica* ヲ加ヘタリ。

又同時出版ノ莞島植物調查書ニハつばきとひめしやらトヲ載セタリ。

1915 年版ノ智異山植物調查書ニハひめしやら一種ヲ載セタリ。

1918 年余ハ從來 *Stewartia monadelpha* 又ハ *Stuartia monadelpha* トシテ記載サレシ朝鮮植物ハひめしやらニ非ズシテ *Stewartia pseudo-camellia* しやらのきナルコトヲ東京植物學雜誌ニ記セリ。

1919 年版ノ欝陵島植物調查報告書ニハつばき一種ヲ載ス。

1922 年版ノ森爲三氏ノ朝鮮植物名彙ニハ此等ヲ併セテ記セシ上ニちやのきヲ加ヘ且ツ *Eurya chinensis* ヲ *Eurya emarginata* ニ改メタリ。

1925 年 H. Melchior 氏ハ Engler 氏監修ノ Pflanzenfamilien 第二十一卷ニ朝鮮ニさかきノアルコトヲ報ズ。

1926 年 A. Rehder 氏ハ The Journal of the Arnold Arboretum 第七卷ニ朝鮮ノしやらのきハ余ガ其後ニ考定シテ發表セザリシ *Stewartia koreana* Nakai ナル新種ナルコトヲ記シテ其記事ヲ揭グ。

1928 年同氏ハ更ニ同植物ノ果實ト花トノ記事ヲ加ヘテ同雜誌第九卷ニ記セリ。

（三）　朝鮮産山茶科植物ノ效用

茶ハ朝鮮南部ノ山ニ自生スレドモ古來其ヲ利用セザリシモノヽ如ク山林經濟（鄭若鏞著）ニモ茶ノ立テ方ヲ記セドモ栽培法ハ記サズ。

但シ斯ク自生アル故當然ノ結果トシテ南部ハ茶ノ栽培ニ適スルコト明ナリ。近來內地人ニテ茶業ニ成功シ居ルモノアリ。皆此野生ノ茶ヲ原料トス。順天ノ茶トシテ賣出シ居ルハ原料ヲ主トシテ谷城ニ採ル。つばき

ハ南部群島、欝陵島ニ自生シ特ニ甫吉島、莞島、濟州島、巨文島、南海島、巨濟島等ニテハ油ヲ採リ頭髮用トス。又棟白油ニ混ズ。故ニつばきノ木ヲ棟白木トモ云フ。欝陵島ハ媒介ノ鳥少キ爲メカ結果少シ。てうせんしやらのきハ花美シキ故將來園藝植物トシテ賞美サルヽモノヽ一ナルベシ。

　ひさかき、さかき等ハ南部ノ島ニノミアリテ内地同樣利用ノ途少シ、もつこくモ濟州島ニハアレドモ貧困者ノミ多キ此島ニ庭園ヲ作ルモノモナク朝鮮トシテハ利用ノ途ナシ。

（四）　朝鮮產山茶科植物ノ分類

山　茶　科

　灌木又ハ喬木、葉ハ互生托葉ナク二年生、全緣又ハ鋸齒アリ。花ハ腋生單一又ハ岐繖花序又ハ集團花序ヲナス。兩全又ハ雌雄異株、花梗アルモノト無柄ノモノトアリ。苞ハ永存性又ハ早ク落ツ。萼片ハ五個乃至多數相重ナリ、永存性又ハ脱落性。花瓣ハ五個乃至多數、脱落性、屢々基部ニ於テ相癒着シ覆瓦狀ニ排列ス。雄蕋ハ一列乃至數列、多數アリ。花絲ハ相離ルヽモノト基部ノ相癒合スルモノトアリ。葯ハ二室、縱裂、基部ニテ花絲ニツクモノト花絲ヨリ葯間ニ次第ニ移行シ其兩側ニ附クモノトアリ。無毛又ハ剛毛アリ。葯間ハヨク發達ス。子房ハ二室乃至十室、卵子ハ各室ニ二個乃至不定數、胎坐ハ中軸又ハ始メ側壁、又ハ中軸ノ上方ニ位ス。花柱ハ單一又ハ三乃至五裂ス。柱頭ハ分裂セヌモノト三乃至五裂スルモノトアリ。果實ハ蒴狀ナル時ハ胞背裂開又ハ不規則ニ裂開シ、漿果ナル時ハ黑色ナルヲ常トス。種子ハ一果實ニ多數又ハ少數往々唯一個ノミアリ。胚乳アルモノトナキモノトアリ。胚ハ或ハ曲リ或ハ直ナリ。子葉ハ通例多肉。

　主トシテ熱帶及ビ半熱帶ニ產シ二十三屬四百餘種アリ。就中六屬七種ハ朝鮮ニ自生ス。屬ノ區分法ハ左ノ如シ。

$$
1\begin{cases} \text{花絲ハ先端次第ニ細マリテ葯トホボ丁字形ニ附ク。葯間ハ幅廣} \\ \text{ク三角形又ハ橢圓形ヲナス。}\cdots\cdots\cdots\cdots\cdots 2 \\ \text{花絲ハ葯ノ基部ニ附ク。}\cdots\cdots\cdots\cdots\cdots\cdots 4 \end{cases}
$$

$$
2\begin{cases} \text{蒴ハ五角形、種子ハ扁平、落葉樹。}\cdots\cdots\cdots\cdots\text{しやらのき屬} \\ \text{蒴ハ丸シ、種子モ丸シ、常綠樹。}\cdots\cdots\cdots\cdots\cdots 3 \end{cases}
$$

3 {
岐繖花序ハ腋生、一個乃至三個ノ花ヲ附ク。花ハ有柄、萼ハ五個緑色永存性。‥‥‥‥‥‥‥‥‥‥‥‥‥‥‥‥‥‥‥ちやのき屬

花ハ一個宛頂生又ハ腋生、萼片ハ多數、螺旋狀ニ相重ナリ通例脱落ス。‥‥‥‥‥‥‥‥‥‥‥‥‥‥‥‥‥‥‥‥‥つばき屬
}

4 {
果實ハ不規則ニ裂開ス。花ハ單性、雌雄異株。‥‥‥‥もつこく屬

果實ハ漿果。‥‥‥‥‥‥‥‥‥‥‥‥‥‥‥‥‥‥‥‥‥‥5
}

5 {
花ハ兩全、雄蕋ハ二列、花絲ハ次第ニ葯間ニ移行ス。花柱ハ長シ。‥‥‥‥‥‥‥‥‥‥‥‥‥‥‥‥‥‥‥‥‥さかき屬

花ハ雌雄異株、雄蕋ハ一列、花絲ハ先端細マリテ簇形ノ葯ノ中央ノモトニ附ク。花柱ハ短シ。‥‥‥‥‥‥‥‥ひさかき屬
}

Ternstrœmiaceæ R. Brown in Abel, Narrat. p. 378 (1818)–A. P. de Candolle in Mém. Soc. Hist. Nat. Genève 2 sér. V. I. p. 13 (1823); Prodr. I. p. 523 (1824)–Cambessedes in Mém. Mus. Paris. XVI. p. 401 (1828)–Bartling, Ord. Nat. Pl. p. 335 (1830)–Lindley, Introd. p. 43 (1830) –Wight & Arnott, Prodr. Fl. Penins. Ind. I. p. 85 (1831)–G. Don, Gen. Hist. I. p. 563 (1831)–Richard, Nouv. élem. Bot. ed. 5. p. 171 (1833)– Spach, Hist. Vég. IV. p. 58 (1834)–Endlicher, Gen. Pl. p. 1017 (1840) –Meissner, Pl. Vasc. Gen. I. p. 40 (1836); II. p. 29 (1843)–Lindley, Nat. Syst. p. 79 (1836)–Agardh, Theor. p. 132 (1858)–Bentham & Hooker, Gen. Pl. I. p. 177 (1862), pro parte–Eichler, Blutendiagr. II. p. 244(1878).

Syn. *Coadunatœ* Linnæus, Phil. Bot. p. 28 (1751), pro parte.

Columniferœ Linnæus, l. c. p. 31; pro parte–Giseke, Prælect. p. 451 (1792), pro parte.

Pentagynia new tribe or order Mitchell in litt., fide Catesby, New Hist. II. append. p. 113 (1754).

Malvœ Adanson, Fam. Pl. II. p. 390 (1763), pro parte–Durande, Not. Élem. Bot. p. 28 (1781), pro parte.

Cisti Adanson, l. c. p. 434, pro parte.

Columniferœ-Calyce duplici-Camellia Crantz, Inst. Rei Herb. II. p. 172 (1766).

Columniferœ-Calyce duplici-Stewartia Crantz, l. c. p. 147.

Multistamineœ-Polypetalœ-Thea Crantz, l. c. p. 538.

Aurantia III Jussieu, Gen. Pl. p. 259 (1789).

Hesperideæ Ventenat, Tab. Vég. III. p. 152 (1799), pro parte-J. St. Hilaire, Exposit. II. p. 33 (1805).

Ebenaceæ Ventenat, l. c. II. p. 443, pro parte.

Tiliaceæ J. St. Hilaire, Exposit. II. p. 90 (1805), pro parte.

Ternstræmiées Mirbel in Nouv. Bull. Sci. Soc. Philom. III. p. 381 (1813).

Theacées Mirbel, l. c. p. 382–Jussieu in Mém. Mus. Hist. Nat. II. p. 436 (1815).

Camelliées A. P. de Candolle, Théor. élem. ed. 1. p. 214 (1813); ed. 2. p. 245 (1819).

Ternstromeæ Dumortier, Comm. Bot. p. 62 (1822).

Camellieæ Dumortier, Demonst. Bot. I. p. 62 (1822).

Camellieæ A. P. de Candolle, Prodr. I. p. 529 (1824).

Theaceæ D. Don, Prodr. Fl. Nepal. p. 224 (1825)–Agardh, Theor. p. 131 (1858)–Szyszylowicz in Nat. Pflanzenfam. III. 6. p. 175 (1893).

Camelliaceæ Dumortier, Analyse p. 43 & 47 (1829)–Bartling, Ord. Nat. Pl. p. 334 (1830)–Spach, Hist. Vég. IV. p. 82 (1834).

Ternstræmiacées Baillon, Hist. Pl. IV. p. 227 (1873).

Frutices vel arbores. Folia alterna exstipullata biennia integra vel serrata. Flores axillares solitarii vel cymosi vel glomerati, hermaphroditi vel dioici vel andro-dioici, pedunculati vel sessiles. Bracteæ persistentes vel caducæ. Sepala imbricata 5 vel ∞, persistentia vel decidua. Petala 5–∞ decidua basi sæpe coalita imbricata. Stamina 1–pluriserialia, numerosa, filamenta libera vel basi plus minus coalita, interdum monadelpha, antheræ biloculares longitudine fissæ basifixæ vel versatiles, glabræ vel hispidæ, connectivum bene evolutum. Ovarium 2–10 loculatum. Ovula in loculis 2–∞. Placenta centralia vel in axi superiore. Styli simplices vel 3–5 fidi. Stigma indivisum vel 3–5 lobatum. Fructus capsularis loculicide vel irregulare dehiscens, vel drupaceus vel baccatus. Semina 1–∞ albuminosa vel exalbuminosa. Embryo curvata vel recta. Cotyledones sæpe carnosæ.

Genera 23, species ultra 400 in regionibus tropicis et subtropicis distributæ, quorum genera 6 et species 7 in Korea spontanea.

1 { Antheræ versatiles; connectivum triangulare vel oblongum...2
{ Antheræ basifixæ. 4

2 {
Capsula angulata.　Semina.plana.　Folia decidua....*Stewartia*
Capsula globosa.　Semina rotundata vel angulato-rotundata.
　Sempervirens. 3
}

3 {
Cymus axillaris 1–3 florus.　Flores pedicellati.　Sepala 5 (4) quin-
　cuncialia viridia persistentia.　Bracteæ caducissimæ. ..*Thea*
Flores solitarii sessiles, terminales vel axillares.　Sepala ∞
　spirali-imbricata decidua.....................*Camellia*
}

4 {
Fructus irregulariter rupsus.　Flores androdioici. *Ternstroemia*
Fructus baccatus..........................5
}

5 {
Flores hermaphroditi.　Stamina 2-serialia.　Antheræ hispidæ
　oblongæ.　Styli longissimi. ....*Sakakia*
Flores dioici.　Stamina 1-serialia.　Antheræ glabræ sagittatæ.
　Styli brevissimi..........................*Eurya*
}

第一屬　しゃらのき屬

喬木又ハ小喬木、葉ハ一年生、互生、有柄、具齒、羽狀脈、花ハ兩全、有柄、腋生、苞ハ二個又ハ三個蕚ノ下ニ附ク。蕚片ハ五個永存性、花瓣ハ五個、基脚ハ多少相癒合ス、覆瓦狀排列、雄蕋ハ多數、單體又ハ五體、花糸ハ長シ。葯間ハ幅廣シ。葯ハ丸ク、二室、丁字形、子房ハ五室、花柱ハ基部多少相癒合シ稀ニ離生、卵子ハ各室ニ二個、果實ハ蒴、胞背裂開ス。種子ハ扁平胚乳アリ。胚ハ直、幼根ハ下向、子葉ハ扁平。

東亞ト北米トニ産シ七種アリ。其中一種ハ朝鮮ニ産ス。

1.　かうらいしゃらのき

（朝鮮名）　ノカックナム（全南）、クンスモック（平南）
（第拾六圖）

喬木、末梢ハ多少扁平ナルヲ常トス。樹膚ハ帶紅褐色、葉ハ一年生、葉柄ハ長サ二乃至十ミリ有毛又ハ無毛、葉身ハ始メ絹毛アレドモ後無毛トナル。橢圓形又ハ廣橢圓形基脚ハ或ハ丸ク或ハ尖リ、先端ハ急ニ銳ク尖リ特ニ最先端ハ中肋ガ延ビテ一乃至三ミリノ附屬物トナル。長サ三十五乃至百ミリ幅二十乃至五十ミリ波狀ノ鋸齒アリ。花ハ若枝ノ基部ニ腋生ス。花梗ハ長サ十五乃至二十ミリ無毛、苞ハ卵形又ハ圓板狀長サ四乃至七ミリ。蕚片ハ丸ク五個絹毛アリ、長サ七乃至十二ミリ。花瓣ハ五個稀ニ六個白色長サ二十五乃至三十五ミリ、倒卵形ニシテ先端ハ截形、緣

ハ波狀ナリ。雄蕋ハ五體、花糸ハ白シ。子房ニハ絹毛生ジ帶卵圓錐狀。花柱ハ五個相寄ル。果實ハ永存性ノ花柱ト共ニ長サ二十ミリ乃至二十二ミリ絹毛アリ。

莞島、南海島、統營彌勒山、月出山、德裕山、智異山、加智山、伽耶山、鷲棲山並ニ飛ンデ平南陽德ニ生ジ朝鮮ノ特產植物ナリ。

Gn. 1. **Stewartia** Linnæus [in Acta Soc. Reg. Sci. Upsal. ad annum MDCCXLI p. 79 t. II. (1746);] Gen. Pl. ed. 5. p. 311, no. 759 (1754)–Duhamel, Traité Arb. & Arbust. II. p. 283, Pl. 78 (1755)–Adanson, Fam. Pl. II. p. 398 (1763)–Murray, Syst. Veg. p. 631 (1784)–Cavanilles, Dissert. V. p. 303 (1788)–Marshall, Cat. Arbr. & Arbris. p. 237 (1788)–Necker, Elem. Bot. II. p. 436 (1790)–J. St. Hilaire, Exposit. II. p. 94 (1805)–Persoon, Syn. Pl. II. p. 66 (1807)–Cambessedes in Mem. Mus. Paris XVI. p. 406 (1828)–Szyszylowicz in Nat. Pflanzenfam. III. 6. p. 186 (1893)–Melchior in Nat. Pflanzenfam. 2 Aufl. XXI. p. 133 (1925).

Syn. *Malachodendron* Mitchell in Acta Phys. Med. Acad. Nat. Cur. VIII. app. p. 216 (1748)–Cavanilles, l. c. p. 502 fig. 2. (1788).

Steuartia Catesby, Nat. Hist. II. appendix p. 113, t. 13 (1754)–Baillon, Nat. Hist. IV. p. 254 (1873).

Stuartia L'Heritier, Stirp. II. p. 155 (1785)–Ventenat, Tab. III. p. 214 (1799)–Loiseleur Deslongchamps, Arb. & Arbust. I. p. 15 (1801)–Sweet, Hort. Suburb. Lond. p. 157 (1818)–G. Don, Gen. Hist. I. p. 573 (1831)–Spach, Hist. Vég. IV. p. 78 (1834)–Rafinesque, Silva Tell. p. 163 (1838)–Endlicher, Gen. Pl. p. 1022, no. 5423 (1840)–Bentham & Hooker, Gen. Pl. I. p. 185 (1862).

Stevvartia Vitman, Summa Pl. IV. p. 153 (1790).

Arbores vel arborescentes. Folia annua alterna petiolata serrata penninervia. Flores hermaphroditi pedicellati axillari-solitarii; bracteæ 2 vel 3 sub calyce positæ. Sepala 5 persistentia. Petala 5 basi plus minus coalita imbricata. Stamina numerosa monadelpha vel pentadelpha; filamenta elongata; connectivum dilatatum sed non productum; antheræ rotundatæ biloculares versatiles. Ovarium 5-loculare. Styli plus minus coaliti rarius liberi. Ovula in loculis 2 anatropa. Fructus capsularis loculicide dehiscens. Semina plana, albuminosa. Embryo recta; radicula infera, cotyledones planæ.

Species 7 in Asia orientali et in America boreali indigenæ, inter eas unica in Korea incola.

1. **Stewartia koreana** Nakai.
(Tab. XVI)

Stewartia koreana Nakai in Sched. Arnold Arboretum ex Rehder in Journ. Arnold Arboret. VII. p. 242 (1926); IX. p. 31 (1928).

Syn. *Stuartia monadelpha* (non Maximowicz) Forbes & Hemsley in Journ. Linn. Soc. XXIII. p. 80 (1886).

Stewartia monadelpha (non Szyszylowicz) Palibin in Acta Hort. Petrop. XVIII. p. 45 (1898)–Nakai, Chosen Shokubutsu I.p. 167 (1914), excl. syn.; Veg. Isl. Wangto p. 11 (1914); Veg. Chirisan Mts p. 39, no. 323 (1915).

Stewartia pseudo-camellia (non Szyszylowicz) Nakai in Tokyo Bot. Mag. XXXII. p. 232 (1918)–Mori, Enum. Corean Pl. p. 25 (1922).

Arbor; ramuli plus minus compressi, cortex rubro-fusca. Folia annua; petioli 2–10 mm. longi pilosi vel glabri; lamina initio extus sericeo-pilosa demum subglabra, elliptica vel late elliptica, basi obtusa vel acuta, apice mucronata vel cuspidata et appendice 1–2 mm. longa sæpe coronata, 35–100 mm. longa 20–50 mm. lata crenato-apiculato-serrata. Flores in axillis foliorum inferiorum axillaris; pedunculi 15–20 mm. longi glabri; bracteæ ovatæ vel orbiculares 4–7 mm. longæ; sepala 5 orbicularia sericea 7–12 mm. longa; petala 5 (6) alba 25–35 mm. longa obovata apice subtruncata et sæpe medio retusiuscula, margine undulata; stamina pentadelpha, filamenta alba; ovarium sericeum ovato-conicum; styli 5 fere conniventes. Fructus cum stylis 5 mm. longis persistentibus 20–22 mm. longus sericeus. Semina mihi ignota.

Hab.

Korea austr.: insula Wangto, Mt. Chirisan, Mt. Tokuyuzan, Mt. Gesshutsuzan, Mt. Kachisan, Mt. Seishūzan, Mt. Kayasan, insl. Nankaitō & Mt. Mirokusan, Tōei.

Korea merid.: in montibus Yōtoku prov. Heinan.

第 二 屬 ち や の き 屬

灌木又ハ小喬木、高サ六米突ニ達スルモノアリ。葉ハ二年生、互生、

有柄、單葉、岐繖花序ハ腋生、本來ハ三花ヲ附クレドモ通例減數シテ一乃至二花ヲ附ク。苞ハ極メテ早ク落ツ。蕚片ハ五個（又ハ四個）永存性、花瓣ハ六個乃至九個白色又ハ紅色相重ナル。雄蕋ハ多數、花糸ハ基部癒合ス。葯ハ丸ク丁字形、子房ハ二乃至四室有毛、花柱ハ二乃至四個基部相癒合ス。卵子ハ各室ニ三個乃至四個中軸胎坐、蒴ハ固ク胞背裂開ス。種子ハ大形、胚乳ナシ。皮ハ固ク、子葉ハ厚ク、幼根ハ上向。

東亞並ニ馬來地方ニ九種ヲ產ス。其中一種ハ南鮮ニモ自生ス。

2. ち ゃ の き

朝鮮名 ヂャ、ヂャクショルヂャ （第拾七圖）

灌木、分岐甚シ。若枝ニハ毛アレドモ後無毛トナル。樹膚ハ灰色、葉ハ二年生葉柄ハ長サ一乃至七ミリ、葉身ハ長橢圓倒披針形又ハ狹長橢圓形、長サ二乃至十一セメ幅一乃至三セメ半、內曲セル鋸齒アリ先端ハ凹入シ基脚ハ尖リ表面ハ綠色裏面ハ淡綠色。岐繖花序ハ一個乃至三個ノ花ヲ附ク。苞ハ極メテ早ク落ツ。蕚片ハ綠色永存性長サ三乃至四ミリ、花瓣ハ通例七個（六乃至八個）、白色長サ一乃至二セメ丸ク毛ナシ。外方ノ三個ハ先端綠色ナリ。雄蕋ハ多數、花糸ハ白ク細ク、葯ハ丸ク黃シ、花柱ハ三個乃至四個（減數シテ二個トナルコトモアリ）基脚相癒合ス無毛、果實ハ三乃至四溝アリ。種子ハ丸ク皮ハ固ク、子葉ハ極メテ厚シ。

全南、慶南ノ山ニ生ズ。

（分布） 支那、臺灣、九州、四國、本島。

臺灣、福建ニテ栽培スル所ノ烏龍茶ハ本種ニ似テ葉ハ深綠色、平滑、花瓣ノ數ハ七乃至九個ナリ。學名ヲ *Thea sinensis* L. var. *viridis* Szyszylowicz ト云フ。

Gn. II. **Thea** Kæmpfer, [Amœnit. Exot. p. 605 fig. in 606 (1712); Hist. Jap. I. t. 38. II. appendix p. 1 (1729)-Linnæus, Gen. Pl. p. 154. no. 434 (1737);] ed. 5. p. 232 no. 593 (1754)-Murray, Syst. Veg. p. 495 (1784)-Jussieu, Gen. Pl. p. 262 (1789)-Vitman, Summa Pl. III. p. 308 (1789)-Necker, Elem. Bot. III. p. 393 (1790)-Mœnch, Method. p. 455 (1794)-Willdenow, Sp. Pl. II. p. 1180 (1799)-Ventenat, Tab. III. p. 158 (1799)-Bosc in Nouv. Dict. Hist. Nat. XXII. p. 116 (1804)-Persoon, Syn. Pl. II. p. 73 (1805)-J. St. Hilaire, Exposit. Fam. Nat. II. p. 37 (1805)-A. P. de Candolle, Prodr. I. p. 530 (1824)-D. Don. Prodr. Fl.

Nepal. p. 224 (1825)–Noisette, Man. Jard. IV. p. 287 (1826)–Cambessedes in Mém. Mus. Paris. XVI. p. 415 (1828)–G. Don, Gen. Hist. I. p. 578 (1831)–Spach, Hist. Vég. IV. p. 90 (1834)–Endlicher, Gen. Pl. p. 1023, no. 5426 (1840)–Meissner, Pl. Vasc. Gen. II. p. 31 (1843)–Seemann in Trans. Linn. Soc. XXII. p. 346 (1859)–Baillon, Hist. Pl. IV. p. 252 (1873).

Syn. *Thea* Linnæus, Reg Veg. sub. n. (1735)–J. St. Hilaire, Exposit. II. p. 57 (1805).

Tsia Adanson, Fam. Pl. II. p. 450 (1763).

Calpandria Blume, Bijdragen p. 178 (1825)–Endlicher, Suppl. Gen. Pl. p. 68 (1847).

Sasanqua Nees in Flora IV. Liter. p. 144 (1834)–Meissner, l. c. p. 31.

Theaphyla Rifinesque, Sylv. Tell. p. 138 (1838).

Camellia sect. *Thea* C. Stuart in Bull. Jard. Bot. Buitenzorg 3 sér. I. p. 241 (1919)–Melchior in Nat. Pflanzenfam. XXI. p. 128 (1925), pro parte.

Frutex vel arborescentes usque 6 m. alti. Folia biennia petiolata simplicia. Flores cymosi fundamentale 3–florus, sed vulgo reductim axillari 1–2 flori. Bracteæ caducissimæ. Sepala 5 (4) imbricata persistentia. Petala 6–9 alba vel rosea imbricata. Stamina ∞, filamenta basi coalita. Antheræ rotundatæ versatiles. Ovarium 2–4 loculare pilosum. Styli 2–4 basi coaliti. Ovula in loculis 4. Placenta centralia. Capsula sublignosa loculicide dehiscens. Semina magna exalbuminosa; testa dura; cotyledones crassæ; radicula supera.

Species 9 in Asia orientali et Malesia incola, inter eas unica in australi parte peninsulæ Koreanæ indigena.

2. **Thea sinensis** Linnæus var. **bohea** Szyszylowicz.
(Tab. nostra XVII)

Thea sinensis Linnæus var. bohea Szyszylowicz in Nat. Pflanzenfam. III. 6. p. 183 (1893), ut Bohea.

Syn. *Thee Sinensium* Breyn, Cent. p. 111 cum. fig. (1678); Prodr. II. p. 17, t. III. (1739).

Tsia iaponensis Barrchier, Icon. fig. 904 (1714).

Tsia Thea Kæmpfer, Amœnit. Exot. p. 505 cum. tab. (1712).

Thea sinensis Linnæus, Sp. Pl. p. 515 (1753)–Szyszylowicz, l. c.–Matsumura, Ind. Pl. Jap. II. pt. 2. p. 363 (1912)–Rehder & Wilson in Sargent, Pl. Wils. II. p. 391 (1916).

Thea bohea Linnæus, Sp. Pl. ed. 2. p. 734 (1762)–Burmann, Fl. Ind. p. 122 (1768)–Linnæus, Amœnit. Acad. VII. p. 239. t. 4 (1769); Syst. Nat. ed. 13. p. 365 (1770)–J. St. Hilaire, Exposit. II. p. 38 (1805).

Thea Bohea Linnæus apud Crantz, Instit. Rei Herb. II. p. 538 (1766) –Houttuyn, Nat. Hist. V. p. 246 (1775); Pflanzensyst. IV. p. 19 (1779) Murray, Syst. Veg. ed. 13. p. 412 (1774); ed. 14. p. 495 (1784)–Thunberg, Fl. Jap. p. 225 (1784)–Vitman, Summa Pl. III. p. 308 (1789)– Willdenow, Sp. Pl. II. p. 1180 (1799)–Persoon, Syn. Pl. II. p. 73 (1807) –Loddiges, Bot. Cab. III. t. 226 (1818)–Spach, Hist. Vég. IV. p. 99 (1834)–Loudon, Arb. I. p. 393 fig. 103 (1838).

Thea parvifolia Salisbury, Prodr. p. 370 (1796).

Thea viridis var. *bohea* Ventenat, Tab. II. p. 158 (1799).

Thea viridis B. Thea foliis ovato-lanceolatis etc. Lamarck, Encyclop. VII. p. 617 (1806).

Thea Chinensis β. Bohea Sims in Bot. Mag. XXV. t. 998 (1807)– A. P. de Candolle, Prodr. I. p. 530 (1824), excl. syn. nonn.

Thea chinensis Sims *β. Thea Bohea* Sims, l. c.

Camellia Bohea Sweet, Suburb. Lond. p. 157 (1818).

Camellia Thea Link, Enum. Pl. Hort. Berol. II. p. 73 (1822)–Forbes & Hemsley in Journ. Linn. Soc. XXIII. p. 83 (1886), excl. syn.–Ito & Matsumura in Journ. Coll. Sci. Tokyo XII. p. 62 (1899)–Yatabe, Nippon Shokubutsuhen I. p 266 fig. 276 (1900)–Matsumura & Hayata in Journ. Coll. Sci. Tokyo XXII. p. 50 (1906).

Thea chinensis Sims apud Sprengel, Syst. Veg. II. p. 603 (1825).

Theaphyla lanceolata Refinesque, Sylva Tell. p. 139 (1838).

Thea chinensis Linnæus apud Siebold & Zuccarini in Abh. Muench. Acad. IV. 2. p. 164. no. 209 (1845)–Miquel in Ann. Mus. Bot. Lugd. Bat. III. p. 17 (1867); Prol. Fl. Jap. p. 205 (1867)–Franchet & Savatier, Enum. Pl. Jap. I. p. 61 (1875).

Camellia Bohea Griffith, Notul. Pl. Asiat. IV. p. 553. Pl. DCII. fig.

1. (1854)–Loudon, Encycl. Pl. p. 592 (1855).

Thea chinensis var. *Bohea* Pierre, Fl. Forr. Cochinch. II. fasc. 8. Pl. 114 C¹ & C² (1887).

Camellia theifera Dyer ex. C. Stuart in Ann. Jard. Bot. Buitenzorg. 2 sér. XV. p. 1. (1918); non Griffith.

Frutex, si bene evolutus usque 4 metralis altus, vulgo humilis ramosissimus; rami juveniles pilosi demum glabrescentes; cortex cinereus. Folia biennia; petioli 1–7 mm. longi; lamina oblongo-oblanceolata vel anguste oblonga 2–11 cm. longa 1–3.5 cm. lata incurvato-serrata, apice emarginata, basi acuta, supra viridis infra pallida. Cymus fundamentale 3–florus, sed reductim 1–2 florus, ita si flos solitarius pedicelli medio bibracteati. Bracteæ naviculares v. scariosæ caducissimæ. Flores cernui. Sepala viridia 5 (4) persistentia rotundata 3–4 mm. longa. Petala 7 (6–8) alba 1–2 cm. longa et lata glabra. Stamina ∞, filamenta candida angusta, antheræ rotundatæ. Styli 3–4 vel reductim 2, basi coaliti glabri. Fructus depressus 3–4 sulcatus. Semina globoso-angulata exalbuminosa, testa crustacea, cotyledones crassæ.

Hab. in prov. Zennan & Keinan; in collibus et montibus.

Distr. Hondo, Shikoku, Kiusiu, Formosa & China.

第三屬 つばき屬

喬木又ハ小喬木、葉ハ二年生、互生、有柄、鋸齒アリ。單葉、花ハ頂生單一無柄、蕚片ハ多數ニシテ螺旋狀ニ相重ナリテ內方ノモノ程大ナリ。脫落性又ハ稀ニ永存性、雄蕋ハ單體多數、葯ハ丁字形、子房ハ無毛又ハ有毛三乃至五室、卵子ハ各室ニ三乃至六個、花柱ハ三乃至五個。蒴ハ固ク木質性、胞背裂開ス。種子ハ大形ニシテ胚乳ナシ。子葉ハ厚シ。幼根ハ上向。

東亞ニ限ラレタル植物ニシテ十五種アリ。其中一種ハ朝鮮ニ產ス。

3. つ ば き

（朝鮮名）　トンペクナム、トンバグナム、トンビャクナム

（第拾八圖）

小喬木、皮ハ灰色ニシテ裂開セズ。葉ハ二年生、葉柄ノ長サハ二乃至十五ミリ無毛、葉身ハ長橢圓形又ハ倒卵形、基脚ハトガリ先端ハ急ニ銳

ク尖ル。緣ニ波狀ノ鋸齒アリ。表面ハ光澤ニ富ミ裏面ハ淡綠色。花ハ枝
ノ先端ニ出デ無柄、蕚片ハ鱗狀ノモノヨリ始マリ次第ニ內側ノモノニ至
リテ大形トナリ最內部ノモノハ往々一部分花瓣ノ色ヲ帶ブ。花時又ハ花
後皆落ツ。花瓣ハ五個、基部相癒合シ通例長サ三乃至四セメ（內地產ノモ
ノハ花大ナリ）。雄蕋ハ單體ニシテ下ノ筒狀部ハ花瓣ト相癒合ス。花絲
ハ白色、葯ハ黃色、子房ハ無毛、卵子ハ各室ニ三個又ハ四個、胎坐ハ中軸
ノ半以上ニ位ス。花柱ハ三裂ス。蒴ハ厚ク固ク直徑三乃至四セメ先端三
裂シ中央ニ柱狀部ヲ殘ス。種子ハ各室ニ一個乃至三個大形ナリ。

　　欝陵島、南部ノ群島、濟州島、全南（麗水郡、高興郡、海南郡、靈巖
　　郡、康津郡、寶城郡）、慶南（南海郡、統營郡、巨濟島）、忠南（外烟
　　島）、京畿（缶島）等ニ亘リテ產ス。
　（分布）　本島、四國、九州、對馬、琉球、臺灣。

Gn. III. **Camellia** Linnæus, [Reg. Veg. sub Q. (1735); Gen. Pl. p. 208
no. 565 (1737);] Gen. Pl. ed. 5. p. 311, no. 759 (1754)–Murray, Syst. Veg.
ed. 14. p. 632 (1784)–Jussieu, Gen. Pl. p. 262 (1789)–Vitman, Summa
Pl. IV. p. 153 (1790)–Ventenat, Tab. II. p. 447 (1799)–Willdenow, Sp.
Pl. III. p. 842 (1800)–Cavanilles, Dissert, VI. p. 305 t. CLX (1778)–Bosc
in Nouv. Dict. Hist. Nat. IV. p. 165 (1803)–J. St. Hilaire, Exposit.
II. p. 38 (1805)–A. P. de Candolle, Prodr. I. p. 529 (1824)–Noisette,
Man. Jard. IV. p. 287 (1826)–Cambessedes in Mém. Mus. Paris XVI.
p. 408 (1828)–G. Don, Gen. Hist. I. p. 574 (1831)–Spach, Hist. Vég.
IV. p. 84 (1834)–Endlicher, Gen. Pl. p. 1022 no. 5425 (1840)–Meissner,
Pl. Vasc. Gen. II. p. 31 (1843)–Seemann in Trans. Linn. Soc. XXII.
p. 341 (1859)–Bentham & Hooker, Gen. Pl. I. p. 187 (1862), excl. syn.
Cordyloblaste-Melchior in Nat. Pflanzenfam. 2 Aufl. XXI. p. 128 (1925),
pro parte.

　Syn.

　Tsubaki Adanson, Fam. Pl. II. p. 399 (1763).

　Camelia Necker, Elem. Bot. II. p. 417 (1790).

　Sasanqua Nees in Flora IV. liter. p. 144 (1834).

　Sasanqua Rafinesque, Sylva Tell. p. 140 (1838).

　Thea Sect. *Camellia* Szyszylowicz in Nat. Pflanzenfam. III. 6. p. 183
(1893).

Camellia Sect. *Eu-Camellia* C. **Stuart** in Ann. Jard. Bot. Buitenz.
3 sér. I. p. 241 (1919), pro parte–Melchior in Engler, Pflanzenfam. 2
Aufl. XXI. p. 129 (1925), pro parte.

Arbores vel arborescens. Folia biennia alterna petiolata serrata sim-
plicia. Flores terminales solitarii sessiles; sepala ∞ sensim in petala
transeunt decidua stamina monadelpha ∞, antheræ versatiles, ovarium
glabrum vel pubescens 3–5 loculare; ovula in loculis 3–6; styli 3–5 sæpe
usque ad apicem coaliti. Capsula lignosa, loculicide dehiscens. Semina
magna exalbuminosa; cotyledones crassa; radicula supera.

Species 15 in Asia orientali adsunt, quarum 1 in Korea spontanea.

3. **Camellia japonica** Linnæus var. **spontanea** Nakai.
(Tab. nostra XVIII)

Camellia japonica Linnæus var. spontanea Nakai, comb. nov.

Syn. *Thea chinensis pimentæ jamaicensis folio, flore roseo* Petiver,
Gazophyl. Nat. I. t. 33 fig. 4 (1703).

Tsubakki montanus s. silvestris, flore roseo simplici Kæmpfer, Amœ-
nit. Exot. p. 850 t. 851 (1712).

Camellia japonica Linnæus, Sp. Pl. p. 698 (1753); ed. 2. p. 982 (1762)
–Burmann, Fl. Ind. p. 153 (1768)–Linnæus, Syst. Nat. ed. 13. p. 465
(1770)–Houttuyn, Nat. Hist. III. p. 157 (1774)–Murray, Syst. Veg. ed.
13. p. 525 (1774); ed. 14. p. 632 (1784)–Thunberg, Fl. Jap. p. 272 (1784)
–Cavanilles, Dissert. VI. p. 305. t. 160 fig. 1. (1788)–Curtis, Bot. Mag.
II. t. 42 (1788)–Lamarck, Encyclop. I. p. 57 (1789)–Vitman, Summa
Pl. IV. p. 153 (1790)–Willdenow, Sp. Pl. III. p. 842 (1800)–J. St. Hilaire,
Exposit. II. p. 38 (1805)–Persoon, Syn. Pl. II. p. 260 (1807)–Link,
Enum. Pl. Hort. Berol. II. p. 73 (1822)–A. P. de Candolle, Prodr. I.
p. 529 (1824)–Sprengel, Syst. Veg. III. p. 126 (1826)–Noisette, Man,
Jard. IV. p. 288 (1826)–Vaugéel, Sert. Bot. II. XVICL (1829)–G. Don,
Gen. Syst. I. p. 574 (1831)–Spach, Hist. Vég. IV. p. 86 (1834)–Loudon,
Arb. & Frutic. Brit. I. p. 382 (1838)–Siebold & Zuccarini, Fl. Jap. p.
155. t. 82 (1841)–A. Gray in Narratives Capt. Perry's Exped. II. append.
p. 309 (1857)–Miquel in Ann. Mus. Bot. Lugd. Bat. II. p. 16 (1866);
Prol. Fl. Jap. p. 204 (1867)–Franchet & Savatier, Enum. Pl. Jap. I.

p. 60 (1875)–Matsumura, Nippon Shokubutsumeii p. 36 no. 428 (1884);
Cat. Pl. Herb. Coll. Sci. Imp. Univ. p. 26 (1886)–Yatabe, Nippon Shoku-
butsuhen I. p. 265. fig. 274 (1900)–Rehder in Bailey, Stand. Cyclop.
II. p. 641 (1914)–Nakai, Veg. Dagelet Isl. p. 22 no. 232 (1919)–Makino
& Nemoto, Fl. Jap. p. 549 (1925)–Melchior in Engler, Pflanzenfam. 2
Aufl. XXI. p. 129 (1925).

Camellia Tsubakki Crantz, Instit. Rei Herb. II. p. 172 (1766).

Camellia florida Salisbury, Prodr. Stirp. Hort. Chapel Allerton vigent.
p. 370 (1806).

Thea Camellia Hoffmannsegg, Verz. Pflanzenkult. p. 177 (1824).

Thea japonica Baillon, Hist. Pl. IV. p. 229 (1873)–Pierre, Fl. Forr.
Cochinch. II. fasc. 8. in nota sub *Thea Piquetiana* (1887).

Camellia sinensis O. Kuntze in Acta Hort. Petrop. X. p. 195 (1887),
in nota sub *Valerianella leiocarpa*.

Camellia chinensis O. Kuntze, Rev. Gen. Pl. I. p. 64 (1891)–Melchior
in Nat. Pflanzenfam. 2 Aufl. XXI. p. 131 (1925).

Thea japonica Noisette apud Szyszylowicz in Nat. Pflanzenfam. III.
6. p. 183 (1893)–Matsumura, Shokubutsu Mei-I. p. 291, no. 3102 (1895)
–Kochs in Bot. Jahrb. XXVII. Heft. 5. p. 596 (1900)–Shirasawa, Icon.
I. Pl. 73 fig. 15–30 (1900)–Nakai, Veg. Isl. Quelpært p. 64 no. 895 (1914);
Veg. Isl. Wangto p. 11 (1914); Chosen Shokubutsu I. p. 166 fig. 201 (1914).

Thea japonica var. *spontanea* Makino in Tokyo Bot. Mag. XXV. p.
160 (1908)–Matsumura, Ind. Pl. Jap. II. pt. 2. p. 361 (1912).

Arborea, cortex non fissa. Folia biennia; petioli 2–15 mm. longi sul-
cati glabri; lamina oblonga vel obovata basi acuta vel cuneata, apice
mucronata vel attenuata, crenato-serrata, supra lucida, infra pallida.
Flores in apice ramuli terminales, rarissime subterminali-axillares.
Sepala extrema scariosa rotundata gradatim ad interiorem magnitudine
aucta, intima sæpe semipetaloidea, extus sericea. Petala in plantis
Koreanis 3–4 cm. longa, rubra, basi coalita. Stamina monadelpha ∞
basi petala coalita, filamenta alba, antheræ flavæ. Ovarium glabrum,
ovula in loculis 3 (4). Placenta supra centralia. Styli apice trifidi.
Capsula lignosa crassa globosa 3–4 cm. lata apice trifida ex columna
libera. Semina in quoque loculo 1–3 magna.

Hab. in australi extrema peninsulæ Koreanæ, Archipelago Koreano, Quelpært & Dagelet.

Distr. Hondo, Shikoku, Kiusiu, Tsusima, Liukiu, Formosa.

第四屬 さ か き 屬

小喬木、葉ハ互生、單葉、全緣、二年生、葉柄アリ。花ハ兩全若枝ノ基部ニ腋生スレドモ若枝ハ極メテ短縮スルヲ以テ前年ノ葉ノ葉腋ヨリ生ズルガ如キ觀アリ。花梗ハ長ク先端ニ小サキ早落性ノ苞二個ヲ有ス。萼片ハ五個相重ナル。花瓣ハ五個基脚相癒合シ花時ハ開出ス。雄蕋ハ二列ニ生ジ花絲ハ細クモナク先ハ葯間ニ移行ス。葯ハ葯間ノ緣ヲ取リテ出デ二室、緣ニ二列ノ剛毛アリ。子房ハ無毛二乃至三室、花柱ハ長ク先端二乃至三叉ス。胎坐ハ中軸ナレドモ始メハ側壁ヨリ起ル。胎盤ハ廣ク圓形ニシテ其緣ニ多數ノ卵子ヲ附ク。果實ハ漿果、種子多シ。種子ニ胚乳アリ。胚ハ彎曲ス。

東亞ノ亞熱帶及ビ熱帶ニ亘リ三種ヲ產ス。其中一種ハ濟州島ニモアリ。

本屬ハ學者ニ依リ或ハひさかき屬（*Eurya*）ニ或ハ *Eroteum* 屬（一名 *Freziera* 屬）ニ合セラルレドモ左ノ如キ區別アリ。

1 ┌ 雄蕋ハ一列、花ハ雌雄異株、葯ハ無毛、簇形、葯間ハ極メテ細シ。花柱ハ短ク、先端三乃至五叉ス。漿果ハ三乃至五室。‥‥‥‥‥‥‥‥‥‥‥‥‥‥‥‥‥‥‥‥‥‥ひさかき屬
　└ 雄蕋ハ二列乃至三列、花ハ兩全、葯ハ無毛又ハ有毛。‥‥‥‥‥ 2

2 ┌ 苞ハ早落性、葯ハ剛キ逆毛アリ。花柱ハ細長ク柱頭及ビ子房ノ室ハ二乃至三個。‥‥‥‥‥‥‥‥‥‥‥‥‥‥‥さかき屬
　└ 苞ハ永存性、葯ハ無毛又ハ剛キモアリ。花柱ハ極メテ短ク、柱頭及ビ子房ノ室ハ三個乃至五個。‥‥‥‥‥‥‥‥*Eroteum* 屬

4. さ か き

（朝鮮名） ピ チュツク （第拾九圖）

無毛ノ小喬木、葉ハ二年生、葉柄ハ長サ二乃至十ミリ、葉身ハ長橢圓形又ハ狹長橢圓形、基脚トガリ先端ハ急ニ尖リ最先端ニ至リテ丸クナル。表面ハ光澤ニ富ミ裏面ハ淡綠色、全緣、長サ三乃至十セメ幅十三乃至三十五ミリ、花ハ下向ニ開キ花梗ハ長サ十乃至二十ミリ、先端ニ早ク落ツル二個ノ苞アリ。萼片ハ永存性ニシテ長サ三ミリ、花瓣ハ稍黃味アル白

色長サ七乃至十ミリ、開花時ニハ廣ク開ク。雄蕊ハ二列長サハ不同、葯
ハ橢圓形ニシテ少クモ半以下ハ逆毛アリ。子房ハ無毛、花柱ハ長サ一セ
メ先端ハ二乃至三叉ス。漿果ハ黑色卵形長サハミリ許。

済州島ノ暖地ニ生ズ。

（分布）　本島、四國、對馬、九州、琉球、臺灣、支那ノ南東部。

Gn. IV. **Sakakia** Nakai, gn. nov.

Syn. *Cleyera* Thunberg, Nov. Gen. Pl. III. p. 69 (1783), excl. fruct.;
Fl. Jap. p. XII. (1784), excl. fruct.–Murray, Syst. Veg. ed. 14. p. 493
(1784), excl. fruct.–A. P. de Candolle, Prodr. I. p. 524 (1824)–D. Don,
Prodr. Fl. Nepal. p. 225 (1825)–Wight & Arnott, Prodr. I. p. 86 (1831)
–Spach, Hist. Vég. IV. p. 62 (1834)–Endlicher, Gen. Pl. p. 1019, no.
5411 (1840)–Cambessedes in Mém. Mus. Paris. XVI. p. 403 (1828)–Meiss-
ner, Pl. Vasc. Gen. II. p. 30 (1843)–Bentham & Hooker, Gen. Pl. I.
p. 183 (1862).

Eurya Sect. *Cleyera* Szyszylowicz in Nat. Pflanzenfam. III. 6. p. 188
(1893).

Arborea.　Folia alterna petiolata simplicia integra biennia.　Flores
hermaphroditi in basi gemmarum hornotinorum axillares, ita in axillis
foliorum annotinorum axillares esse videntur.　Pedunculi elongati apice
bibracteati.　Bracteæ caducæ minimæ.　Sepala 5 imbricata.　Petala 5
imbricata basi coalita sub anthesin patentes vel reflexa.　Stamina ∞,
2-serialia; filamenta angusta glabra apice in connectivum latum sensim
transeunt; antheræ in latere connectivi marginales biloculares, valvis
longitudine hispidis.　Ovarium glabrum 2–3 loculare.　Styli elongati
apice 2–3 fidi.　Placenta centralia apice plana.　Ovula plura secus mar-
ginem placenti uniserialia.　Bacca nigra plurisperma.　Semina albumi-
nosa.　Embryo subcurvata.

Species 3 in Asia orientali subtropica et tropica incola, quarum unica
in parte calida insulæ Quelpært indigean.

The genus *Cleyera* and the species *Cleyera japonica* were described
by C. P. Thunberg from the specimens of a flowering branch of *Cleyera
ochnacea* and a fruiting branch of *Ternstræmia japonica* of the present
meaning mounted together on a sheet.　These specimens are still in the

possession of Upsala University, Sweden. Later, Thunberg altered the name of *Cleyera japonica* to *Ternstrœmia japonica*. Accordingly, the type of the genus *Cleyera*, and the species *Cleyera japonica* or *Ternstrœmia japonica* is of two entirely different genera and species ie. *Sakakia* and *Ternstrœmia*, or *Sakakia ochnacea* and *Ternstrœmia Mokof* (see below), and either of which can not be taken for the type of *Sakakia* or *Ternstrœmia japonica*.

These names *Cleyera*, *Cleyera japonica* and *Ternstrœmia japonica*, therefore, should be rejected properly. *Eroteum* or *Freziera*[1] comprises the plants of New World. It differs from both of *Sakakia* and *Eurya* as follows.

1 {
Flores dioici. Stamina uniserialia. Antheræ glabræ sagittatæ. Connectivum angustissimum. Styli brevissimi 3–5 fidi. Bacca 3–5 locularis. . . . . *Eurya*
Flores hermaphroditi. Stamina 2–3 serialia. Antheræ oblongæ vel lineares. Connectivum bene evolutum. 2
}

2 {
Bracteæ caducissimæ. Styli filiformes. Antheræ saltem partim retrorsum hispidæ. Ovarium 2 (–3) loculare. Stigmata 2 (–3) partita. . . . . *Sakakia*
Bracteæ persistentes. Styli breves. Antheræ glabræ vel antrorsum hispidæ. Ovarium 3–5 loculare. Stigmata 3–5 lobata.
. . . . *Eroteum*
}

4. **Sakakia ochnacea** Nakai.
(Tabula nostra XIX)

Sakakia ochnacea Nakai, comb. nov.

Syn. *Sakaki* Kæmpfer, Amœn. Exot. p. 777 (1712).

Sasaki Banks, Icon. t. 33 (1791).

Cleyera japonica Thunberg, Nov. Gen. III. p. 69 (1783), pro parte; Fl. Jap. p. 12 (1784), pro parte–Poiret, Suppl. Encyclop. II. p. 299 (1811), excl. fr.–Spach, Hist. Vég. IV. p. 63 (1834)–Siebold & Zuccarini, Fl. Jap. p. 153 t. 81 (1841)–Miquel in Ann. Mus. Bot. Lugd. Bat. III. p.

(1) The name *Eroteum* was changed to *Freziera* by Willdenow in reason of that it is mistakable with well known genus *Erodium* of *Geraniaceæ*.

14 (1866); Prol. p. 202 (1867)–Franchet & Savatier, Enum. Pl. Jap. p. 57 (1875)–Matsumura, Nippon Shokubutsu meii p. 53 n. 631 (1884); Cat. Pl. Herb. Coll. Sci. Tokyo p. 25 (1886)–Matsumura & Hayata in Journ. Coll. Sci. Tokyo XXII. p. 46 (1906).

Ternstrœmia japonica Thunberg in Trans. Linn. Soc. II. p. 335 (1794), pro parte.

Cleyera ochnacea A. P. de Candolle in Mém. Hist. Nat. Genève I. p. 524 (Mém. Fam. Ternstr. p. 21) (1822), pro parte; Prodr. I. p. 524 (1824)–Sprengel, Syst. Veg. II. p. 596 (1825)–G. Don, Gen. Hist. I. p. 566 (1831)–Yatabe, Nippon Shokubutsuhen I. p. 257 fig. 266 (1900)–Melchior in Nat. Pflanzenfam. 2 Aufl. XXI. p. 147 (1925).

Cleyera ochnacea α. *Kœmpferiana* A. P. de Candolle, l. c. l. c.

Eurya ochnacea Szyszylowicz in Nat. Pflanzenfam. III. 6. p. 188 (1893), pro parte–Matsumura, Shokubutsu Meii p. 122 no. 1320 (1895)–Shirasawa, Icon. II. t. 53 fig. 18–31 (1908)–Matsumura, Ind. Pl. Jap. II. pt. 2. p. 359 (1912)–Rehder & Wilson in Sargent, Pl. Wils. II. p. 399 (1916)–Makino & Nemoto, Fl. Jap. p. 553 (1925).

Freziera ochnacea Nakai, Veg. Isl. Quelpært. p. 64 no. 893 (1914)–Mori, Enum. Corean Pl. p. 251 (1922).

Arborea glaberrima. Folia biennia; petioli 2–10 mm. longi supra sulcati, lamina oblonga vel elongato-oblonga basi acuta apice mucronato-obtusa, supra lucida, infra pallida, integerrima, 3–10 cm. longa 1.3–3.5 cm. lata. Flores nutantes; pedicelli 10–20 mm. longi apice bi-bracteati; bracteæ caducissimæ; sepala 3 mm. longa persistentia; petala albida 7–10 mm. longa sub anthesin patentia vel reflexa; stamina 2-serialia longitudine inæqualia, antheræ ellipticæ infra medium retrorsum supra medium antrorsum vel patentim hispidæ 2 mm. longæ. Ovarium glabrum. Styli circ. 1 cm. longi apice 2 (–3) fidi. Stigmata truncata. Bacca nigra ovoidea 8 mm. longa.

Hab. in Quelpært.

Distr. Hondo, Shikoku, Kiusiu, Tsusima, Liukiu, Formosa & China.

第五屬 ひ さ か き 屬

灌木又ハ小喬木、雌雄異株、葉ハ二年生、有柄、有鋸齒、單葉、花ハ

新芽ノ發達セザルモノ、葉ガ鱗狀トナリ居ルモノ、葉腋ニ一個宛生ズレ
ドモ此花ノ出ヅル葉腋ガ二個又ハ三個アルヲ以テ恰モ花ガ葉腋ニ二三個
宛集團スル如キ觀アリ。花ハ下向ニ開ク。花梗ノ先端ニ永存性ノ二個ノ
苞アリ。雄花ハ蕚片五個永存性、花瓣五個基脚相癒合シ爲メニ鐘狀花冠
ノ如キ觀ヲナス。雄蕋ハ多數一列ニ並ビ彎曲ス。葯ハ簇形二室無毛、先
端ハ癒合シテ恰モ葯間ガ突出セル如キ觀ヲ呈ス。葯間ハ極メテ小ナリ。
子房ハ三乃至五室、花柱ハ短ク先端ハ三乃至五裂ス。胎坐ハ花時ハ側膜
ナレドモ後相癒合シテ中軸胎坐トナル。果實ハ漿果種子多シ。種子ニ胚
乳アリ。子葉ハ殆ンド丸シ。

東亞及ビ馬來群島ニ約二十種アリ。其中二種ハ朝鮮ニ自生ス。

> 葉ノ表面ニ皺アリ。葉ハ長橢圓倒卵形先端凹入ス。....はまひさかき
> 葉ハ長橢圓倒披針形、先端ハ急ニトガリ最端ニ至リテ丸シ。...ひさかき

5. は ま ひ さ か き （第貳拾圖）

（朝鮮名）　チュイトンナム

高サ一・二米突ノ灌木、分岐多シ、稀ニ小喬木トナル（麗水郡三山面西島
ニテハ高サ七米突幹ノ直徑目通リ三十セメニ達スルヲ見タリ）。葉ハ二
年生ニシテ相踵デ生ジ左右二列ニ列ブ。葉柄ハ長サ一乃至二ミリ、葉身
ハ倒卵長橢圓形又ハ倒卵形長サ七乃至五十ミリ、幅ハ五乃至二十ミリ、
緣ハ外ニ卷キ波狀ノ鋸齒アリ。基脚ハトガリ先端ハ凹入ス。雄花ノ開ケ
ルモノヲ未ダ見ズ。雌花ハ下垂シテ開キ一個乃至二個宛腋生シ、蕚片ハ
五個圓ク長サ一乃至一ミリ半、永存性、花瓣ハ卵形、五個、長サ二ミリ、
花柱ハ約一ミリ、先端三叉ス。漿果ハ黑色球形徑七ミリ許。

濟州島、梅加島、大黑山島、巨文島、甫吉島、莞島、靑山島、鳥島、牛
　耳島、巨濟島、絕影島、慶南東萊郡ノ海岸ニ産ス。
（分布）　本島、四國、九州、琉球。

6. ひ さ か き

（朝鮮名）　ムルチョレギナム。カスーロック。サスレピナム。
　　　　　　キャイドンボック
（第貳拾壹圖）

雌雄異株ノ灌木老成スレバ徒々喬木トナル。葉ハ二年生、葉柄ハ長サ
一乃至五ミリ、無毛、葉身ハ長橢圓倒披針形又ハ倒卵長橢圓形基脚ハト

ガリ先端ハ次第ニ細マレドモ最先端ニ至リテ丸シ。緣ニ波狀ノ鋸齒アリ
表面ハ光澤ニ富ミ裏面ハ淡綠色光澤ナシ。長サ二乃至六セメ幅七乃至三
十ミリ。花ハ一個乃至三個宛腋生シ。花梗ハ長サ一乃至二ミリ先端ニ永
存性ノ二個ノ苞アリ。雄花ハ壺狀ニ相寄レル五個ノ花瓣ヲ有ス。長サ三
乃至四ミリ、淡黃白色又ハ白色、雄蕋ハ花瓣ヨリモ短ク十五個許、子房
ハ痕跡ノミ。雌花ハ橢圓形ノ長サ二ミリ許ノ花瓣ヲ具ヘ雄蕋ナシ。漿果
ハ黑ク丸ク徑五ミリ許。

　濟州島、甫吉島、莞島、梅加島、大黑山島、巨濟島、巨文島、絕影島、珍
　　島、牛耳島、全南(海南半島、木浦附近、月出山、白羊山)等ニ產ス。
　(分布)　本島、四國、九州、對馬、琉球。
　一種葉ニ殆シンド鋸齒ナキモノヲ巨濟島ヨリ得タリ。之ヲきよさいとう
ひさかきト呼ブ。又一種葉幅廣ク葉質厚ク花柱ノ離生スルヲあつばひさ
かきト云フ。巨濟島、突山島ニ產シ支那ニ分布ス。

Gn. V. **Eurya** Thunberg, Nova Gen. Pl. III. p. 67 (1783); Fl. Jap.
p. 11 t. 25 (1784)–Murray, Syst. Veg. ed. 14. p. 444 (1784)–Necker,
Elem. Bot. III. p. 363 (1790)–J. St. Hilaire, Exposit. II. suppl. p. 369
(1805)–Persoon, Syn. Pl. II. p. 5 (1807)–A. P. de Candolle, Prodr. I.
p. 525 (1824)–Wight & Arnott, Prodr. I. p. 86 (1831)–G. Don, Gen.
Hist. I. p. 566 (1831)–Spach, Hist. Vég. IV. p. 66 (1834)–Korthals,
Verh. Nat. Gesch. p. 110 (1840)–Endlicher, Gen. Pl. p. 1019 no. 5410
(1840)–Bentham & Hooker, Gen. Pl. I. p. 183 (1862)–Baillon, Hist. Pl.
IV. p. 257 (1873)–Szyszylowicz in Nat. Pflanzenfam. III. 6. p. 189 (1893),
pro parte–Melchior in Nat. Pflanzenfam. 2 Aufl. XXI. p. 146 (1925).
　Syn. *Euria* Lamarck, Encyclop. II. p. 440 (1790)–Cambessedes in
Mém. Mus. Paris XXI. p. 405 (1828).
　Geeria Blume, Bijdragen I. p. 125 (1824)–G. Don, l. c. p. 566 (1831)
–Meissner, Pl. Vasc. Gen. II. p. 34 (1843).
　Frutices vel arboreæ dioici.　Folia biennia petiolata serrata simplicia.
Flores axillari-glomerati sed sensu stricta solitarii (ie ramuli abortivi
tantum squamati, ex quibus axillis flores solitarii evoluti et aspectus
glomeratas offerent) nutantes.　Pedicelli apice bibracteati.　Bracteæ per-
sistentes.　Flores masculi sepala 5 persistentia; petala 5 basi coalita ita
corolla fere urceolata vel campanulata; stamina ∞ uniserialia incurvata,

antheræ sagittatæ 2-loculares glabræ apice conniventi-apiculatæ; connectivum minimum haud productum. Flores fœminei petala oblongo-ovata; stamina nulla. Ovarium solitarium 3–5 loculare; styli breves apice 3–5 fidi; placenta sub anthesin parietalia post anthesin conniventim centralia. Fructus baccatus plurispermus; semina albuminosa; cotyledones semiteretes.

Species circ. 20 in Asia orientali et Malesia incola, quarum 2 in Korea spontaneæ.

5. **Eurya emarginata** Makino.

(Tabula nostra XX)

Eurya emarginata Makino in Tokyo Bot. Mag. XVIII. p. 358 (1904), excl. syn. *E. chinensis* etc.–Mori, Enum. Corean Pl. p. 251 (1922)–Makino & Nemoto, Fl. Jap. p. 552 (1925)–Melchior in Nat. Pflanzenfam. 2 Aufl. XXI. p. 148 (1925).

Syn. *Ilex emarginata* Thunberg, japon. mspt ex Murray, Syst. Veg. ed. 14. p. 168 (1784)–Thunberg, Fl. Jap. p. 78 (1784)–Vitman, Summa Pl. I. p. 342 (1789)–Willdenow, Sp. Pl. I. p. 710 (1797)–Persoon, Syn. Pl. I. p. 151 (1805)–Poiret, Suppl. Encyclop. III. p. 66 (1813)–Rœmer & Schultes, Syst. Veg. III. p. 491 (1818)–A. P. de Candolle, Prodr. II. p. 16 (1825)–Sprengel, Syst. Veg. I. p. 495 (1825)–G. Don, Gen. Hist. II. p. 19 (1832)–Miquel, Cat. Mus. Bot. Lugd. Bat. p. 19 (1870).

Eurya littoralis Siebold ex Siebold & Zuccarini in Abh. Muench. Akad. IV. 2. p. 163 (1845), nom. nud.

Eurya chinensis (non R. Brown) Blume, Mus. Bot. Lugd. Bat. II. p. 108 (1852), pro parte–Miquel in Ann. Mus. Bot. Lugd. Bat. III. p. 15 (1866); Prol. p. 203 (1867)–Franchet & Savatier, Enum. Pl. Jap. I. p. 58 (1875)–Matsumura, Nippon Shokubutsumeii p. 78 no. 927 (1884); Cat. Pl. Herb. Coll. Sci. Imp. Univ. p. 25 (1886)–Forbes & Hemsley in Journ. Linn. Soc. XXIII. p. 96 (1886), pro parte–Ito & Matsumura in Journ. Coll. Sci. Tokyo XII. p. 326 (1899)–Yatabe, Nippon Shokubutsuhen I. p. 258 fig. 268 (1900)–Nakai in Journ. Coll. Sci. Tokyo XXVI. art. 1. p. 100 (1909); Veg. Isl. Quelpært p. 64 no. 891 (1914); Chosen Shokubutsu I. p. 165 fig. 200 (1914).

Frutex vel arborescens usque 7 m. altus ramosissimus. Truncus diametro usque 30 cm. Folia biennia proxime posita disticha; petioli 1–2 mm. longi; lamina obovato-oblonga vel obovata 7–50 mm. longa 5–20 mm. lata, margine revoluta crenato-dentata, basi acuta, apice emarginellata. Flores masculos patentes nondum vidi sed stamina 15 uniserialia, ovarium abortivum, styli apice indivisi, pedicelli 1–2 mm. longi nutantes, bracteæ sub calyce positæ rotundatæ persistentes. Flores fœminei nutantes axillari 1–2; sepala 5 rotundata 1–1.5 mm. longa persistentia; petala 5 ovata 2 mm. longa, styli vix 1 mm. longi apice trifidi. Bacca nigra globosa 7 mm. lata.

Hab. in Quelpært, Archipelago Koreano nec non in littore australe peninsulæ.

Distr. Hondo, Shikoku, Kiusiu & Liukiu.

6. **Eurya japonica** Thunberg var. **montana** Blume.
(Tabula nostra XXI)

Eurya japonica Thunberg var. montana Blume in Mus. Bot. Lugd. Bat. II. p. 106 (1852)–Miquel in Ann. Mus. Bot. Lugd. Bat. III. p. 14 (1866); Prol. Fl. Jap. p. 202 (1867)–Franchet & Savatier, Enum. Pl. Jap. I. p. 57 (1875).

Syn. *Fisakaki* Kæmpfer, Amœnit. Exot. V. p. 778 (1712).

Eurya japonica Thunberg in Nova Acta Reg. Soc. Sci. Upsal. IV. p. 31; p. 37 (1783); Fl. Jap. p. 191 t. 25 (1784)–Murray, Syst. Veg. ed. 14. p. 444 (1784)–Vitman, Summa Pl. III. p. 165 (1789)–Willdenow, Sp. Pl. II. p. 856 (1799)–Persoon, Syn. Pl. II. p. 5 (1807)–A. P. de Candolle in Mém. Hist. Nat. Genève I. p. 524 (1822); Prodr. I. p. 525 (1824)–Sprengel, Syst. Veg. II. p. 450 (1825)–G. Don, Gen. Hist. I. p. 566 (1831)–Spach, Hist. Vég. IV. p. 66 (1835)–Siebold & Zuccarini in Abh. Muench. Akad. IV. 2. p. 163 (1845)–Matsumura, Nippon Shokubutsumeii p. 78 (1884); Cat. Pl. Herb. Coll. Sci. Imp. Univ. p. 25 (1886); Shokubutsu Mei-I. p. 122 no. 1319 (1895)–Yatabe, Nippon Shokubutsuhen I. p. 258 no. 267 (1900)–Nakai in Journ. Coll. Sci. Tokyo XXVI. art. 1. p. 100 (1909); Chosen Shokubutsu I. p. 165 fig. 199 (1914); Veg. Isl. Quelpært p. 64 no. 892 (1914)–Mori, Enum. Corean Pl. p. 251

(1922)–Makino & Nemoto, Fl. Jap. p. 552 (1925).

Euria japonica Lamarck, Encyclop. II. p. 440 (1790)–Cambessedes in Mém. Mus. Paris XVI. p. 405 (1828).

Euria Lamarck, Illus. II. Pl. 401 (1823).

Eurya uniflora Siebold ex Siebold & Zuccarini in Abh. Muench. Akad. IV. 2. p. 163 (1845), nom.

Eurya hortensis Siebold ex Siebold & Zuccarini, l. c., nom.

Eurya montana Siebold ex Siebold & Zuccarini, l. c., nom.

Eurya japonica var. *uniflora* Blume, l. c.–Miquel, l. c.

Eurya japonica var. *hortensis* Blume, l. c. pro parte–Miquel, l. c. pro parte.

Eurya japonica var. *pusilla* Blume, l. c. p. 107–Miquel, l. c.

Eurya japonica var. *multiflora* Miquel, l. c.

Eurya japonica α *Thunbergii* (non Thwaites) Ito & Matsumura in Journ. Coll. Sci. Tokyo XII. p. 326 (1899)–Matsumura, Ind. Pl. Jap. II. pt. 2. p. 358 (1912).

Frutex vel arborescens dioici. Folia biennia; petioli 1–5 mm. longi glabri; lamina oblongo-oblanceolata vel obovato-oblonga, basi acuta vel cuneata, apice attenuato- vel acuto-obtusa crenulato-serrata, supra lucida viridissima, infra pallida venis inconspicuis, 2–6 cm. longa 7–30 mm. lata. Flores axillares 1–3; pedicelli 1–2 mm. longi apice bibracteati. Flores masculi: petala urceolato-conniventia 3–4 mm. longa ochroleuca vel albida; stamina petalis breviora; ovarium abortivum. Flores fœminei: petala 2 mm. longa aperta; stamina nulla; ovarium ovatum glabrum; styli brevissimi 3–4 fidi. Bacca nigra globosa circ. 5 mm. lata.

Hab. in Quelpært, Archipelago Koreano & australi extrema peninsulæ Koreanæ.

Distr. Hondo, Sikoku, Kiusiu, Tsusima, Liukiu.

Eurya japonica var. **integra** Nakai.

Folia fere omnia integerrima.

Hab. in insula Kyosaito, rara. (G. Betsumiya–typus in Herb. Imp. Univ. Tokyo).

Eurya japonica var. **aurescens** Rehder & Wilson in Sargent, Pl. Wils. II. p. 399 (1915).

Folia dilatata crassa crebro-serrata, exsicata valde aurescentia. Styli liberi.

Hab. in insl. Kyosaitō & Totsuzantō.

Distr. China.

Eurya japonica var. *uniflora* Blume or *Eurya uniflora* Siebold, this name was given to a female specimen with a fruit in each axille, and rather large worm-eaten leaves.

Eurya japonica var. *pusilla* Blume, this name was given to female specimen with smaller leaves and one or two fruits in each axille.

Eurya japonica var. *multiflora* Miquel is a specimen with the leaves of median size and one to three flower-buds in each axille.

Eurya japonica var. *montana* Blume or *Eurya montata* Siebold, this consists of two specimens; one with oblong or obovate-oblong leaves and one or two flower buds in each axille, while the other with leaves only.

These four types are all ordinary forms of *Eurya japonica* both in Japan and Korea.

Eurya japonica var. *hortensis* Blume or *Eurya hortensis* Siebold and *Eurya japonica* var. *linearifolia* Blume are mostly garden forms with variegated leaves (var. *hortensis* partly) or with narrow leaves (var. *linearifolia*).

Eurya microphylla Siebold or *Eurya japonica* var. *microphylla* Blume or *Eurya minima* Nakai is also seen rarely in gardens, but its origin is still unknown.

第六屬 も つ こ く 屬

喬木又ハ小喬木分岐多シ。葉ハ二年生互生、有柄、全緣又ハ鋸齒アリ。花ハ兩全又ハ雌雄異株又ハ雄異株腋生、單一、下垂、花梗アリ。苞ハ二個永存性、萼片ハ五個相重ナリ永存性、花瓣ハ五個相重ナル。雄蕊ハ多數二列乃至三列ニ並ビ花糸ハ短ク、葯ハ基部ニテ附キ長ク二室、葯間ハヨク發達ス。子房ハ二室乃至四室、卵子ハ各室ニ二個宛上方ヨリ下垂ス。花柱ハ短ク柱頭ハ二叉乃至四叉ス。果實ハ不規則ニ裂開シ種子ニ胚乳アリ。

南米、中米、メキシコ、馬來地方、東亞ニ亘リテ約三十種アリ。其中一種ハ濟州島ニ自生ス。

7. も つ こ く
（第貳拾貳圖）

小喬木分岐多シ雄異株、葉ハ二年生枝ノ先ニ集マル。葉柄ハ二乃至八ミリ帶紅色、葉身ハ倒卵長橢圓形又ハ披針形、全緣、表面ハ光澤ニ富ミ裏面ハ淡白ク先ハ丸ク基脚ハ楔形狀ニトガル。長サ三乃至七セメ幅一セメ半乃至三セメ、花ハ枝ノ下方ノ鱗片ノ間ニ腋生ス。花梗ハ先端下垂シ長サ約一セメ先ニ二個ノ苞アリ。苞ハ卵形長サ二ミリ永存性、蔓片ハ幅廣ク外方ノモノハ卵形內方ノモノハ圓ク長サ三ミリ乃至四ミリ。花瓣ハ淡白ク倒卵形長サ六乃至八ミリ。雄蕋ハ多數アリテ雄花ニテハ三列、雌花ニテハ一列ナリ。藥ハ長サ三ミリ、藥間ハ突出ス。子房ハ雄花ニハナク、雌花ニアリ。無毛、二室、花柱ナシ。柱頭ハ二叉シテ外ニ反ル。卵子ハ各室ニ二個宛アリテ下垂ス。果實ハ帶卵球形又ハ球形先端ハ不規則ニ破ル。種子ハ緋紅色又ハ朱紅色臍糸ニテ下垂ス。

濟州島ノ暖地ニ生ズ。

（分布）　本島、四國、九州、琉球、臺灣、支那ノ南部、印度支那、ボルネオ、東印度。

Gn. VI. **Ternstrœmia** [nomen conservandum] Mutis ex Linnæus fil., Suppl. p. 39. no. 1397 (1781)–Murray, Syst. Veg. ed. 14. p. 487 (1784) –Jussieu, Gen. Pl. p. 262 (1789)–Vitman, Summa Pl. III. p. 287 (1789) –Willdenow, Sp. Pl. II. p. 1128 (1799)–J. St. Hilaire, Exposit. II. p. 37 (1805)–Persoon, Syn. II. p. 73 (1805)–A. P. de Candolle, Prodr. I. p. 523 (1824)–Noisette, Man. Jard. IV. p. 286 (1826)–Cambessedes in Mém. Mus. Paris XVI. p. 403 (1828)–G. Don, Gen. Hist. I. p. 564 (1831)–Spach, Hist. Vég. IV. 61 (1834)–Endlicher, Gen. Pl. p. 1018 no. 5409 (1840)–Meissner, Pl. Vasc. Gen. II. p. 30 (1843)–Bentham & Hooker, Gen. Pl. I. p. 182 (1862)–Baillon, Hist. Pl. IV. p. 255 (1873)–Melchior in Nat. Pflanzenfam. 2 Aufl. XXI. p. 140 (1925).

Syn. *Mokof* Adanson, Fam. Pl. II. p. 501 (1763).

Taonabo Aublet, Hist. Pl. Guian. Fran. I. p. 569, III. Pl. 227–228 (1775).

Dupinia Scopoli, Introd. p. 195 no. 847 (1777).

Hoferia Scopoli, l. c. p. 194 no. 846.

Cleyera Thunberg, Nov. Gen. III. p. 68 (1783), excl. fl.; Fl. Jap. p. 12 (1784), excl. fl.–Vitman, Summa Pl. III. p. 304 (1789)–Necker, Elem. Bot. III. p. 364 (1790)–Szyszylowicz in Nat. Pflanzenfam. III. 6. p. 187 (1893).

Tanabea Jussieu, Gen. Pl. p. 262 (1789).

Ternstromia Necker, Elem. Bot. II. p. 278 (1790).

Tonobea J. St. Hilaire, Exposit. II. p. 37 (1805).

Reinwardtia Korthals, Verh. Nat. Gesch. Bot. p. 101. t. 12 (1840).

Vœlckeria Klotzsch ex Karsten in litt. fide Endlicher, Suppl. Gen. Pl. IV. p. 66 (1847).

Erythrochiton Griffith, Not. Pl. Asiat. IV. p. 565 (1854).

Mokofua O. Kuntze, Rev. Gen. Pl. I. p. 64 (1891).

Arbores vel arborescentes. Folia biennia alterna, petiolata, integra vel serrata. Flores hermaphroditi vel androdioci vel dioici axillares solitarii nutantes, pedunculati. Bracteæ 2 persistentes. Sepala 5 imbricata persistentes. Petala 5 imbricata. Stamina ∞, 2–3 serialia (in fl. fœmineis 1-serialia), filamenta brevia, antheræ basifixæ elongatæ biloculares, connectivum bene evolutum. Ovarium 2–4 loculare. Ovula in quoque loculo 2 ab apice pendula. Styli breves, stigmata 2–4 lobata. Fructus irregulariter fissus. Semina albuminosa.

Circ. 30 species in America austr. et centr., Mexico, Asia orient. et Malesia incola, quarum 1 in Quelpært spontanea.

7. **Ternstrœmia Mokof** Nakai.
(Tabula nostra XXII)

Ternstrœmia Mokof (Adanson) Nakai, comb. nov.

Syn. *Mokokf* vel *Mukokf* Kæmpfer, Amœn. Exot. fasc. V. p. 873 fig. 774 (1712).

Mokof Adanson, Fam. Pl. II. p. 501 (1763).

Cleyera japonica Thunberg, Nova Gen. III. p. 69 (1783), pro parte; Fl. Jap. p. 224 (1784), pro parte–Murray, Syst. Veg. ed. 14. p. 493 (1784), pro parte–Poiret, Suppl. II. p. 299 (1811), pro parte–A. P. de Candolle, Prodr. I. p. 524 (1824), pro parte–Sprengel, Syst. II. p. 596 (1826), pro parte.

Ternstrœmia meridionalis (non **Murray**) Vitman, Summa Pl. III. p. 304 (1789), pro parte.

Ternstrœmia japonica Thunberg in Trans. Linn. Soc. II. p. 335 (1794), pro parte–Persoon, Syn. Pl. II. p. 73 (1807), pro parte–Siebold & Zuccarini, Fl. Jap. p. 148 t. 80 (1841)–Siebold in Jaarb. Tuinb. 1844. t. 1. b.–Bentham, Fl. Hongk. p. 27 (1861)–Miquel in Ann. Mus. Bot. Lugd. Bat. III. p. 14 (1867); Prol. p. 202 (1867)–Franchet & Savatier, Enum. Pl. Jap. I. p. 57 (1875)–Matsumura, Nippon Shokubutsumeii p. 189 no. 2183 (1884); Cat. Pl. Herb. Coll. Sci. Imp. Univ. p. 25 (1886)–Hemsley in Journ. Linn. Soc. XXIII. p. 75 (1886)–Ito & Matsumura in Journ. Coll. Sci. Tokyo XII. p. 324 (1899)–Yatabe, Nippon Shokubutsuhen I. p. 256 fig. 265 (1900)–Hayata, Icon. I. p. 84 (1911)–Rehder & Wilson in Sargent, Pl. Wils. II. p. 397 (1916)–Makino & Nemoto, Fl. Jap. p. 555 (1925)–Melchior in Nat. Pflanzenfam. 2 Aufl. XXI. p. 141 (1925).

Cleyera fragrans Champion in Trans. Linn. Soc. XXI. p. 115 (1855).

Cleyera dubia Champion, l. c.

Ternstrœmia fragrans Choisy in Mém. Soc. Phys. Genève XIV. p. 109 (1855).

Ternstrœmia dubia Choisy, l. c.

Ternstrœmia japonica var. *parvifolia* Dyer in Hooker fil. Fl. Brit. Ind. I. p. 281 (1874).

Mokofua japonica O. Kuntze, Rev. Gen. Pl. I. p. 64 (1891).

Taonabo japonica Szyszylowicz in Nat. Pflanzenfam. III. 6. p. 188 (1893)–Matsumura, Shokubutsu Meii p. 289 no. 3080 (1895); Ind. Pl. Jap. II. pt. 2. p. 360 (1912)–Nakai, Veg. Isl. Quelpært. p. 64 no. 894 (1914)–Mori, Enum. Corean Pl. p. 251 (1922).

Arborescens ramosissimus andro-dioicus. Folia biennia in apice ramuli congesta; petioli 2–8 mm. longi rubescentes; lamina obovato-oblonga vel lanceolata integerrima supra lucida infra pallida apice obtusa basi cuneato-attenuata 3–7 cm. longa 1.5–3.0 cm. lata. Flores ex parte inferiore ramulorum ubi folia squamae transformantia axillares. Pedunculi apice nutantes circ. 1 cm. longi apice bibracteati; bracteæ ovatæ 2 mm. longæ persistentes. Sepala 5 dilatata, exteriora ovata, interiora rotundata 3–4 mm. longa. Petala 5 albida obovata 6–8 mm. longa.

Stamina numerosa in floribus masculis 3-serialia, in floribus fœmineis
1-serialia sed alternatim longiora; antheræ 3 mm. longæ; connectivum
productum. Ovarium in floribus masculis nullum, in floribus fœmineis
ovatum glabrum biloculare; stigma sessile bifidum reflexum; ovula in
loculis 2 pendula. Fructus ovoideo-globosus vel globosus apice irre-
gulariter rupsus. Semina coccinea cum funiculo elongato pendula.

Hab. in silvis Quelpært.

Distr. Hondo, Shikoku, Kiusiu, Liukiu, Formosa, China, Indo-China,
India orientalis, Borneo.

（五）　朝鮮產山茶科植物ノ和名、朝鮮名、學名ノ對稱表

和　　　名	朝　　鮮　　名	學　　　名
かうらいしやらのき	ノカックナム（全南）クンスモック（平南）	*Stewartia koreana* Nakai
ちゃのき	チャ。チャクショルジャ	*Thea sinensis* Linnæus var. *bohea* Szyszylowitz
つばき	トンビャクナム。トンバクナム。トンベクナム	*Camellia japonica* Linnæus var. *spontanea* Nakai
さかき	ピチュツク	*Sakakia ochnacea* Nakai
はまひさかき	チュイトンナム	*Eurya emarginata* Makino
ひさかき	キャイドンポック。ムルチョレギナム。スカーロック。サスレヒナム	*Eurya japonica* Thunberg var. *montana* Blume
きよさいとうひさかき		*Eurya japonica* Thunberg var. *integra* Nakai
あつばひさかき		*Eurya japonica* Thunberg var. *aurescens* Rehder & Wilson
もっこく		*Ternstrœmia Mokof* Nakai

附　　錄

朝鮮産胡頽子科、瓜木科、瑞香科、柞木科、山茶科
植物ノ分布ニ就イテ

本輯ニ載スル所ノ植物ハ概ネ暖地性ニシテ唯からふとなにはづ *Daph-ne kamtschatica* ノミハ寒地性ニシテカムチヤツカ、樺太、北海道ニ分布シ朝鮮ニテハ咸北ノ寒地樹林並ニ濟州島ノ高所ニノミ生ズ。

からふとなにはづニ次デ寒地性ナルハうりのきニシテ朝鮮内ニ於ケル分布ハ最モ廣ク西ハ平北ノ中部ヨリ以南、東ハ咸北明川郡以南、欝陵島、濟州島ヲ含ム一帶ニ生ズレドモ巨文島（東、西、中三島ヲ含ム）、靑山島、甫吉島等ニハ未發見ナリ。此種ハ日本側ニテハ九州ヨリ北海道ニ至ル各地ニ産スレドモ支那植物ニシテ此種ト誤認サレ居リシモノハ皆うりのきト異ナル種ナリ此事實ハ余ガ歐米ニテ研學中發見セル一事實ナリ。うりのきノ一種ニテ葉裏、小枝等ニ絨毛ノ生ズルびろうどうりのきハ朝鮮ノ特産品ニシテうりのきニ介在シテ生ズレドモ全南長城郡白羊山ノ如ク多ク生ズル所ハ少シ。うりのきニ近キもみぢうりのきハ本年ノ旅行中巨濟島ニテ始メテ發見セリ。故ニ同旅行中發見セルやつで *Fatsia japonica*（巨濟島及び其屬島）。ひぜんまゆみ *Euonymus Chibai*（巨文島西島、したきつるうめもどき *Celastrus stephanotifolius*（莞島、白羊山）、せんだん *Melia japonica*（巨文島西島）、なしかづら *Actinidia rufa*（巨文島）、あまくさぎ *Clerodendron esculentum*（巨文島）、まめがき *Diospyros microcarpa*（南海島）、ちやうじかづら *Trachelospermum majus*（巨濟島、巨文島）、ふぢなでしこ *Dianthus japonicus*（東萊郡竹島）、さいはいらん *Cremastra variabilis*（白羊山）ト共ニ朝鮮フロラニ加フベキ日本植物分子ナリ。

うりのきニ次デ分布ノ廣キハあきぐみニシテ黄海道以南半島ノ各地ニ分布スレドモ南部特ニ濟州島ニアリテハ葉ノ表面ニアル星狀鱗片ニ代ルニ星狀毛ヲ以テスルからあきぐみ多シ。此からあきぐみハ支那ニ普遍スルあきぐみニシテ日本側ニハナキモノト信ゼラレシモ今囘ノ研究ニ依リテ僅ニ對馬、九州ニ存在スル事ヲ知リ得タリ。

つるぐみ、おほばぐみ、おほなはしろぐみ、あかばぐみ、おほばつるぐみ、きがんび、こせうのき、いいぎり、はまひさかき、つばきノ十種ハ純日本分子ニシテ朝鮮ノ南部ニ侵入シ得タル諸種ナリ。

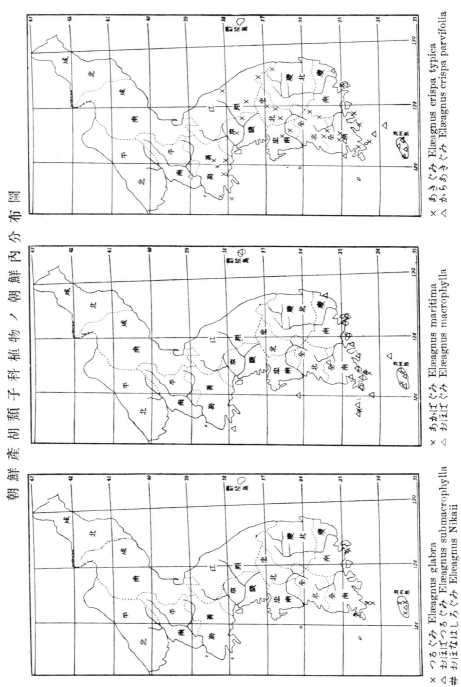

朝鮮產胡頽子科植物ノ朝鮮內分布圖

× つるぐみ Elæagnus glabra
△ おほばつるぐみ Elæagnus submacrophylla
おほばなはしろぐみ Elæagnus Nikaii

× あかばぐみ Elæagnus maritima
△ おほばぐみ Elæagnus macrophylla

× あきぐみ Elæagnus crispa typica
△ からあきぐみ Elæagnus crispa parvifolia

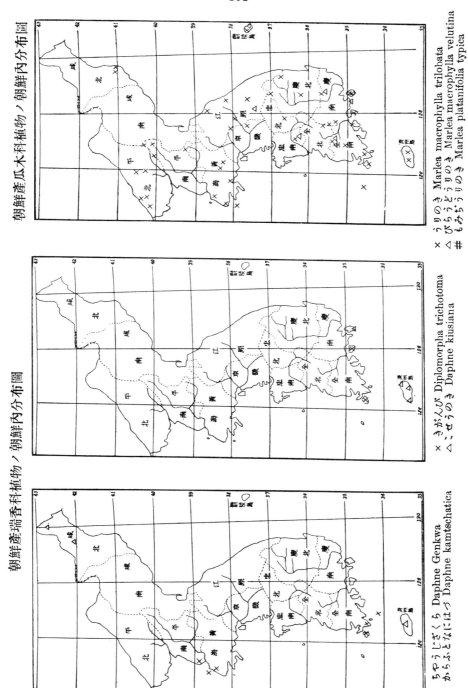

朝鮮產瓜木科植物ノ朝鮮內分布圖

× うりのき Marlea macrophylla trilobata
△ びろうどうりのき Marlea macrophylla velutina
もみぢうりのき Marlea platanifolia typica

× ぢやうちやうげ Diplomorpha trichotoma
△ こせうのき Daphne kiusiana

朝鮮產瑞香科植物ノ朝鮮內分布圖

× ちやうじざくら Daphne Genkwa
△ からふとなにはず Daphne kamtschatica

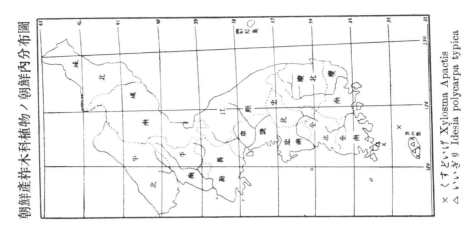

朝鮮産柞木科植物ノ朝鮮内分布圖

× くすどいげ Xylosma Apactis
△ いいぎり Idesia polycarpa typica

　又さかき、ひさかき、もつこく、くすどいげ、ちやのきノ五種ハ東亞暖帶ノ産ニシテ其中さかき、もつこくノ二種ハ朝鮮ニテハ僅ニ最モ暖カナル濟州島ニ生ジ得タリ。

　ちやうじざくらハ本來支那植物ニシテ朝鮮ニ分布シ得シモノナルガ鳥ノ食餌トナル其乳白色ノ漿果ハ山東半島ト黄海、平南ノ西突出部、全南ノ西突出部トノ間ヲ往來スル渡鳥ニ助ケラレテ分布シ來レルナルベシ。

　唯分布上異樣ナルハあつばひさかきナリ。此ひさかきハ支那ノ湖北、四川ニアル一變種ナルガ本年ノ旅行ニ依リテ之ヲ朝鮮ノ南部ニ見出シ得タリ。先年余ハ米國アーノルド樹木園ノ研究室ニテ研學中同研究所ノレーダー、ウキルソン兩氏ノ請ヲ肯レテ同研究所々藏ノひさかき屬植物ノ標本ヲ分類シタル事アリテ兩氏ノ命名セル *Eurya japoniea* var. *aurescens* 即ハチあつばひさかきヲ今モ尚ホヨク記憶スル故之ヲ見出セシ時ハ一種異樣ノ感ニ打タレタリ。然レドモ飜テ考フルニひさかきノ如キ分布廣ク東亞ノ各地ニ亙リテ生ジ其形態ノ種々ニ變化シ居ルモノガ、ホボ氣候ノ相同ジキ支那ノ中南部ト朝鮮ノ南部トニ於テ別々ニ同樣ノ變種ヲ作リ得ルコトハ理ノ當然ナルノミナラズ、其中間地方ノ植物帶ノ精査成リシ曉ニハ介在地ニモ亦同樣ノ變種ノ自生アルコトヲ發見スル日アルベキヲ余ハ信ズルモノナリ。

　特産植物ハ唯かうらいしやらのきノミニシテ南部ニ多ケレドモ本年ノ旅行ニ依リテ之ヲ平南、陽德郡ニ見出セシハ又意外ノ一ナリキ、大凡植物ガ斯ノ如ク相離レテ存在スル時ニハ自ラ異ナル形態ヲ表ハスモノナレドモ此陽德産ノモノヲ南鮮産ノモノト比較セシ時ニハ遂ニ其相互ノ異點ヲ見出シ得ザリキ。中間地帶ノ植物採收ノ不完全ナル爲メニ逸セラレ居

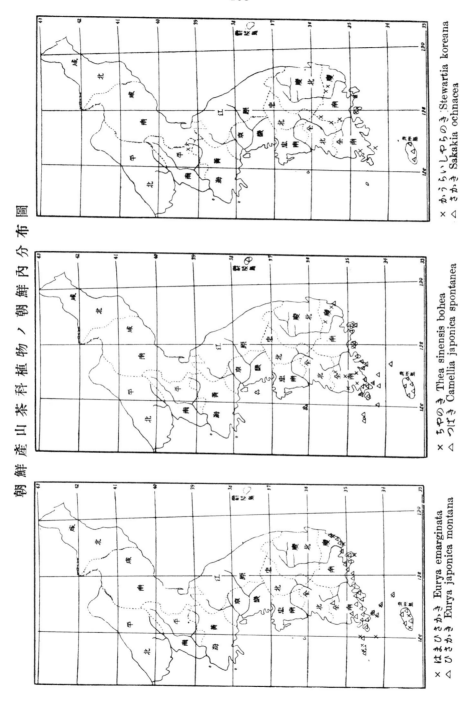

朝 鮮 産 山 茶 科 植 物 ノ 朝 鮮 内 分 布 圖

× はまひさかき Eurya emarginata
△ ひさかき Eurya japonica montana

× ちやの き Thea sinensis bohea
△ つばき Camellia japonica spontanea

× かうらいしやらのき Stewartia koreana
△ さかき Sakakia ochnacea

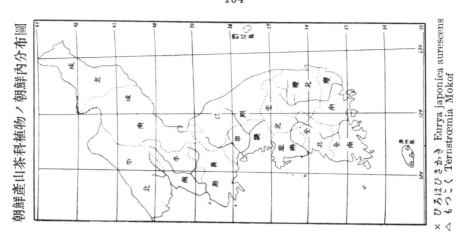

朝鮮産山茶科植物ノ朝鮮内分布圖

× ひろはひさかき Eurya japonica aurescens Mokof
△ もつこく Ternstroemia Mokof

ルカ將又中間地帶ニアリシモノガ何等カノ原因ニテ絶滅セシカ、其何レ
ナルカヲ未ダ確メ得ズ。

第 壹 圖 Tabula I.

あ き ぐ み

Elœagnus crispa THUNBERG.

var. *typica* NAKAI.

A.	花ヲ附クル枝（自然大）。	A. Ramulus florifer in mag. nat.
B.	果實ヲ附クル枝（自然大）。	B. Ramulus fructifer in mag. nat.
C.	花被ヲ開ク（廓大）。	C. Flos cum perigonio aperto; auctus.
D.	花柱及ビ柱頭（廓大）。	D. Pistillum, auctum.

Nakai T., Kanogawa I.
& Suzuki I. del.

Nakazawa K sculp

第 貳 圖 Tabula II.

ひろはあきぐみ

Elæagnus crispa THUNBERG.

var. *coreana* NAKAI.

A．老成ノ枝（自然大）。   A.　Ramuli adulti; mag. nat.

B．若キ側枝（自然大）。   B.　Pars trionis; mag. nat.

Adachi S. del.

Nakazawa K. sculp.

第　參　圖　Tabula III.

ほそばつるぐみ

Elæaynus glabra Thunberg.
var. *oxyphylla* Nakai.

A.　花ヲ附クル枝　（自然大）。　　A.　Ramulus florifer in mag. nat.
B.　若キ果實ヲ附クル枝(〃)。　　B.　Ramulus cum fructibus juvenilibus,
　　　　　　　　　　　　　　　　　　　　　in magnitudine naturali.

C.　葯（廓大）。　　　　　　　　　C.　Anthera (aucta).
D.　花柱及ビ柱頭（廓大）。　　　D.　Pistillum (auctum).

B

C

A

D

第 四 圖　Tabula IV

お ほ ば ぐ み

Elæagnus macrophylla THUNBERG.

A.　花ヲ附クル枝（自然大）。

A.　Ramus florifer (mag. nat.)

B.　未熟ノ果實ヲ附クル枝（自然大）。

B.　Ramus cum fructibus juve-nilibus (mag. nat.)

C.　老成ノ枝（自然大）。

C.　Ramus adultus cum cortice fissa (mag. nat.)

D.　花被ヲ開キテ內部ヲ示ス（廓大）。

D.　Flos cum perigonio aperto (auctus).

E.　雌蕊（廓大）。

E.　Pistillum (auctum).

Futakuchi Y. del.

Nakazawa K. sculp.

第 六 圖 Tabula VI.

おほばつるぐみ

Elæagnus submacrophylla SERVETTAZ

花ヲ附クル枝（自然大）。　Ramus cum foliis & floribus (mag. nat.).
a.　枝ノ上ノ鱗片（廓大）。　Lepides supra ramum (auctæ).
b.　葉裏ノ鱗片（廓大）。　Lepides infra folium (auctæ).

Futakuchi Y. del.

Matudaira N. sculp.

第　七　圖　Tabula VII.

あ か ば ぐ み

Elæagnus maritima Koidzumi.

葉ト花トヲ附クル枝（自然大）。　Ramus cum foliis & floribus (mag. nat.).

a.　葉裏ノ鱗片（廓大）。　　　a.　Lepides infra folium (auctæ).

b.　花被ノ外面ノ鱗片（廓大）。　b.　Lepides supra perigonium (auctæ).

a

b

Futakuchi Y. del.

Nakazawa K. sculp.

第 八 圖 Tabula VIII.

うりのき

Marlea macrophylla SIEBOLD & ZUCCARINI
var. *trilobata* NAKAI.

A. 將ニ芽ヲ出シ始メントスル枝 （自然大）。

B. 蕾ヲ附クル枝　（自然大）。

C. 花ヲ附クル枝　（　〃　）。

D. 果實ヲ附クル枝（　〃　）。

E. 雄蕊（二倍大）。

F. 雌蕊（　〃　）。

A. Rami cum ramulis juvenillimis (mag. nat.).

B. Rami cum foliis magnis et alabastris (mag. nat.).

C. Rami floriferi (mag. nat.).

D. Rami fructiferi (mag. nat.).

E. Stamen (duplo auctum).

F. Pistillum (duplo auctum).

第 拾 圖 Tabula X.

き が ん ぴ

Diplomorpha trichotoma NAKAI.

A. 葉ヲ附クル枝　（自然大）。　　A. Rami cum foliis (mag. nat.).

B. 花ト果實ヲ附クル枝（〃）。　　B. Rami cum floribus & fructibus
　　　　　　　　　　　　　　　　　　　(mag. nat.).

C. 根（自然大）。　　　　　　　　C. Radix (mag. nat.).

D. 果實（廓大）。　　　　　　　　D. Fructus (auctus).

E. 雌蕋（廓大）。　　　　　　　　E. Pistillum (auctum).

F. 子房ヲ縱斷シテ卵子下垂ノ　　　F. Ovarium longitudine sectum, ut
　　狀ヲ示ス（廓大）。　　　　　　　　ovula pendula exhibita. (plus
　　　　　　　　　　　　　　　　　　　minus diagrammaticum).

第 拾 貳 圖　Tabula XII.

ちやうじざくら

Daphne Genkwa Siebold & Zuccarini.

A.　葉ヲ附クル夏ノ枝（自然大）。　A.　Rami æstates cum foliis (mag. nat.).

B.　花ヲ附クル春ノ枝（　〃　）。　B.　Rami vernales cum floribus (mag. nat.).

C.　花ヲ開キテ內部ヲ示ス（廓大）。　C.　Perigonium apertum (auctum).

D.　花筒ノ上部ヲ開キテ雄蕋ノ
　　排列ヲ見ル（廓大）。　D.　Pars tubi perigonii superior aperta, et dispositionem staminum visa (aucta).

E.　雄蕋ヲ腹面ヨル見ル（廓大）。　E.　Stamen: latus ventralis (auctum).

F.　雄蕋ヲ側面ヨリ見ル（廓大）。　F.　Ditto: latus lateralis (auctum).

G.　雄蕋ヲ背面ヨリ見ル（廓大）。　G.　Ditto: latus dorsalis (auctum).

H.　雄蕋ト花托（廓大）。　H.　Pistillum et discus (aucta).

A B C D E F G H

Nakai T. & Tamura R. del.

Nakazawa K. sculp

第 拾 參 圖　Tabula XIII.

からふとなにはづ

Daphne kamtschatica Maximowicz.

A.　夏時葉ナキ植物（自然大）。
A.　Planta in aestate (mag. nat.).

B.　春時葉ヲ附クル枝（同）。
B.　Planta vernalis cum foliis (mag. nat.).

C.　果實（同）。
C.　Fructus (mag. nat.).

Nakai T. & Tamura R del.　　　　　　　　　　　　　Nakazawa K. sculp.

第 拾 四 圖　Tabula XIV.

くすどいげ

Xylosma Apactis KOIDZUMI.

A.　刺アル若キ枝（自然大）。　A.　Rami juniores cum aculeis (mag. nat.).

B.　果實ヲ附クル枝（同）。　　B.　Rami fructiferi (mag. nat.).

C.　雄花（廓大）。　　　　　　C.　Flos masculus (auctus).

D.　雄蕋（廓大）。　　　　　　D.　Stamina (aucta).

第 拾 五 圖　Tabula XV.

い　い　ぎ　り

一 名　な ん て ん ぎ り

Idesia polycarpa MAXIMOWICZ.

A.　雄花ヲ附クル枝（自然大）。　　A.　Ramus cum inflorescentia mascula
　　　　　　　　　　　　　　　　　　　(mag. nat.).

B.　雌花ヲ附クル枝（　同　）。　　B.　Ramus cum inflorescentia fœminea
　　　　　　　　　　　　　　　　　　　(mag. nat.).

C.　果序ヲ附クル枝（　同　）。　　C.　Ramus cum infructescentia (mag.
　　　　　　　　　　　　　　　　　　　nat.).

D.　雌花ノ花被ヲ去ル（廓大）。　　D.　Pistillum & stamina floris fœminei
　　　　　　　　　　　　　　　　　　　(aucta).

E.　退化セル雌花ノ雄蕋（同）。　　E.　Stamina abortiva floris fœminei
　　　　　　　　　　　　　　　　　　　(aucta).

F.　雄花ノ雄蕋（同）。　　　　　　F.　Stamen floris masculi (auctum).

G.　柱頭（同）。　　　　　　　　　G.　Pistillum (auctum).

A

B

Kanogawa I.del.

Nakazawa K. sculp.

第 拾 七 圖　Tabula XVII.

ち　や　の　き

Thea sinensis Linnæus var. *bohea* SZYSZYLOWICZ.

A.	花ヲ附クル枝（自然大）。	A.	Ramus florifer (mag. nat.).
B.	果實ヲ附クル枝（同）。	B.	Ramus fructifer (,,).

Adachi S. del.

Nakazawa K. sculp.

第 拾 八 圖　Tabula XVIII.

つ　ば　き

Camellia japonica LINNÆUS.

A.	花ヲ附クル枝（自然大）。	A.	Ramus florifer　(mag. nat.).
B.	果實ヲ附クル枝（同）。	B.	Ramus fructifer　(　,,　).
C.	裂開セル果實　（同）。	C.	Fructus dehiscens (　,,　).
D.	葯ヲ背面ヨリ見ル（廓大）。	D.	Antheræ dorsale visæ　(auctæ).
E.	葯ヲ腹面ヨリ見ル（同）。	E.	Antheræ ventrale visæ (　,,　).
F.	葯ヲ側面ヨリ見ル（同）。	F.	Anthera laterale visa (aucta).
G.	子房ヲ縱斷ス　　　（同）。	G.	Ovarium verticale sectum (auctum).
H.	子房室ヲ前ヨリ切リテ子房排列ヲ見ル　（同）。	H.	Loculus ovarii tangentiale sectus, et dispositio ovularum exhibita (auctus).
I.	子房ノ横斷　　　（同）。	I.	Sectio ovarii transversalis (aucta).

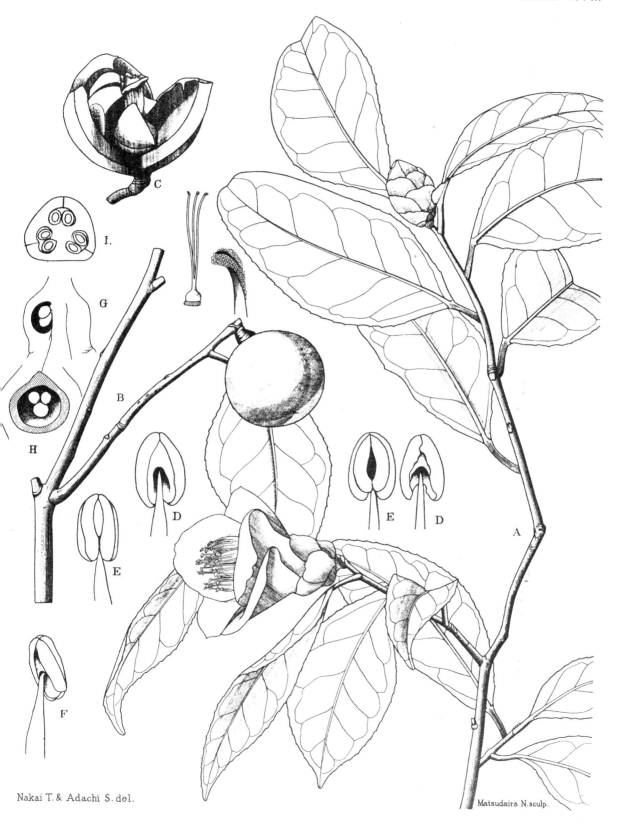

第 拾 九 圖　Tabula XIX.

さ　か　き

Sakakia ochnacea NAKAI.

A.　葉ヲ附クル枝（自然大）。　　A.　Ramus cum foliis persistentibus (mag. nat.).

B.　果實ヲ附クル枝（同）。　　B.　Ramus fructifer (mag. nat.).

C.　花　　　　　　（同）。　　C.　Flos (mag. nat.).

D.　蕚ヲ背面ヨリ見、其下ニア　D.　Sepala et cicatrix bracteæ caducæ
　　リシ苞ノ跡ヲ表ハス（廓大）。　　　　(aucta).

E.　雄蕊ヲ腹面ヨリ見ル（同）。　E.　Stamen ventrale visum (auctum).

F.　雄蕊ヲ背面ヨリ見ル（同）。　F.　Stamen dorsale visum (auctum).

G.　柱頭　　　　　（同）。　　G.　Stigmata (aucta).

H.　子房ノ縱斷面　　（同）。　　H.　Sectio verticalis ovarii (aucta).

I.　子房室ヲ正面ヨリ切ル　　　I.　Sectio loculi ovarii tangentialis, et
　　　　　　　　　（同）。　　　　dispositio ovularum supra placen-
　　　　　　　　　　　　　　　　tum exhibita (aucta).

K.　子房ノ横斷面　　（同）。　K.　Sectio ovarii transversalis (aucta).

A

B

C

D

E

F

G

H

I

K

Nakai T. & Kanogawa I. del.

Nakazawa K. sculp.

第 貳 拾 圖　Tabula XX.

は ま ひ さ か き

Eurya emarginata MAKINO.

A.　雄花ヲ附クル枝（自然大）。　　A.　Ramus cum floribus masculis
　　　　　　　　　　　　　　　　　　　　　 (mag. nat.).

B.　果實ヲ附クル枝　（同）。　　B.　Ramus fructifer (mag. nat.).

C.　葉ヲ表面ヨリ見ル（同）。　　C.　Folium supra visum (mag. nat.).

D.　雌花　　　　（廓大）。　　D.　Flos fœmineus (auctus).

E.　雄花ノ雄蕋（同）。　　E.　Stamina (aucta).

F.　雌蕋　　　　（同）。　　F.　Pistillum (auctum).

第 貳 拾 圖

Nakai T. & Kanogawa. I. del.

Nakazawa. K. sculp.

第 貳 拾 壹 圖　Tabula XXI.

ひ　さ　か　き

Eurya japonica THUNBERG.

var. *montana* BLUME.

A.　雄花ヲ附クル枝（自然大）。　　A.　Ramus cum floribus masculis (mag. nat.).

B.　雌花ヲ附クル枝　　（同）。　　B.　Ramus cum floribus fœmineis (mag. nat.).

C.　果實ヲ附クル枝　　（同）。　　C.　Ramus fructifer (mag. nat.).

D.　雄花（廓大）。　　　　　　　D.　Flos masculus (auctus).

E.　雄蕋　　（同）。　　　　　　E.　Stamen (auctus).

F.　雌花　　（同）。　　　　　　F.　Flos fœmineus (auctus).

G.　同　　（同）。　　　　　　　G.　Ditto ventrali visus (auctus).

H.　子房ノ横斷面（廓大）。　　　H.　Sectio ovarii transversalis (auctus).

I.　子房ノ縱斷面　（同）。　　　I.　Sectio loculi ovarii tangentialis, ita dispositio ovularum supra placentum exhibita (auctus).

Nakai T. & Adachi S. del.

Matsudaira N. sculp.

第貳拾貳圖　Tabula XXII.

もつこく

Ternstroemia Mokof Nakai.

A.	果實ヲ附クル枝　（自然大）。	A.	Ramus fructifer (mag. nat.).
B.	雄花ヲ腹面ヨリ見ル（同）。	B.	Flos masculus, ventrali visus (mag. nat.).
C.	雄花ヲ背面ヨリ見ル（同）。	C.	Flos masculus, dorsali visus (mag. nat.).
D.	雄花ノ三列ノ雄蕋（廓大）。	D.	Stamina floris masculi triserialia (aucta).
E.	雄蕋ヲ腹面ヨリ見ル（廓大）。	E.	Stamen, ventrali visum (auctum).
F.	雄蕋ヲ背面ヨリ見ル（同）。	F.	Stamen, dorsali visum (auctum).
G.	雌花ヲ腹面ヨリ見ル（自然大）。	G.	Flos fœmineus, ventrali visus (mag. nat.).
H.	雌花ヲ背面ヨリ見ル（同）。	H.	Flos fœmineus, dorsali visus (mag. nat.).
I.	雌花ノ一列大小ノ雄蕋（廓大）。	I.	Stamina dimorpha uniserialis floris masculi (aucta).
K.	雌蕋（廓大）。	K.	Pistillum (auctum).
L.	子房ノ縱斷（廓大）。	L.	Sectio ovarii verticalis (aucta).

B
C
D
E
F
A
G
H
I
K
L

Nakai T. & Kanogawa I. del.

Nakazawa K. sculp.

索 引

INDEX

第 6 巻

16, 17輯

INDEX TO LATIN NAMES

Latin names for the plants described in the text are shown in Roman type. Italic type letter is used to indicate synonyms. Roman type number shows the pages of the text and italic type number shows the numbers of figure plates.

In general, names are written as in the text, in some cases however, names are rewritten in accordance with the International Code of Plant Nomenclature (i.e., Pasania cuspidata β. Sieboldii → P. cuspidata var. sieboldii). Specific epithets are all written in small letters.

As for family names (which appear in CAPITALS), standard or customary names are added for some families, for example, Vitaceae for Sarmentaceae, Theaceae for Ternstroemiaceae, Scrophulariaceae for Rhinanthaceae etc.

和名索引　凡例

　本文中の「各科の分類」の項に記載・解説されている植物の種名（亜種・変種を含む），属名，科名を，別名を含めて収録した。また図版の番号はイタリック数字で示してある。

　原文では植物名は旧かなであるが，この索引では原文によるほかに新かな表示の名を加えて利用者の便をはかった。また科名については各巻でその科の記述の最初を示すとともに，「分類」の項で各科の一般的解説をしているページも併せて示している。原文では科名はほとんどが漢名で書かれているが，この索引では標準科名の新かな表示とし，若干の科については慣用の別名でも引けるようにしてある。

朝鮮名索引　凡例

　本文中の「各科の分類」の項で和名に併記されている朝鮮語名を，その図版の番号（イタリック数字）とともに収録した。若干の巻では朝鮮語名が解説中に併記されず，別表で和名，学名と対照されている。これらについてはその対照表のページを示すとともに，それぞれに該当する植物の記述ページを（　）内に示して便をはかった。朝鮮名の表示は巻によって片かな書きとローマ字書きがあるが，この索引では新カナ書きに統一した。

조선삼림식물편

지은이: 편집부

발행인: 윤영수

발행처: 한국학자료원

서울시 구로구 개봉본동 170-30

전화: 02-3159-8050   팩스: 02-3159-8051

문의: 010-4799-9729

등록번호: 제312-1999-074호

ISBN: 979-11-6887-146-5